ANNA-SOPHIE CASPAR

A CURSE O
DUSK
AND
DAWN

IMPRESS

© Nina Caspari

Anna-Sophie Caspar, geb. 1986, hat sich schon als Kind kleinere Geschichten ausgedacht. Wenn sie nicht gerade schreibt oder durch die Welt reist, analysiert sie die Sterne und die Wirkung des rückläufigen Merkurs in ihrem Geburtshoroskop. Man munkelt, dass ihre magische Fähigkeit darin besteht, Notizbücher vollzukritzeln.

Neuanfang mit Hindernissen

Mit quietschenden Reifen parkt Mom den Wagen vor dem Schultor der Desert Ridge High.

Ich habe noch nie die Schule gewechselt und es wäre eine Lüge, wenn ich sagen würde, dass ich mich auf meinen ersten Schultag freue.

»Du bist mir wirklich nicht böse, wenn ich gleich weiterfahre?« Mom wirft einen unruhigen Blick auf die Rückbank, wo Daisy, meine vierjährige Schwester, im Kindersitz angeschnallt ist und neugierig aus dem Fenster schaut.

Wir sind spät dran, Mom muss die Kleine noch in den Kindergarten bringen und sich um den Ämterkram kümmern, den so ein Umzug mit sich bringt, während Dad bereits heute seinen ersten Arbeitstag hat.

Als Antwort schüttele ich den Kopf.

»Du schaffst das«, sagt sie. »Hier kennt dich niemand, du kannst noch mal von vorn anfangen.« Sie lächelt, um ihre aufmunternden Worte zu untermauern.

»Ja«, seufze ich, öffne die Tür und steige aus.

»Und Holly.« Sie beugt sich über den Beifahrersitz, bevor ich die Tür zuschlagen kann. »Bitte mach keinen Ärger.«

»Nein«, sage ich und presse die Lippen aufeinander. »Mach ich nicht.«

Ein erleichtertes, wenn auch skeptisches Lächeln tritt in ihr Gesicht und die Beifahrertür gibt einen dumpfen Laut von sich, als ich sie schließe. Ich winke den beiden kurz zum Abschied und wende mich dann mit geschultertem Rucksack meiner neuen Schule zu.

Vor einer Woche sind wir von Los Angeles nach Flagstaff gezogen. Eine kleine Stadt mitten in Arizona, durch die die Route 66 läuft und die für den Monsun im Sommer bekannt ist. Wir sind hierher zurückgekommen, weil meine Grandma uns ihr Haus vererbt hat. Ich bin hier aufgewachsen – es ist die Heimat meiner Kindheit. Aber das ist nicht der einzige Grund, weshalb wir aus L. A. weggegangen sind, auch wenn es die Geschichte ist, die wir jedem erzählen, der nachfragt.

Mit einem tiefen Atemzug versuche ich mein pochendes Herz zu beruhigen, streiche mir eine blonde Locke hinters Ohr, die der leichte Wind mir ins Gesicht weht, und steuere dann endlich dem Haupteingang entgegen.

Vereinzelt laufen Schüler an mir vorbei, als ich die große Eingangshalle betrete und mich umsehe. Am Schwarzen Brett direkt am Eingang hängt neben einem Nachhilfegesuch, an dem bereits einige Telefonnummernzettel abgerissen sind, das Foto eines Schülers in Footballjacke. In dicken Buchstaben prangt oberhalb des Bildes das Wort *VERMISST*. Unter dem Foto steht *Sean Grayson*. Der Name des Vermissten, vermute ich. Offenbar ist er vor einer Woche verschwunden. Der Aushang fordert dazu auf, die Nummer des Police Departements anzurufen, sollte man hilfreiche Hinweise haben.

Über einen vermissten Footballspieler habe ich im Internet nichts gelesen.

An der Desert Ridge High gibt es einen Schulblog, aber im Vergleich zu L. A. ist der harmlos. Alkohol im Cheerleaderteam, ein Matheprüfungsbetrug und ein Lobgesang auf die Desert Ridge Eagles, die erfolgreichste Highschool- Footballmannschaft der USA. Das waren die letzten Beiträge auf dem Blog. Kein Vergleich zu den täglichen Posts der Gossip App meiner alten Schule, die immer wieder aufs Neue die Gerüchteküche anheizten und für jede Menge Gerede sorgten. Im Gegensatz zu einer angeblichen Affäre zwischen einem Lehrer und einer Schülerin, der Veröffentlichung von Sextapes oder einer von Wasser gefluteten Schulaula wirkt meine neue Schule geradezu unschuldig. Na ja, bis auf den vermissten Footballspieler.

Nicht mein Problem. Ich habe mir vorgenommen mich aus sämtlichen Schwierigkeiten herauszuhalten. Außerdem ist mein Leben seit ein paar Monaten ein totales Chaos, das ich erst mal in den Griff bekommen muss. Und genau dafür werde ich den Neuanfang hier in Flagstaff nutzen: um endlich wieder Ordnung zu schaffen.

Ich wende mich vom Schwarzen Brett ab und folge den Ausschilderungen zum Sekretariat.

Mit flauem Gefühl im Magen trete ich an den Informationstresen. Mrs Brown, die Sekretärin, blickt vom Computer auf, schiebt ihre schwarz geränderte Brille etwas nach unten und begrüßt mich mit einem freundlichen, aber doch reservierten Lächeln.

»Holly Gilbert«, stelle ich mich vor.

»Der Direktor erwartet Sie schon«, sagt die zierliche Frau mit einer erschreckend tiefen Raucherstimme und steht auf.

Sie führt mich zu einem kleinen Warteraum, in dem bereits ein Junge in meinem Alter sitzt.

»Einen Moment bitte«, sagt sie, klopft an die Tür, öffnet sie, verschwindet im Büro des Direktors und lässt meinen Mitschüler und mich zurück.

Ich lehne mich ihm gegenüber an die Wand. Er sitzt in der Mitte der Bank, seinen Rucksack neben sich gelegt, sodass kaum Platz für eine weitere Person bleibt, obwohl die Bank mindestens für drei Leute gedacht ist.

Die Hände hat er in den Taschen seiner Lederjacke vergraben, während er gelangweilt an die Wand starrt und auf der Kordel seines grauen Hoodies herumkaut, den er unter der Jacke trägt. Eine große Narbe zieht sich durch seine linke Augenbraue und eine etwas schmalere umrahmt die Kante seines Kinns. An Attraktivität hat er dadurch allerdings nichts eingebüßt. Eher im Gegenteil, die Narben verleihen ihm etwas Geheimnisvolles und seinem selbstgefälligen Blick nach zu urteilen ist er sich dessen mehr als bewusst.

Sein Blick wandert von der Wand in meine Richtung und seine graublauen Augen fixieren mich für einen Moment. Mir wird plötzlich wärmer und mich überkommt ein merkwürdiges Gefühl, das ich nicht einordnen kann. Vertraut und gefährlich zugleich. Er sieht mich mit diesem Raubtierblick an, als würde er sich fragen: *Küsse oder töte ich sie?*

Mein Herz beginnt nervös zu pochen und ich wende den Blick ab, weiß aber nicht, wo ich hinsehen soll. O Mann, ich hab mir definitiv zu viele Horrorfilme in der letzten Zeit angesehen, aber nur, weil ich mich selbst und das, was mit mir passiert, besser verstehen wollte. Es gibt leider keinen Menschen in meinem Umfeld, der mir dabei helfen kann.

Mit einer flüchtigen Handbewegung fährt er sich durch die braunen Haare und ändert die Sitzposition, als würde er die plötzlich angespannte Atmosphäre genauso bemerken wie ich.

Die Bürotür wird geöffnet und Mrs Brown erlöst uns von der erdrückenden Spannung, die in der Luft liegt. »Sie können jetzt hineingehen, Holly.«

Während ich ihrer Aufforderung folge, höre ich sie noch sagen: »Danach hat der Direktor für Sie Zeit, Mason.«

Der Direktor, ein älterer Mann Anfang sechzig mit vollem grauen Haar, erhebt sich, als ich das geräumige Büro betrete und die Tür hinter mir schließe. Er weist mir mit einer Geste den Stuhl vor seinem Hochglanzschreibtisch zu, auf dem lediglich eine einsame Akte liegt, wartet, bis ich mich gesetzt habe, streicht seinen anthrazitfarbenen Anzug glatt und nimmt ebenfalls wieder Platz.

»Sie sind also Holly Gilbert«, stellt er fest und faltet seine Hände über der schwarzen Akte, auf der in weißen Druckbuchstaben mein Name zu lesen ist. »Ich bin Mr Valentine, Direktor der Desert Ridge High School.« Er räuspert sich und öffnet die Akte, was dazu führt, dass ich innerlich erstarre und den Impuls unterdrücke, sie ihm aus der Hand zu reißen. »Klassenbeste, Auszeichnung für die beliebteste Schülerin des Jahrgangs, Stipendium für eine Cheerleader-Ausbildung in Los Angeles ...«, liest er vor. »Da lag ja eine riesige Karriere vor Ihnen«, sagt er und lächelt. Ich kann nicht einschätzen, ob er es ernst meint oder sich über mich lustig macht. »Und dann *das* ... eine starke Wendung in Ihrem Lebenslauf.« Er blättert eine Seite weiter, faltet wieder seine Hände, mustert mich und legt fragend die Stirn in Falten. »Was genau ist passiert?«

Ich schürze die Lippen. *Bitte mach keinen Ärger,* hallen Moms Worte durch meinen Kopf. In Gedanken bin ich ein solches Gespräch unzählige Male durchgegangen, aber wie auch immer ich mein Verhalten an dem besagten Samstag an meiner alten High School zu erklären versuche, entweder verstricke ich mich in ein Netz aus Lügen oder ich sage die Wahrheit und jeder zweifelt an meiner geistigen Gesundheit – einschließlich mir selbst. Deshalb entscheide ich mich für die vernünftigste Reaktion auf diese Frage. »Es tut mir immer noch sehr leid, was geschehen ist, und ich verspreche, dass so etwas nie wieder passieren wird.«

»Na, kommen Sie schon«, sagt er und lächelt wieder. »Sie waren eine Vorzeigeschülerin.« Offenbar scheint ihm meine Entschuldigung nicht zu genügen. Nachdenklich faltet er seine Hände vor dem Mund. »War es vielleicht ein Erfolgskollaps ... Ist Ihnen alles zu Kopfe gestiegen?«, versucht er mir bei der Suche nach einer Erklärung zu helfen.

»Nein, ich hatte einfach ... eine schwierige Phase.«

»Eine schwierige Phase? Sie haben die komplette Schulaula unter Wasser gesetzt.« Skeptische Fältchen bilden sich auf seiner Stirn.

Nervös öffne ich die Schnalle meines Rucksacks, um sie gleich darauf wieder zu schließen, und lausche dem beruhigenden Klacken, das dabei erklingt. Erwartet er etwa, dass ich etwas zu meiner Verteidigung sage? Es ist die Wahrheit: Ich habe die gesamte Aula mit Wasser geflutet. Mit Weihwasser, um genau zu sein. Ich wusste mir nicht anders zu helfen und es war der einzige Weg, den ich im Internet finden konnte, um den Poltergeist zu vertreiben. Also das Weihwasser zu benutzen, nicht das Durchfluten der Schulaula. Letzteres ist eher aus der Not heraus entstanden und hat mir einen Schulverweis beschert.

»Es tut mir wirklich leid«, sage ich noch einmal, ohne meine Rucksackschnalle aus dem Blick zu lassen. Der Direktor wartet einige Sekunden, dann lehnt er sich in seinem Schreibtischstuhl zurück.

»Holly«, sagt er, »ich weiß, wie die jungen Leute von heute ticken.« Er tippt sich gegen die Stirn. »Das Gehirn ist mit siebzehn Jahren noch nicht komplett entwickelt. Es gibt sogar Studien, die besagen, dass das Gehirn eines Jugendlichen dem eines Psychopathen gleicht.« Er macht eine wegwerfende Handbewegung. »Nicht, dass ich damit sagen will, dass alle Schüler der Desert Ridge High School Psychopathen sind.« Er lächelt und lässt dabei die Zähne blitzen. »Einige vermutlich mehr als andere.« Dann nimmt er einen Zettel, kritzelt etwas darauf und heftet ihn in meine Schulakte. »Wissen Sie, was das Traurige ist, wenn man Schulleiter einer High School ist? Man muss erst mal alle Schüler aufnehmen, auch wenn ihnen höchstwahrscheinlich eine Gefängniskarriere bevorsteht anstelle einer Footballkarriere oder einer in Harvard. Aber ...«, sagt er, nicht ohne den Moment auszukosten – die Schockstarre zu genießen, in die mich seine Worte versetzen. »Ich vertrete die Ansicht, dass jeder eine zweite Chance verdient hat. Sehen Sie das auch so?«

Er wartet, bis ich mit einem zaghaften Nicken zustimme. »Deshalb«, er schließt meine Akte wieder, »dürfen Sie sich im nächsten Jahr beweisen.«

»Sie werden nur meine beste Seite kennenlernen«, sage ich etwas zu eifrig. »Ich verspreche es.«

Direktor Valentine quittiert meine Worte mit einem Zucken seiner buschigen grauen Brauen, legt meine Akte auf einen Beistelltisch, holt aus einer Schublade eine Liste und reicht mir einen Flyer mit der Aufschrift: *Halloweenball.* »Das Vorbereitungskomitee für unseren Halloweenball sucht noch tatkräftige Helfer. Genau das Richtige für Sie, da stimmen Sie mir bestimmt zu, oder?« Er kritzelt meinen Namen auf die Teilnehmerliste des Ballkomitees. »Ehrenamtliche Tätigkeiten stärken das Sozialverhalten, mit etwas Glück bewahrt Sie Ihr Engagement an unserer Schule vor einer kriminellen Karriere.«

Er lächelt und ich bekomme langsam den Eindruck, dass es ihm Spaß macht, mir mein Fehlverhalten immer wieder um die Ohren zu pfeffern.

»Das erste Treffen ist nächsten Montag. Die wichtigsten Eckdaten können Sie im Flyer nachlesen. Ich werde mich bei Delilah Green erkundigen, ob sie mit Ihrer Einsatzbereitschaft zufrieden ist.« Selbstgefällig legt er den Stift nieder, erhebt sich, schaut auf die Uhr und begleitet mich zur Tür. »Bei Mrs Brown bekommen Sie Ihren Stundenplan und den Code für Ihr Schließfach.« Mit diesen Worten verabschiedet er mich und wendet sich dem Typen auf der Bank zu, der uns aufmerksam beobachtet.

»Mason Baker«, knurrt er und macht eine einladende Geste in sein Büro.

Gelangweilt erhebt sich Mason von der Bank und kommt der Aufforderung nach.

»Noch ein guter Rat zum Abschluss«, sagt der Direktor finster, »halten Sie sich von Jungs wie dem hier fern.«

Ich mustere Mason sorgfältig. Offenbar haben dieser mysteriöse Calvin-Klein-Model-Typ und ich etwas gemeinsam: Wir stehen beide auf der schwarzen Liste des Direktors. Masons Blick streift mich unmerklich, als er mit seiner *Null-Bock*-Miene ins Büro geht. Und ohne ein weiteres Wort schließt Direktor Valentine die Tür.

»Mason Baker«, höre ich ihn durch die verschlossene Tür hindurch sagen. Es ist so hellhörig, dass Mason unser komplettes Gespräch mitbekommen haben muss. »Sheriff Wellington hat mir gesagt, dass Sie ihm die gleiche Geschichte aufgetischt haben wie mir. Aber Fakt ist, dass mir von verschiedenen Augenzeugen berichtet wurde, dass Sie der Letzte waren, mit dem Sean Grayson vor einer Woche gesehen wurde.«

»Holly.« Mrs Brown steht plötzlich in der Tür und fordert mich mit einer Ladung Papieren in ihrer Hand auf, ihr ins Vorzimmer zu folgen.

»... also verraten Sie mir endlich, wo er sich herumtreibt«, höre ich Direktor Valentine noch sagen, während ich der Aufforderung der Sekretärin nachkomme und den Warteraum verlasse.

Sie gibt mir neben Stundenplan und Schließfachcode auch noch eine Karte des Schulgeländes, das aus mehreren Gebäuden besteht, und zeichnet mir die Räume ein, in denen ich Unterricht habe. Als ich endlich losgehe, sind die Flure bereits leer, und ich befürchte, dass ich gerade zu meiner ersten Unterrichtsstunde zu spät komme. Genau das kann ich jetzt gebrauchen. Mein erster Tag an der neuen High School und ich mache sofort einen schlechten Eindruck und ziehe unnötige Aufmerksamkeit auf mich.

Ich versuche den Plan zu verstehen, den die Sekretärin mir gegeben hat, und laufe durch ein gläsernes Treppenhaus zu einer weiteren Treppe, die sich teilt und zu mehreren Schulfluren führt. Da es unwichtig ist, welchen dieser Flure ich nehme, weil ich nur ins andere Gebäude kommen möchte, steige ich die Treppen nach unten und drücke gegen die Glastür. Sie klemmt und ich muss mich mit meinem gesamten Körpergewicht dagegen lehnen, bis sie nachgibt. Mit einem gequälten Quietschen schwingt sie auf und ich betrete einen dunklen, fast fensterlosen Trakt. An den Stellen, wo eigentlich Lampen befestigt sein müssten, ragen abgeschnittene Kabel aus der Wand.

Nach wenigen Metern bin ich mir sicher, dass in diesem Trakt *kein* Unterricht stattfindet. Aber ich will nur ins andere Gebäude kommen und sehe am Ende des Ganges eine weitere Glastür, also drehe ich nicht um, sondern laufe weiter. Etwa in der Mitte des Flures wird die Luft plötzlich kälter. Erst denke ich, es ist ein Windzug aus einem offen stehenden Fenster, aber dafür ist es *zu* kalt. Es ist so eisig, dass ich meinen Atem sehen kann.

Und plötzlich, wie aus dem Nichts, erscheint er vor mir. Ich weiß nicht, wie es möglich ist, aber ich erstarre und gleichzeitig beschleunigt sich mein Puls. Und die einzige Frage, die mir durch den Kopf schießt, ist: Warum?

Vor mir steht ein leicht transparenter Junge in Footballjacke. Wenn er noch leben würde, wäre er vielleicht ein Jahr älter als ich. Dunkle Flecken zeichnen sich auf dem Weiß des Hemdes ab, das er darunter trägt, und ich kann nicht einschätzen, ob es Dreck oder Blut ist. Aber sein Gesicht erkenne ich trotz der geisterhaften Transparenz und obwohl ich ihm vorher noch nie begegnet bin. Ich kenne ihn von dem Foto auf dem Vermisstengesuch. Sean Grayson.

Meine Kehle fühlt sich staubtrocken an, weil mich die bittere Erkenntnis überfällt, dass der Junge tot ist.

»Er kommt wieder.« Seans Geisterstimme klingt blechern.

Seit meiner ersten Geisterbegegnung vor ein paar Monaten weiß ich, dass ein Geist mich nicht in Ruhe lässt, wenn ich ihn ignoriere. »Wer kommt wieder?«, frage ich daher.

Vor einigen Monaten hatte es an meiner alten High School einen tragischen Unfall im Schwimmteam gegeben, bei dem Charlotte Harrison, eine Schülerin aus dem Jahrgang über mir, ertrunken war. Kurz darauf wurde ich von ihrem Geist heimgesucht. Charlotte bat mich um Hilfe, weil sie von einem Poltergeist gequält wurde, der sich ebenfalls an unserer Schule herumtrieb und sie davon abhielt, ins Licht zu gehen.

Es war keine Glanzleistung von mir, den Poltergeist in die Schulaula zu sperren und diese mit geweihtem Wasser zu fluten, aber ich hatte in dem Moment keinen Plan B.

Mich persönlich hat es jedenfalls nicht weitergebracht. Ich habe dadurch meinen Ruf ruiniert, wurde von meinen Mitschülern geächtet und bin von der Schule geflogen. Dafür hat es den Poltergeist vertrieben und Charlotte konnte ins Licht schweben und ihren Frieden finden.

»Er kommt wieder«, sagt Seans Geist erneut, als hätte er einen Sprung in der Platte. »Er wird sie töten.«

»Wen wird er töten?«, frage ich diesmal.

»Die anderen aus dem Team.« Verängstigt blickt er sich um. »Er will unsere Seelen.«

Und ich will einen Neuanfang und nicht *das hier.* Ein Geist, der in Rätseln spricht und einen Serienmord ankündigt. Mein Fuß beginnt ungeduldig zu tippeln – eine unschöne Angewohnheit, wenn mir etwas nicht gefällt und ich die Angelegenheit am liebsten sofort erledigt haben möchte.

Ich verwerfe die Idee, dass Sean auch von einem Poltergeist davon abgehalten wird, ins Licht zu gehen. Poltergeister sind keine Serienmörder. Glaube ich zumindest.

»Und wie kann ich dir helfen?« Ich reibe mir die Nase, die von der Kälte der Geisteraura bestimmt rot angelaufen ist.

Er öffnet den Mund, dann flackert er wie das Bild in einem alten Röhrenfernseher, wenn der Empfang schlecht ist, und löst sich in Luft auf.

Hinter mir quietscht die Glastür, durch die ich gekommen bin, und als ich mich umblicke, sehe ich Mason. Nach einem kurzen Zögern läuft er auf mich zu, scannt den Flur und bleibt dann etwa einen Meter neben mir stehen. Er hat wirklich ein verboten schönes Gesicht. »Mit wem hast du geredet?«, fragt er mit rauer Stimme, die ich jetzt zum ersten Mal höre und deren Klang ein heißkaltes Kribbeln durch meine Adern pulsieren lässt.

»Mit mir selbst.« Ich versuche es sarkastisch klingen zu lassen. »Mir sind hier leider noch nicht so viele gesprächige Menschen begegnet.«

Unbeeindruckt verschränkt er die Arme vor der Brust und ich sehe ihm an, dass er mir nicht glaubt. Aber selbst wenn ich in der Vergangenheit keine schlechten Erfahrungen damit gemacht hätte, würde ich nicht auf die Idee kommen, ihm die Wahrheit zu sagen. Anderen davon zu erzählen, den Geist eines vermissten Footballspielers gesehen zu haben, der neue Todesopfer ankündigt, macht bestimmt keinen guten ersten Eindruck. Und im schlimmsten Fall hängt man es mir noch an, falls seine Leiche gefunden werden sollte.

Was will Mason überhaupt hier? Er müsste doch wissen, dass dieser Flur eine Baustelle ist. Plötzlich erinnere ich mich an die wenigen Sätze, die ich durch die Tür des Direktors gehört habe. Mason war der Letzte, der mit Sean zusammen gesehen wurde, und jetzt ist Sean tot. Ich schlucke und weiche einen Schritt zurück, um etwas mehr Abstand zwischen uns zu bringen. Immer noch verschränkt er die Arme und seiner gesamten Haltung merke ich pures Misstrauen an. Erst zögere ich, dann halte ich meinen Stundenplan in seine Augenhöhe. Ein schwacher Versuch, der Situation zu entkommen, aber der einzige, der mir gerade einfällt. »Ich bin auf der Suche nach dem Matheraum.«

Seine Augen überfliegen meinen Stundenplan und richten sich dann wieder auf mich. Ich kann seinen Gesichtsausdruck nicht deuten und weiß nicht, ob er mir nicht glaubt oder was er überhaupt denken könnte.

»Hier bist du jedenfalls falsch«, sagt er. »Der Gang ist seit Monaten eine Baustelle, angeblich spukt es hier.« Sein Blick wird intensiver, als wollte er meine Gedanken lesen, und ich merke erst einen Moment später, als ich nach Luft schnappe, dass ich vergessen habe zu atmen.

»Und was machst du dann hier?«, frage ich.

Er neigt den Kopf. »Ich habe dich reden hören und war neugierig.«

»Ach so.« Hastig wende ich mich ab und gehe in Richtung Ausgang.

»Ich kann dir zeigen, wie du zum Matheraum kommst«, sagt er. »Ich muss in die gleiche Richtung.«

Mit einem Ruck öffnet er die Tür am anderen Ende des Flurs, wodurch etwas Baustaub am Boden aufgewirbelt wird, und endlich treten wir aus der kalten Dunkelheit heraus in ein Treppenhaus. Die Morgensonne zeichnet durch die verspielten Scheiben der hohen Rundbogenfenster kleine Muster auf die Stufen und verrät die Staubpartikel, die sonst unsichtbar in der Luft schweben.

»Hier lang.« Er deutet nach links und lässt mir den Vortritt, als wolle er sichergehen, dass ich mitkomme. »Nicht jeder Schüler wird zu Beginn des Schuljahres zu einer Audienz zum Direktor bestellt«, bemerkt er, während wir die Treppen hochlaufen. »Was hast du angestellt?«

Ich streife ihn mit einem misstrauischen Seitenblick. Dabei bemerke ich einen zerknüllten Halloweenball-Flyer, der aus seiner Jackentasche ragt, als wäre er widerwillig eingesteckt worden.

»Was ist mit dir?«, weiche ich seiner Frage aus. »Hast du dich freiwillig zum Ballkomitee gemeldet?« Er gibt ein unverständliches Knurren von sich, was mir ein erstauntes Lachen entlockt. »Das Komitee muss schrecklich sein, wenn Direktor Valentine es als bevorzugte Erziehungsmethode einsetzt«, stelle ich fest.

»Und warum hat er sie bei dir für nötig gehalten?«, bringt Mason das Gespräch wieder auf mich.

Wenn er wirklich etwas mit dem Tod von Sean Grayson zu tun hat, ist es vielleicht gar nicht so falsch, ihm ein paar dunkle Details meiner Vergangenheit zu verraten. Als Abschreckung.

»Ich bin von meiner alten Schule geflogen, weil ich die Aula mit Wasser geflutet habe«, gestehe ich.

Er versucht ein Lächeln zu unterdrücken, indem er sich auf seine Unterlippe beißt. »Na, dann bin ich mal gespannt, ob deine Anwesenheit beim Vorbereitungskomitee die Desert Ridge High vor einem Untergang bewahrt«, bemerkt er und der Sarkasmus in seiner Stimme ist nicht zu überhören.

»Und was ist mit dir?«, frage ich und versuche dabei möglichst gleichgültig zu klingen. Einen Teil des Gesprächs habe ich mitbekommen, ich weiß, dass es etwas mit Sean zu tun hatte, und vielleicht verrät Mason mir noch ein bisschen mehr, nachdem ich ihm gerade eins meiner Geheimnisse anvertraut habe. »Direktor Valentine ist nicht besonders begeistert von dir«, sage ich, weil ich mich an die Warnung erinnere, mich von Mason fernzuhalten.

Er lacht träge. »Direktor Valentine ist von niemandem begeistert.«

Er öffnet die Tür zu einem weiteren Flur. »Hier«, sagt er und lässt mir den Vortritt. »Das ist dein Raum.«

Wie es aussieht, bin ich gerade noch pünktlich. Vor einer verschlossenen Tür warten einige Schüler, manche ungeduldig, aber die meisten wirken so, als wären sie lieber noch länger im Bett geblieben.

»Im Ernst.« Ich bleibe hartnäckig. »Was hast du gemacht?«

Er legt den Kopf schief, kommt näher und sieht mir tief in die Augen, sodass mir für einen Moment der Atem stockt und sich die Luft wie zum Zerschneiden anfühlt. »Willst du das wirklich wissen?«, flüstert er.

Ich bin so überrumpelt, dass ich nichts darauf antworte. Idiot. Ich hätte ja wohl nicht gefragt, wenn ich es nicht wissen wollte. Aber als ich meine Fassung zurückgewonnen habe, ist es zu spät, denn ein Typ stößt ihm kumpelhaft gegen die Seite und beendet damit unsere Unterhaltung.

»Wo warst du denn, Mase?« Er legt Mason seinen Arm über die Schultern, wobei sich sein kariertes Hemd nach oben zieht und die großen weißen Kopfhörer, die um seinen Hals hängen, verrutschen, sodass er sie festhalten muss, damit sie nicht herunterfallen.

»Beim Direktor.« Mit einer geschickten Drehung befreit Mason sich aus seinem Griff.

Der andere lacht, fährt sich mit einer Hand durch die braunen Locken und rückt mit der anderen seinen Kopfhörer wieder zurecht. »Ich dachte schon, du machst blau.« Mit gespielter Empörung schiebt er hinterher: »Und das ohne mich!« An einem Handgelenk trägt er mehrere Lederarmbänder, seine Jeans ist modisch eingerissen und seine knöchelhohen Sneaker abgenutzt. Es fehlt nur noch das Skateboard, um das Outfit zu vervollständigen. »Und?«, fragt er und mir fällt auf, dass seine Augen im selben Graublau glänzen wie Masons. »Was wollte Valentine von dir?«

Mason hält den Halloweenball-Flyer hoch. »Mich bestrafen.«

Der andere seufzt theatralisch und wendet sich an mich. »Und wer ist das?«

Mason wendet sich mir ebenfalls zu, legt den Kopf schief und sieht mich abwartend an.

»Holly«, stelle ich mich vor.

Der Typ mustert mich eingehend. »Neu hier?«

Ich nicke knapp.

»Deine Begeisterung hält sich in Grenzen, was?«, stellt er fest. »Ich hoffe, das liegt nicht an Mason. Mein kleiner Bruder kann manchmal etwas abschreckend wirken.« Er verschränkt die Arme und sieht in Masons Richtung, der auf den Kommentar lediglich mit einer angehobenen Augenbraue reagiert. »Ich bin übrigens Amadeus«, fügt er noch hinzu und lächelt schief.

»Und ich bin Ludwig, aber alle nennen mich Ludy«, mischt sich ein etwas kleinerer, pummeliger Typ mit einem fröhlichen Lächeln dazwischen.

Enthusiastisch schüttelt er meine Hand, wobei die kleinen Rastalocken, die unter seiner Cap hervorlugen, lustig wackeln.

Ich kann nicht anders, als sein freundliches Lächeln zu erwidern. Er hebt kurz seine weiße Cap, die im Kontrast zu seiner dunklen Haut steht, dreht sie nach hinten und setzt sie verkehrt herum auf. Jetzt muss er den Kopf nicht mehr nach oben recken, um die anderen anzusehen.

»Wollen wir zum Kiosk gehen?« Amadeus zieht sein Portemonnaie aus der Hosentasche und überprüft, ob er noch genug Geld dabei hat.

»Leute«, mischt sich Ludy ein. »Das Schuljahr hat gerade erst angefangen und ihr wollt schon schwänzen?«

»Amadeus will schwänzen«, korrigiert Mason ihn.

»Mr Wilson lässt mich sowieso durchfallen. Der Kerl hasst mich. Ob ich jetzt im Unterricht sitze oder nicht.« Gleichgültig hebt Amadeus die Schultern, tritt einen Schritt zurück und stößt dabei gegen ein Mädchen mit kurzen schwarzen Haaren und elfenhafter Statur.

»Lilly?«, sagt Amadeus, als er sich umsieht, und sein cooles Gehabe scheint wie auf den Schlag verschwunden zu sein. »Ich wusste nicht, dass du schon da bist.« Sein Ausdruck wird ganz weich.

»Nicht schlimm.« Ihre Wangen erröten und sie blickt neugierig von Amadeus zu mir und dann zu Mason.

»Zu spät zum Abhauen.« Ein breites Grinsen tritt in Ludys Gesicht und er zieht sich seine Cap vom Kopf. »Da kommt Mr Wilson.«

Amadeus gibt ein genervtes Knurren von sich, als der Mathelehrer an uns vorbeirauscht, die Tür aufschließt und den Eintritt in den Klassenraum gewährt.

Glücklicherweise verläuft meine erste Unterrichtsstunde nicht so, wie ich es aus High-School-Filmen kenne. Ich muss mich nicht vor der Klasse vorstellen. Als ich zu Mr Wilson gehe und ihm sage, dass ich neu bin, blickt er nur kurz von seinen Unterlagen auf, deutet flüchtig mit der Hand in Richtung Klassenraum und sagt: »Suchen Sie sich einen freien Platz.«

Es ist noch ein Stuhl in der zweiten Reihe neben Lilly frei. Direkt dahinter sitzen Amadeus, Ludy und Mason.

Lilly lächelt freundlich und nimmt ihren Rucksack herunter, damit ich mich setzen kann.

»Danke«, flüstere ich und erwidere ihr Lächeln.

Mr Wilson schreibt eine Formel an die Tafel, dreht sich zur Klasse, schlägt ein grünes Heft auf dem Pult auf, fährt mit seiner großen Hand über seine Halbglatze, betrachtet einen Schüler nach dem anderen und rümpft die spitze Nase, was ihn ein wenig wie eine Maus aussehen lässt.

»Sean Grayson«, sagt er dann. »Können Sie bitte die Gleichung lösen?« Im Klassenraum wird es still. »Sean«, sagt Mr Wilson wieder. »Ich kann Sie nicht hören, sprechen Sie bitte etwas lauter.«

»Sean ist nicht da«, traut sich ein Schüler zu sagen. »Er wird seit ein paar Tagen vermisst.«

Skeptisch mustere ich den Lehrer. Das müsste er doch wissen. Ich bin gerade mal seit einer halben Stunde auf dieser Schule und habe mitbekommen, dass Sean vermisst wird. Aber Mr Wilson ignoriert den Kommentar des Jungen.

»Dann gehe ich davon aus, dass Sie die Antwort nicht kennen, Sean.« Der Lehrer zieht einen roten Stift aus der Brusttasche seines Hemdes und kritzelt etwas in sein Heft. »Mündliche Note: ungenügend.«

Mir klappt der Mund auf. »Ist das ein Scherz?«, frage ich Lilly leise.

Diese schüttelt den Kopf. »Das macht er mit allen Schülern, die seinen Unterricht schwänzen.«

»Aber Sean wird ... vermisst«, sage ich entsetzt und unterdrücke den Impuls, sie darüber aufzuklären, dass Sean tot ist.

»Das glauben die Lehrer nicht«, flüstert sie. »Sie glauben, er macht ›Urlaub‹. Vielleicht will Mr Wilson auf diese Weise Seans Freunde dazu bringen zu verraten, wo er sich aufhält.« Unwillkürlich wandert mein Blick zu Mason in der Reihe hinter mir. Er dreht einen Stift in der Hand, blickt nach vorn und als er mich sieht, wendet er sich mir zu und neigt fragend den Kopf. Auch wenn er nichts mit Seans Tod zu tun haben sollte, glaube ich, dass er mehr weiß, als er preisgibt.

»Kann jemand anderes die Rechnung lösen?«, fragt Mr Wilson und ich drehe mich wieder nach vorn. Niemand meldet sich.

»Das habe ich mir gedacht.« Kopfschüttelnd nimmt er einen Stapel Blätter, gibt diesen einem Jungen, der in der ersten Reihe sitzt, und überträgt ihm die Aufgabe, die Arbeitsblätter zu verteilen. »Sie haben eine Viertelstunde Zeit, danach möchte ich, dass mir jeder die Lösung sagen kann.«

Der Junge steht schlurfend auf und beginnt die Arbeitsblätter auszuteilen. Im Klassenraum steigt der Geräuschpegel wieder an. Ein elegantes Mädchen in einem dunkelblauen Blusenkleid geht nach vorn und spitzt einen Stift über dem Mülleimer an, die Schüler, die ihre Arbeitsblätter schon erhalten haben, lehnen sich mit konzentrierten Gesichtern darüber.

»Woher kommst du?«, fragt Lilly, während sie farbige Stifte aus ihrem Etui zieht und vor ihr Matheheft legt, auf das sie in bunten Buchstaben ihren Namen geschrieben hat: *Emilia Johnson-Yamamoto.*

»Ich bin vor einer Woche aus Los Angeles hergezogen«, antworte ich und nehme das Arbeitsblatt entgegen, das der Junge mir reicht.

Lilly wendet sich zu mir und ihre Augen leuchten. »Da wollte ich schon immer mal hin. Da ist doch bestimmt viel mehr los als hier.«

»Ist nicht so toll, wie man es sich vorstellt«, sage ich, während ich im Augenwinkel Mason beobachte, der sich auf seinem Stuhl zurücklehnt und in unsere Richtung blickt. Er lächelt flüchtig und wendet sich dann dem blonden Typen in Footballjacke zu, der gerade aus einer der hinteren Reihen aufgestanden ist und ihm einen kumpelhaften Faustcheck gibt.

»Hey, Cole«, sagt Mason und klingt gelangweilt.

»Kommst du Freitag nach dem Spiel zu meiner Party?«, will dieser wissen und schiebt sich mit der Hand die blonden Haare aus seinem *Captain-America*-Gesicht.

»Mal schauen«, ist Masons Antwort.

»Kannst auch deinen Anhang mitbringen«, sagt Cole gütig und nickt zu Amadeus und Ludy, ohne die beiden dabei anzusehen.

Amadeus, der sich über den Tisch zu uns beugt, murmelt kaum hörbar: »Das sagt er nur, weil er weiß, dass Mase ohne uns nicht kommt.«

»Warum würde er ohne euch nicht hingehen?«, frage ich. Mason wirkt auf mich nicht wie jemand, der Probleme damit hat, irgendwo allein aufzukreuzen.

Amadeus grinst nur und hebt unschuldig die Schultern.

»Ich muss auch hingehen.« Lilly lässt die Schultern hängen.

»Muss?«, frage ich erstaunt und blicke von Amadeus zu Lilly. »Das klingt ja nach einer ziemlich schlechten Party.«

Aber sie schüttelt den Kopf. »Nein, eigentlich sind die Partys vom Footballteam immer gut, aber Cole ist ...« Sie sucht nach einem passenden Wort.

»Ein Arsch«, beendet Amadeus ihren Satz.

»Und warum gehst du dann hin?«, will ich von ihr wissen. Schließlich zwingt sie doch keiner, oder?

»Ich muss einen Artikel für den Schulblog schreiben«, sagt sie.

»Du schreibst für diesen Blog?«, frage ich aufrichtig interessiert.

»Ich bin die Redakteurin.« Ihre Schultern richten sich stolz auf.

»Die beste, die wir jemals hatten«, betont Amadeus und Lilly lächelt verlegen. »Seitdem du die Artikel schreibst, lese ich jeden Beitrag.«

»Allerdings betreibe ich den Blog komplett allein«, wendet Lilly ein. »Das ist echt viel Arbeit.«

Gut zu wissen. Mit der Redakteurin des Schulblogs sollte man es sich nicht verscherzen, wenn man vermeiden will, dass negativer Tratsch über einen die Runde macht.

»Leihst du mir einen Stift, Lilly?«, wechselt Amadeus das Thema.

»Klar.« Sie nimmt die bunten Dinger, dreht sich zu Amadeus und hält sie ihm hin. »Such dir einen aus.«

Amadeus überlegt kurz und wählt dann einen neongrünen. »Ich liebe diese japanischen Filzstifte.«

»Mein Dad kommt aus Japan«, erklärt Lilly in meine Richtung. »Wir fahren jeden Sommer nach Tokio und da kaufe ich so viel ein, wie ich in meinen Koffer bekomme.«

»Du musst mal diese Süßigkeiten probieren«, sagt Amadeus zu mir. »Mossi. Die mit Erdnussbutter sind die besten.«

»Mochi.« Lilly lacht.

»Und, kleine Fee?«, flüstert Amadeus und beugt sich näher zu Lilly. Ein ziemlich treffender Kosename für ihre zierliche Erscheinung, finde ich. »Wann sehen wir uns wieder?«, fragt er leise.

Ihre Wangen erglühen wie reife Kirschen.

Amadeus scheint das zu gefallen, denn er beugt sich noch etwas näher zu ihr nach vorn und flüstert ihr etwas ins Ohr, was ich nicht verstehe. Mir fällt nur auf, dass sie verlegen lächelt und ihr noch mehr Hitze in den Kopf steigt. Was auch immer zwischen den beiden läuft, es ist mehr als Freundschaft.

»Wann lernst du endlich, dass du Emilia in Ruhe lassen sollst?«

»Hallo, Schätzchen!« Amadeus lehnt sich zurück und schenkt dem Mädchen ein Lächeln, das gerade noch am Mülleimer gestanden und ihren Bleistift angespitzt hat.

Elegant wirft sie ihren schwarzen Pferdeschwanz nach hinten und reagiert auf Amadeus' Bemerkung nur mit einem nüchternen Blick.

»Bist du eifersüchtig, Jasmin?«, fragt er und beginnt mit seinem Stuhl leicht zu wippen.

»Wovon träumst du nachts?«, gibt diese zurück und wendet sich wieder meiner Sitznachbarin zu. »Mach endlich mal deinen Mund auf, Emilia, und lass dich nicht ständig von dem Kerl verarschen.«

Mittlerweile hat sich Lillys kompletter Kopf rot gefärbt und sie sinkt immer tiefer in ihren Stuhl, als hoffte sie verschwinden zu können.

»Ich verarsche niemanden«, entgegnet Amadeus.

»Warum wirst du denn jetzt so rot?«, fragt Jasmin sichtlich genervt von Lillys Anblick, ohne auf Amadeus einzugehen. Um das Ganze noch zu toppen, fügt sie hinzu: »Du siehst aus wie eine Tomate, guck mal in den Spiegel.«

»Na, wer so eine Schwester hat, der braucht keine Feinde mehr, was?«, sagt Amadeus und hört auf mit seinem Stuhl zu wippen. »Und noch einmal: Ich verarsche hier niemanden.«

Jasmin schenkt ihm einen misstrauischen Blick und geht zurück zu ihrer Reihe, in der mehrere Mädchen sitzen, die alle dasselbe Kleid und dieselbe Frisur tragen wie sie.

Unauffällig mustere ich Lilly von der Seite.

Wenn Amadeus nicht erwähnt hätte, dass die beiden Schwestern sind, wäre ich nicht auf die Idee gekommen. Sie wirken vollkommen verschieden. Lillys Outfit schreit förmlich nach Rebellion. Zerrissene schwarze Skinny

Jeans, Plateau-Doc-Martens, ein bauchfreies Shirt, abgeknibbelter Nagellack und ein Pixie Cut. Jasmin hingegen wirkt wie eine angehende Firmenchefin, die so selbstbewusst ist, dass sie kein Problem damit hätte, sich mit jedem anzulegen, der sich ihrer Karriere in den Weg stellt.

»Die beiden sind Zwillingsschwestern«, klärt Amadeus mich auf. »Hättest du das gedacht?«

»Mason und Amadeus sind Brüder und Amadeus ist nur in unserer Stufe, weil er schon zweimal sitzen geblieben ist«, mischt sich Ludy ein.

»Musst du das jedem erzählen?« Genervt rollt Amadeus mit den Augen.

»Ich helfe dir nur.« Ludy tippt mit seinem Stift auf das Arbeitsblatt vor Amadeus. »Mach lieber mal deine Aufgaben, wenn du das Schuljahr diesmal schaffen willst.«

Masons Blick streift mich flüchtig, als würde ihm das Gespräch zwischen Amadeus, Ludy, Lilly und mir nicht gefallen, und wieder entsteht diese Spannung zwischen uns, als wäre er ein Magnet, zu dem ich mich unwiderruflich hingezogen fühle. Ich schaffe es, mich von ihm abzuwenden, aber das Gefühl bleibt und ich kann es mir zum einen nicht erklären und zum anderen befürchte ich, dass es kein gutes Zeichen ist. Wie so vieles, was ich in den letzten Monaten erlebt habe.

Der schwarze Schatten

Mein erster Tag hätte schlimmer verlaufen können. Bis auf Sport und Englisch habe ich alle Kurse mit Lilly, die mir netterweise die Wege zu den Unterrichtsräumen zeigt.

Ich erwische mich dabei, dass ich genau überlege, was ich ihr erzähle. An meiner alten Schule habe ich keine allzu gute Erfahrung mit den Schreiberlingen unserer Schul-App gemacht. Die Desert Ridge High und Lillys Schulblog scheinen etwas altmodischer zu sein und nicht so sensationsgierig, wie ich es kenne. Trotzdem habe ich Respekt davor. So ein Blog kann einen groß machen oder zerstören. Davon abgesehen, dass es in meinem Fall bestimmt nicht schaden kann, sich mit der Redakteurin des Schülerblogs anzufreunden, scheint Lilly wirklich nett zu sein.

Nur eine Frage liegt mir auf der Zunge, seit ich erfahren habe, dass sie den Blog betreibt. »Kanntest du Sean Grayson?«, beginne ich das Thema beiläufig.

»Kannte?«, fragt sie. »Also, ich kenne ihn, jeder kennt ihn, er spielt im Footballteam.«

»Hm«, mache ich. »Ich habe den Vermisstenaushang gesehen.«

Sie nickt kaum merklich. »Sean ist vor einer Woche spurlos verschwunden.«

Ich warte einen Moment, bevor ich weiterspreche, damit es nicht zu neugierig wirkt. »Auf dem Schulblog habe ich nichts darüber gelesen.«

»Du hast meinen Blog gelesen?«, fragt sie erstaunt.

»Ja«, sage ich. »Er ist wirklich gut. Die Beiträge sind immer an den passenden Stellen ironisch.«

»Danke.« In ihre Augen tritt ein freudiger Glanz. »Es ist gar nicht so einfach, meine persönliche Meinung in die Artikel einfließen zu lassen. Alles, was ich schreibe, unterliegt der Korrektur des Direktors, und er gibt die Themen vor. Glaub mir, wenn es nach mir ginge, würde nicht jeder zweite Beitrag vom Footballteam handeln. Aber es ist nun mal der ganze Stolz unserer Schule.«

Ich muss grinsen, weil Lilly den letzten Satz mit Würgegeräuschen untermalt, werde dann aber schnell wieder ernst. »Ich habe mich nur gefragt, warum in dem Blog nichts über Seans Verschwinden zu lesen ist.«

Sie lässt die Schultern sinken und neigt den Kopf, als würde sie sich überwinden müssen darüber zu sprechen. »Ich weiß, das sieht nach schlechter journalistischer Arbeit aus, was?« Schuldbewusst sieht sie mich an. »Direktor Valentine hat mir verboten darüber zu schreiben. Zu viel negative Publicity. Er möchte nicht, dass die Schule einen schlechten Ruf bekommt. Außerdem, und das, was jetzt kommt, waren genau seine Worte«, um das zu untermauern, setzt sie mit den Fingern Anführungszeichen in die Luft, »›ist der Schüler vermutlich einfach abgehauen, wie Jugendliche das eben so machen ... diese kleinen Psychopathen‹.«

***

Grandmas Haus steht in einer bürgerlichen Wohngegend. Es ist eine dieser kleinen viktorianischen Villen, die aussehen wie ein dekorierter Kuchen. Mit einer türkisfarbenen Fassade, weißen Verzierungen an den Fenstern und einem kleinen Erker mit Türmchen.

Seit wir vor einer Woche eingezogen sind, habe ich mindestens schon drei Nachbarn tuscheln hören, dass mit dem Haus etwas nicht stimme oder dass es darin spuke. Aber bis jetzt ist mir noch kein Geist begegnet.

Jedes Mal, wenn ich die Tür aufschließe, denke ich, Grandma wartet auf mich. So wie früher hoffe ich sie am Esszimmertisch sitzen zu sehen, in einer Zeitschrift oder einem Buch lesend – und mit einer Teetasse ihres edlen Porzellanservice in der Hand. Sie hatte immer schon eine zweite Tasse für mich hingestellt, damit ich mich sofort zu ihr setzen und ihr alles erzählen konnte, was mir auf dem Herzen lag. Mit ihr hätte ich auch über die Geister reden können, weil ich einfach über alles mit ihr gesprochen habe. Im Gegensatz zu Mom, die komplizierte Themen am liebsten wegschweigen würde, als würden sich die Probleme dadurch von selbst auflösen.

Wie jedes Mal, seit wir hierher zurückgezogen sind, wird meine Hoffnung bitter enttäuscht. Grandma ist nirgends zu sehen, der Tisch im Esszimmer ist leer und nur das leise Gemurmel des Fernsehers empfängt mich, als ich das Haus betrete. Onkel Harry, Grandmas Bruder, schaut sich die Nachrichten an.

Ich grüße ihn kurz, aber er bemerkt mich kaum, weil er dem Nachrichtensprecher gebannt zuhört. Vermutlich hat dieser noch nichts gesagt, was ihn ärgert, denn sonst hätte er mit Sicherheit eine Schimpftirade losgelassen. Dank Harry bin ich immer auf dem neuesten Stand über die schrecklichen Dinge, die alltäglich in der Welt passieren. Er kann da sehr theatralisch werden. Auch wenn es hin und wieder interessant ist, welche Strafen ihm für all die Übeltäter dieser Welt einfallen. Was das betrifft, ist er unglaublich kreativ. Seine Lieblingsmordwaffe ist die Stinger-Rakete. Ich weiß nicht, wie diese Rakete aussieht oder ob es sie überhaupt gibt, aber er hat sie mental schon auf einige Politiker und Diktatoren abgefeuert.

Die Treppenstufen knarzen, als ich sie betrete. Ich habe das Zimmer mit dem Erker im ersten Stock bekommen, das schönste in diesem Haus. Schon als Kind gehörte es mir, an dem Erkerfenster habe ich immer Prinzessin gespielt. Auf den Dielenbrettern unter dem Erkerfenster ist noch ein Brandfleck von der Zigarette zu sehen, die ich mit dreizehn heimlich geraucht habe und die mir runtergefallen ist, als Grandma mich dabei erwischt hat. Ich muss bei der Erinnerung lächeln. Wie immer hat sie mir geholfen, es vor Mom zu verheimlichen und die Zigarette unauffällig verschwinden zu lassen. Damals haben wir schon in L. A. gewohnt und ich kam nur in den Sommerferien zu Besuch. Und obwohl wir so früh weggezogen sind und ich nur noch in den Ferien zu ihr gekommen bin, hat sie mein Zimmer nie in ein Gästezimmer umfunktioniert, als hätte sie geahnt, dass ich irgendwann zurückkehren würde.

Mit den Fingerspitzen streiche ich über den weißen Kleiderschrank mit den verzierten Flügeltüren und den großen runden Spiegeln. Grandma hat das Zimmer für mich genauso eingerichtet, wie ich es mir gewünscht hatte. Ich habe dieses Zimmer geliebt und jetzt fühle ich mich verlassen und allein, weil es mich an eine Zeit erinnert, in der die Welt noch heil war – eine Welt, von der ich weiß, dass sie nicht wieder zurückkommen wird. Traurig betrachte ich das Himmelbett. Ich weiß noch genau, wie sie mit mir losgezogen ist, um dieses Bett und den dazu passenden Kronleuchter zu kaufen, den ich mir so sehr gewünscht hatte. Es hat Stunden gedauert. Offen gestanden ist die Einrichtung das einzig Schöne, was es hier gerade zu sehen gibt, denn der Rest des Raumes ist vollgestopft mit Umzugskartons und Koffern. Bis jetzt konnte ich mich nicht dazu durchringen, meine Sachen auszupacken, dabei hasse ich Unordnung.

Wenigstens stehen das Bett und der Schreibtisch einigermaßen frei. Ich lasse meinen Rucksack auf den Boden sinken und sehe mich um. Endlich spüre ich die Motivation, die mir in den letzten Tagen gefehlt hat. Als hätte der für meine Verhältnisse positive Start an der neuen Schule eine Blockade gelöst.

Es fühlt sich an, als würde meine Kraft zurückkehren, endlich wieder Ordnung in meinem Leben zu schaffen.

Ich ziehe einen Karton zum Regal und hole einen Vampirroman heraus. Für meine heißgeliebten Bücher habe ich die komplette rechte Wand reserviert. Es gibt verschiedene Möglichkeiten, sie einzusortieren. In meinem alten Zimmer habe ich sie nach den Farben der Buchcover geordnet. Jetzt entscheide ich mich nach den unterschiedlichen Genres vorzugehen.

Ich beginne bei den historischen Romanen. Ein paar Gedichtbände sortiere ich auch noch in die Kategorie ein, bevor es mit den Fantasybüchern weitergeht. Die größte Regalfläche nehmen meine Thriller ein, darauf folgen die zeitgenössische Literatur und ein paar Liebesromane. Das letzte Fach benötige ich für Schulbücher, ein paar Deko- und Ordnungsratgeber und meine Lieblings-Modezeitschriften. Den Roman, den ich gerade lese, *In einer kleinen Stadt* von Stephen King, lege ich auf mein Nachtschränkchen neben eine Kunstpflanze und eine kleine Lampe.

Ich halte kurz inne, betrachte mein Werk und stelle zufrieden fest, dass Regal und Nachtschränkchen richtig gut aussehen. Als Nächstes ist mein Schreibtisch an der Reihe.

Stifte, Post-its und der ganze andere Kleinkram bekommen einen Platz in einer Schublade und mein Kalender, zwei Fotos von meiner Familie und eine Vase, in die später ein paar frische Blumen kommen, stelle ich auf den Tisch.

Mom kauft ständig frische Blumen, um schöne Fotos für ihren Blog schießen zu können, da bleibt immer auch was für mich übrig.

Ich verharre einen Augenblick und greife dann nach dem eingerahmten Bild, das Grandma mir vererbt hat. Auf dem Foto sind meine Granny, Mom und ich zu sehen. Es ist unverkennbar, dass wir verwandt sind, obwohl Mom früher öfter gefragt wurde, ob sie mich adoptiert hätte. Grandma und ich haben dicke Locken, Moms Haare sind hingegen glatt, lang und braun. Nur an den blauen Augen, den Sommersprossen auf der Nase und dem spitzen Kinn ist unsere Ähnlichkeit zu erkennen. Grandmas Locken-Gen hat eine Generation übersprungen.

Ein brennender Schmerz breitet sich in meiner Brust aus. Auch wenn es dumm ist und der Tod zum Leben dazugehört, habe ich nicht damit gerechnet, dass Grandma sterben würde. Ich stelle das Bild zurück an seinen Platz und reibe mir mit beiden Händen durchs Gesicht, bis meine Haut gut durchblutet ist.

Dann übertrage ich meinen Stundenplan in meinen Kalender, hefte ihn in einem Ordner ab, in dem ich die wichtigsten Schulunterlagen aufbewahre, und packe alles, was ich für den nächsten Schultag brauche, in den Rucksack.

Zufrieden stehe ich auf und lasse meinen Blick durchs Zimmer gleiten. Nur noch mein Kleiderschrank muss eingeräumt werden. Anders als die restlichen Sachen habe ich meine Kleidung in drei großen Koffern verstaut. Ich verteile sie im Zimmer, öffne einen nach dem anderen und ziehe dann die verspiegelten Flügeltüren des Schrankes auf. Gefühlte Stunden später bin ich auch damit fertig und stemme erschöpft, aber zufrieden meine Hände in die Hüften.

Unten wird die Eingangstür geöffnet und das fröhliche Quietschen von Daisy dringt durchs Haus. So klingt sie nur, wenn sie beim Einkaufen mit Mom wieder ein Spielzeug ergattert hat.

Schnell räume ich die ausgepackten Kartons und Koffer in die Garage, stoße mir beim Rückweg zur Haustür den Fuß an der riesigen Gartenleiter, fluche kurz, dass sie jemand dort so unvorteilhaft an die Hausfassade gelehnt hat, und geselle mich dann zu Mom und Daisy in die Küche.

Da ich das Auspacken der Einkaufstüten übernehme, wendet Mom sich ihrer heißgeliebten Küchenmaschine zu, zieht einen Zettel aus ihrem Rezeptordner und legt ihn daneben. Das bedeutet, heute Abend wird es wieder ein neues Gericht geben. Sie betreibt einen Lifestyle-Blog, der in den letzten zwei Jahren enorm an Reichweite gewonnen hat. Täglich schauen zwei- bis dreitausend Leserinnen vorbei, was Mom dazu motiviert, ständig neue Beiträge zu posten. Dabei geht es bei ihren Posts hauptsächlich um eine gesunde Mom-Life-Balance, also wie man als Mutter alles schafft und trotzdem Zeit findet, sich zu entspannen und das Leben zu genießen. Ihre Beiträge sind heißbegehrt und es gibt mindestens einmal in der Woche einen neuen Artikel. Vom *Mom-Lookbook: die besten Outfits des Monats, bequem, schnell und chic* – über das *Rezept des Monats* bis hin zu verschiedenen Sonderbeiträgen, wie das *Fünf-Minuten-Make-up mit Naturkosmetik*, die *Toporganisation von Kindergeburtstagen, die besten Shops in Kalifornien* und bald vermutlich *die besten Shops in Arizona*. Mom hat einen Riecher für kleine Insider-Boutiquen. Artikel wie *Zeit für sich finden* oder *Zehn Hacks, die den Alltag erleichtern* sind auch sehr beliebt.

Mom holt die Haselnüsse wieder aus dem Schrank, die ich gerade eingeräumt habe, und stellt sie zu den anderen Zutaten auf die Ablage.

»Wie war dein erster Schultag?«, fragt sie und kippt die Nüsse in die Maschine.

Ich falte die ausgepackte Tüte zusammen. »Die Mitschüler sind nett«, beginne ich, »der Direktor …« »*GRSSCHHHHHHH* …«

Der Lärm der Küchenmaschine übertönt meine verbliebenen Worte. Es hört sich an, als würde Mom Schrauben in dem Gerät zerkleinern. Vielleicht sollte sie auf ihrem Blog mal erwähnen, dass Lärmschutzkappen beim Kochen von Vorteil wären. Besonders kommunikationsfreundlich ist die Maschine jedenfalls nicht, aber davon ist in ihren Artikeln auch nie die Rede. Sie lobt ihre »Zauberküchenmaschine«, wie sie sie liebevoll nennt, nur in den höchsten Tönen.

»Wie schön, dann hast du neue Freunde gefunden«, sagt sie, als sie die Maschine wieder ausschaltet.

»Ja, schon, aber der Direktor mag mich nicht besonders«, sage ich schnell, bevor Mom das Ding wieder anschaltet.

»Schön, das freut mich zu hören.« Sie beugt sich über das Rezept, bevor sie nach der Schokolade greift.

»Heute Morgen ist mir in einem verlassenen Schulflur ein blutiger Geist begegnet.« Abwartend sehe ich zu Mom.

»Sehr schön«, murmelt sie und drückt wieder auf den Startknopf.

Erneut erfüllt ohrenbetäubender Krach die Küche.

Wer braucht schon eine Mutter, die einem zuhört?

Mit grimmiger Miene kommt Onkel Harry in die Küche und gießt sich einen Kaffee in einen großen Becher. »Ich bin sowieso dafür, dass du deine Kinder von Privatlehrern unterrichten lassen solltest«, sagt er in die wieder eingetretene Stille hinein. »Heutzutage sind die Schulen nicht mehr sicher. Mobbing, Amokläufe, vom Burn-out bedrohte Lehrer, die nur noch schlechte Noten verteilen …«

»Onkel Harry«, ermahnt ihn Mom und er verstummt, auch wenn ihm anzusehen ist, dass er seinen Vortrag noch nicht beendet hat.

Er trinkt einen Schluck der braunen Brühe und beginnt dann mit: »Zu meiner Schulzeit …«

Den restlichen Satz verstehe ich nicht mehr, weil der Krach der Küchenmaschine den Raum erneut erfüllt.

***

In dieser Nacht träume ich von toten Footballspielern, die sich ein Geisterspiel auf dem Sportplatz der Desert Ridge High leisten, und von Mason, der unbeirrt durch sie hindurchläuft, vor mir stehen bleibt und mich mit diesem raubtierhaften Ausdruck anschaut, als wollte er mir sagen: *Misch dich nicht in meine Angelegenheiten ein, wenn dir was an deinem Leben liegt.* Aber es fühlt sich nicht an wie eine Drohung, sondern mehr wie eine Warnung, als würde er sich um mich sorgen. Er wirkt furchteinflößend und vertraut zugleich, als würde es irgendeine unsichtbare Verbindung zwischen uns geben. Und als er sich vor meinen Augen in Luft auflöst, lässt er mich mit einem verwirrten Gefühl zurück.

Als ich aufwache, pocht mein Herz. Nicht wegen der Geister in meinem

Traum. Mit ihrer Existenz habe ich mich mittlerweile abgefunden. Außerdem weiß ich, dass sie mich nicht im Schlaf aufsuchen, weil sie an den Ort ihres Todes gebunden sind. Das hat mir Charlottes Geist in L. A. verraten.

Ich bin irritiert über Masons Blick. Warum habe ich das Gefühl, ihn zu kennen, und denke gleichzeitig, dass ich mich besser von ihm fernhalten sollte? Was versucht er zu verheimlichen? Und was hat er mit Seans Tod zu tun?

Ich stehe auf und notiere mir in meinem Kalender für später, dass ich Seans Geist frage, ob er sich erinnert, wie er gestorben ist. Da er mir im Schulflur begegnet ist, muss er auch in der Highschool ums Leben gekommen sein. Was allerdings nicht bedeutet, dass seine Leiche noch dort liegt.

***

Mom hat mir ein fotogenes Lunchpaket gepackt, das zum Glück nicht wie Daisys aussieht, deren Sandwiches die Form eines Micky-Mouse-Kopfes haben. Manchmal frage ich mich, ob Mom jeden Morgen von unserem Frühstück ein Foto für ihren Instagram-Kanal macht. Vielleicht sollte ich mal wieder schauen, was sie postet. Ich packe es in meine Tasche und fahre heute mit dem Bus zur Schule.

Vor dem Schwarzen Brett am Haupteingang sehe ich Lilly und steuere auf sie zu. Erst einige Meter vor ihr merke ich, dass sie neben Cole steht.

»Cole, wann hast du Zeit für das Interview?«, fragt sie und versucht einen gereizten Unterton zu überspielen. »Es soll noch diese Woche veröffentlicht werden.«

Er schaut kurz in ihre Richtung, ohne seine Miene zu verziehen, wendet sich dann einem seiner Footballkollegen zu und gibt ihm lächelnd einen Handschlag. Es ist, als würde Lilly für ihn einfach nicht existieren. Ihre Brauen ziehen sich böse zusammen und ihre Lippen bewegen sich, als würde sie ihm lautlos Schimpfwörter an den Kopf werfen, dann zückt sie ihr Notizheft, kritzelt hektisch etwas aufs Papier, geht in meine Richtung und läuft beinahe in mich hinein.

»Hi«, grüße ich und weiche ihr aus.

»Oh, hi!« Entschuldigend hält sie das Heft hoch. »Sorry. Der neue Artikel für den Schulblog wartet. Ich weiß nicht, wie ich das alles schaffen soll.« Seufzend stopft sie das Heft in ihre Tasche. »Ich würde ja mein Handy zum Schreiben benutzen, das könnte mir eine Menge Arbeit erleichtern. Aber Handys sind auf dem Schulgelände verboten.« Sie verdreht die Augen. »Selbst für die Redaktionsleitung.«

»Emilia.« Ein gut aussehender Mann Anfang vierzig in einem schicken Anzug kommt selbstbewusst auf Lilly zu. So wie er aussieht und sich bewegt, ist er definitiv kein Lehrer. »Schön, dass ich dich noch sehe, ich wollte mit dir den nächsten Artikel über das Spiel am Freitag besprechen.« Er dreht sich zu mir, reicht mir seine Hand und sagt: »Hi, ich bin Rex Silverman, der Manager der Desert Ridge Eagles.«

»Holly Gilbert«, stelle ich mich vor und schüttele seine Hand.

»Schön dich kennenzulernen, Holly.« Er schenkt mir ein Lächeln und wendet sich wieder an Lilly. »Wir haben gerade ein paar Probleme mit der örtlichen Presse. Sie wollen uns ihre Fotos von den Spielen nicht mehr für den Schulblog zur Verfügung stellen. Könntest du beim nächsten Spiel selbst welche machen?«

In Lillys Gesicht tritt ein angestrengtes Lächeln. »Klar«, sagt sie und es klingt so widerwillig, als würde es sie unglaublich viel Kraft kosten, das Wort über die Lippen zu bringen.

»Großartig.« Rex Silverman lächelt charmant. »Ich bringe dir im Laufe der Woche noch eine Kamera vorbei.« Er wendet sich ab, hält dann inne und mustert mich von oben bis unten.

»Hast du nicht Lust, in unser Cheerleaderteam zu kommen?«, fragt er. »Wir sind immer auf der Suche nach neuen Gesichtern und Direktor Valentine hat mir gesagt, dass du an deiner alten High School die Leitung des Teams innehattest. Nächste Woche findet das Vortanzen statt.«

»Nein«, sage ich und muss über den Vorschlag lachen, was ich im nächsten Moment bei seinem irritierten Blick verschlucke. »Nein, das ist wirklich nichts mehr für mich«, sage ich. *Nie wieder,* habe ich mir geschworen, seitdem ich in L. A. aus dem Team geflogen bin, und daran werde ich mich auch halten.

»Schade«, sagt er wie ein professioneller Geschäftsmann. »Denk noch mal drüber nach. Du würdest gut ins Team passen.« Dann hebt er kurz die Hand zur Verabschiedung. »Bis die Tage, Emilia.«

Sobald er uns den Rücken zugewandt hat, macht Lilly eine Würgegeste.

»Magst du ihn nicht?«, frage ich und blicke ihm nach. »Auf mich hat er nett gewirkt.«

»Nein, das ist es nicht«, sagt Lilly. »Ich hasse es, wenn Männer Frauen ansehen, als wären sie ein Stück Fleisch.«

»Hat er das getan?«, lache ich überrascht.

Sie ahmt seinen Blick nach, wie er mich von oben bis unten gemustert hat.

»Hmm«, mache ich und hebe die Schultern. »Ist mir nicht aufgefallen, dass es merkwürdig war.«

»Daran merkt man, dass in unserer Gesellschaft ordentlich was schiefläuft.« Sie holt ihr Heft heraus und macht sich Notizen.

»Was hast du vor? Einen Artikel darüber schreiben?«, frage ich und beobachte gleichzeitig, dass sich die Eingangshalle leert.

»Für den Schulblog?«, fragt sie und lacht auf. »Das würde Direktor Valentine nie erlauben. Aber ich überlege einen eigenen Blog zu eröffnen, sollte ich irgendwann einmal die Zeit dazu finden.« Genervt blickt sie auf und stellt so wie ich fest, dass wir die Letzten sind, die hier noch stehen. »Wir sollten zum Unterricht gehen.«

»Seit wann hat ein High-School-Footballteam einen eigenen Manager?«, frage ich, als wir zu unserem Raum laufen.

»Die Desert Ridge Eagles sind nicht *irgendein* Football Team«, antwortet sie. »Sie sind *das* High-School-Footballteam. Von den Desert Ridge Eagles kommen die besten Spieler. Seit fünfundsiebzig Jahren haben sie kein wichtiges Spiel verloren. Jeder, der hier spielen darf, legt eine steile Footballkarriere hin, wenn er es denn möchte.«

Ich schmunzle. »Hat schon mal jemand einen Dopingtest bei den Jungs gemacht?«

»Ständig«, lacht Lilly und zuckt mit den Schultern. »Sie sind alle clean.«

Wir betreten den Unterrichtsraum, Lilly setzt sich auf ihren Platz und überkreuzt ihre langen, schlanken Beine. »Ich weiß nicht, wie ich das alles schaffen soll. Fotos schießen und einen Artikel schreiben? Ich kann mich ja schlecht klonen.«

»Ich kann dir helfen«, schlage ich vor.

»Das würdest du tun?«, fragt sie und setzt sich auf. »Das wäre großartig. Dann könntest du die Bilder machen und ich notiere den Spielverlauf.«

»In Ordnung«, sage ich.

»Perfekt.« Lilly wirkt sofort entspannter.

»Du kannst dich auf was gefasst machen, in Flagstaff wird nichts so groß gefeiert wie die Desert Ridge Eagles.«

»Es gibt Wichtigeres im Leben als Football«, flüstert Amadeus, der plötzlich hinter Lilly steht, ihr ins Ohr, woraufhin sie verlegen grinst.

»Ach ja?«, frage ich und grinse ebenfalls.

»Klar, zum Beispiel ...«, seine restliche Antwort wird von einem lauten »KAWUMM« unterbrochen.

Zuerst stehen alle unter Schockstarre, dann rennen wir zum Fenster.

»Was ist passiert?«, frage ich, weil zu viele Schüler vor mir stehen und mir die Sicht versperren.

»Ein SUV ist in die Schulmauer gerast.« Irritiert runzelt Lilly die Stirn.

Ein Platz neben ihr am Fenster wird frei und ich quetsche mich zwischen sie und einen anderen Schüler. Da steckt tatsächlich ein großer schwarzer SUV mit der Vorderseite in der Schulmauer. Die Autohaube ist eingedrückt und dampft. Es ist nicht zu sehen, wer drinsitzt. Ein Mädchen mit langen rotbraunen Haaren steht neben dem Wagen, schreit hysterisch und versucht die Fahrertür zu öffnen.

Plötzlich spüre ich ein warmes Kribbeln und als ich zur Seite blicke, steht Mason neben mir. Ich habe ihn nicht in die Klasse kommen sehen.

Er fixiert den Wagen und scheint alles um sich herum auszublenden. Seine Lippen bewegen sich kaum merklich, als würde er etwas murmeln, und unter seinem schwarzen Shirt im Bereich seiner Brust erscheint ein rotes Leuchten. Nur ganz leicht, und wenn ich nicht direkt neben ihm stehen und darauf blicken würde, wäre es mir nicht mal aufgefallen.

Ich sehe wieder zu dem qualmenden SUV und plötzlich taucht ein schwarzer Schatten darüber auf. Der Schatten bewegt sich menschenähnlich und versucht ins Innere des Wagens zu gelangen. Aber etwas scheint ihn zurückzuhalten. Unerwartet wendet er sich um und ich starre in die rot glühenden Augen des Wesens. Ich wage nicht zu atmen. Es verweilt für einen Sekundenbruchteil, dann erhebt es sich langsam und fliegt wie eine Gewitterwolke davon.

Ich schlucke schwer und erst jetzt, mit einer viel zu langen Verzögerung, läuft mir ein kalter Schauer den Rücken hinunter.

Langsam wende ich mich zu Mason um. Er streift mich mit einem misstrauischen und zugleich vernichtenden Blick, als würde er mir die Schuld geben für das, was da draußen gerade passiert ist. Unmerklich streicht er über sein T-Shirt, an der Stelle, unter der es rot geleuchtet hat.

Das erneute Aufkreischen des Mädchens auf dem Schulhof lenkt meine Aufmerksamkeit wieder zu dem SUV, dessen Fahrertür nun geöffnet ist. Im Türrahmen erkenne ich einen reglos heraushängenden Arm.

Einen Sekundenbruchteil später steigt ein Kerl mit dunklen Haaren und in Footballjacke der Desert Ridge Eagles aus. Aber sie ignoriert ihn und beugt sich in den Wagen, bis sie nach einer Weile mit vor dem Mund zusammengeschlagenen Händen zurücktritt und mit aufgerissenen Augen nach hinten weicht. Der Kerl neben ihr ignoriert sie und sieht sich verwirrt um. Es dauert einen Moment, bis ich realisiere, dass er leicht transparent ist. Er ist ein Geist. Ich schlucke schwer und klammere mich an den Fenstersims, um mir Halt zu verschaffen.

Seans Geist hat recht behalten. Es gibt ein neues Todesopfer und genau wie er ist es ein Footballspieler der Desert Ridge Eagles.

Ich schaffe es, mich vom Anblick des neuen Geistes loszureißen, und scanne den Klassenraum nach Mason ab. Aber er ist verschwunden – genau wie der Rest der Klasse. Alle sind nach draußen auf den Schulhof gerannt, vermutlich um herauszufinden, was passiert ist – oder um zu helfen. Aber ich weiß bereits jetzt, dass für den Fahrer alle Hilfe zu spät kommt, und ich bin mir ziemlich sicher, dass Mason es auch weiß.

Was war das für ein Wesen? Geister sind mir bereits bekannt, aber dieses Schattenwesen ist etwas anderes. Etwas Böses. Ich muss an Masons Gemurmel denken und an das rote Leuchten unter seinem Shirt. Dasselbe Rot wie die Augen des Wesens. Hat er es heraufbeschworen? Aber das würde bedeuten ... Ich schlucke schwer. Es würde bedeuten, dass er verantwortlich für den Tod des Footballspielers ist? Erst jetzt merke ich, dass ich zittere und sich kalter Schweiß in meinen Nacken setzt. Ich reibe ihn weg und betrachte den voller werdenden Schulhof.

Der Geist steht immer noch da. Ich habe noch nie einen frisch geborenen Geist gesehen, aber was ich weiß, ist, dass eine Seele, wenn sie nicht sofort ins Licht geht, von irgendetwas auf der Erde festgehalten wird. Also gehe ich auch nach draußen, um zu schauen, ob ich dem Geist irgendwie helfen kann. Aber als ich auf dem Schulhof ankomme, ist er verschwunden.

Kurz darauf treffen die Rettungssanitäter ein und die Lehrer scheuchen die Schüler wieder in ihre Klassen.

Es fängt gerade erst an

Am nächsten Tag liegen nur noch einige Überreste der Scheinwerfer des SUV vor der eingedrückten Mauer. Als ich den Klassenraum betrete, fehlt etwas. Und zwar der gewohnte Geräuschpegel. Heute sitzen alle an ihren Plätzen, die Blicke sind auf die Tische vor ihnen oder in Richtung der Fenster gerichtet und erst als Mrs Jenkins mit blassem Gesicht vor die Tafel tritt, erwachen sie aus ihrem Wachkoma und schauen sie an.

»Wie Sie gestern bestimmt mitbekommen haben, gab es auf dem Schulhof einen tragischen Unfall. Leider konnten die Rettungshelfer und der Notarzt Dylan McCoy nicht mehr helfen. Er ist vor Ort gestorben.« Sie presst die Lippen aufeinander und dem Mädchen neben mir entweicht ein unkontrolliertes Schluchzen. »Am Freitag vor dem Footballspiel wird es eine Gedenkminute für Dylan geben. Selbstverständlich können Sie jederzeit unseren Schulpsychologen aufsuchen, Sie müssen mit dem Erlebten und Ihrer Trauer nicht allein fertig werden.«

***

In der Pause gehen Lilly und ich an Dylans Spind vorbei. Es liegen Blumen und Kuscheltiere davor, ein Foto von ihm wurde aufgestellt und jemand hat auf seine Spindtür *Du fehlst uns, Dylan* geschrieben.

»Das ist so unwirklich«, flüstert Lilly und wendet sich von dem Anblick ab. Ohne viele Worte zu wechseln, laufen wir über den Schulhof, weil wir uns nicht entscheiden können, ob wir draußen bleiben oder in die Cafeteria gehen sollen. Ich weiß nicht viel über Dylan, nur aus dem Gerede der anderen, dass er ein guter Quarterback und sehr beliebt war. Seinen Geist habe ich seit dem Unfall nicht mehr gesehen, aber ich bin mir sicher, dass er noch hier ist. Genauso wie Seans.

»Rex Silverman hat mir heute Morgen die Kamera vorbeigebracht«, reißt Lilly mich aus den Gedanken. »Eine Spiegelreflex ... Kannst du damit umgehen?«

»Ja«, sage ich. Da ich für Mom öfter Fotos schieße, bin ich darin sogar ziemlich gut.

Für einen Sekundenbruchteil legt Lilly die Stirn in Falten. »Cool«, sagt sie dann.

»Aus dem Weg, ihr Versager!« Cole läuft direkt auf uns zu.

Wir weichen im letzten Moment zur Seite, bevor er uns umrennt.

»Sollen wir dich am besten mit *King Cole* anreden und uns vor dir verbeugen?«, schnauzt Lilly ihm hinterher, was er entweder nicht hört oder ignoriert.

»Ich gebe dir die Kamera morgen vor dem Spiel«, sagt sie dann, schaut auf ihre Armbanduhr und geht ein paar Schritte rückwärts. »Sehen wir uns gleich in Mathe? Ich muss noch mal schnell in die Bibliothek.«

Ich nicke und sehe ihr dabei zu, wie sie zum alten Schulgebäude auf der anderen Seite eilt. Einen Moment verharre ich und überlege, was ich jetzt mit meiner restlichen Pause anfangen soll. Allein habe ich keine Lust, in die Cafeteria zu gehen, also schlendere ich über den Schulhof und nehme einen schmalen Weg, der hinter der Sporthalle entlangführt, an einer Gruppe Raucher vorbei. Sie beäugen mich skeptisch, verstecken halbherzig ihre Zigaretten hinter dem Rücken und sobald ich sie passiert habe, führen sie ihr Gespräch weiter.

Der Weg führt zum Footballfeld. Niemand außer mir ist hier. Es ist still, nur der Wind heult und weht mir die Haare ins Gesicht. Ich stütze mich mit beiden Armen aufs Geländer und betrachte das Feld. Die Ruhe vor dem Sturm – zumindest fühlt es sich so an. Freitag wird es hier ganz anders aussehen, dann findet das erste große Footballspiel in dieser Saison statt. Obwohl ein Spieler verschwunden und einer verunglückt ist, wurde das Spiel nicht abgesagt.

Auf einmal wird es kühler um mich herum und ich spüre etwas neben mir, drehe mich zur Seite und … da steht er. Ein Junge in Jeans und einer Footballjacke, vermutlich so alt wie ich oder etwas älter. Ich habe ihn schon einmal gesehen und erkenne sein Gesicht von dem Foto, das vor seinem Spind aufgestellt ist. Dylan McCoy. Er schimmert leicht transparent, aber wenn das nicht der Fall wäre und die kalte Luft, die mich durch seine Gegenwart einhüllt, mich nicht frösteln ließe, würde man kaum merken, dass er ein Geist ist.

»Er kommt wieder«, sagt er. Es ist laut und gleichzeitig ein Flüstern. »Er will meine Seele holen.«

»Wer?«, frage ich.

»Der Dämon.«

»Woher weißt du das?«

»Von *ihm*«, sagt der Geist und deutet hinter mich.

Ich drehe mich um und erblicke Seans Geist.

»Okay«, sage ich und gehe ein paar Schritte zurück, damit ich beide im Blick habe. »Und warum will er dich holen?«

»Er will unsere Seelen«, sagt Sean nun. »Er will sie verschlingen. Und er wird sich neue holen. Für den Sieg. Das ist der Preis.«

Das ist wirklich ein Problem mit diesen beiden Geistern: Sie sprechen offenbar gern in Rätseln.

»Wen will er holen?«

»Neue Spieler des Footballteams. Es ist wieder an der Zeit.«

»Und ihr seid hier auf der Erde gefangen?«, frage ich.

Sie nicken.

»Wie kann ich euch helfen?«

»Du musst den Dämon aufhalten.«

Mit diesen Worten lösen sie sich in Luft auf. Was bedeutet, dass ich die richtigen Fragen gestellt habe. Vorerst.

Das Schattenwesen ist also ein Dämon. Nur habe ich keine Idee, wie ich einen Dämon stoppen soll.

Der einzige Hinweis, den ich habe, ist Mason. Ich bin mir sicher, dass er etwas mit dem Tod von Dylan McCoy zu tun hat. Masons leises Gemurmel und das rote Leuchten unter seinem Shirt, das die gleiche Farbe hatte wie die Augen des Dämons, gehen mir nicht mehr aus dem Kopf. Eins muss man ihm lassen: In dem Moment, als er den Dämon heraufbeschworen hat, schien er das erste Mal nicht latent genervt und gelangweilt zu sein, sondern war mit voller Aufmerksamkeit bei der Sache. Als würde er für das, was auch immer er getan hat, brennen.

Aber was für einen Grund könnte Mason haben, die Seelen von Footballspielern einem Dämon zu opfern? Vielleicht gehört er einer Sekte an, die Opfer fordert, oder er unterliegt einem dunklen Fluch, dem er verfallen ist, oder Mason ist kein Mensch, sondern ... Ach, keine Ahnung. Wenn es Geister und Dämonen gibt, gibt es doch bestimmt auch das ganze andere Zeug aus Horror- und Fantasyfilmen.

Die Wahrheit werde ich wohl nur von Mason selbst erfahren. Das wäre dann auch mein nächstes Problem. Wie soll ich ihn zur Rede stellen? Ihn einfach ansprechen?

Ein Teil in mir tippt sich gegen die Stirn und fragt sich, ob ich noch alle Tassen im Schrank habe. Was wird Mason wohl antworten, wenn ich ihn frage, ob er Geister sehen kann oder einen Dämon heraufbeschworen hat?

Außerdem bin ich mir nicht sicher, ob es eine gute Idee ist, vor ihm zu gestehen, dass ich Geister sehen kann. Nicht weil ich Angst habe, er könnte mich für verrückt halten, wie ich es zuvor immer erlebt habe, wenn ich darüber gesprochen habe. Diesmal befürchte ich, dass er mich als Gefahr oder sogar als Feindin betrachtet, und das kann ich von jemandem, den ich so schlecht einschätzen kann, noch weniger gebrauchen, als für durchgeknallt gehalten zu werden.

***

Im Matheunterricht sitzt Mason wie gewohnt in der Reihe hinter mir und als ich den Klassenraum betreten habe, hat er mich mit so einem finsteren Blick durchbohrt, dass ich am liebsten sofort wieder gegangen wäre. Jetzt bilde ich mir ein seinen Blick auf meinem Rücken zu spüren. Ich muss die ganze Zeit daran denken, dass er Dämonen heraufbeschwören kann, die in der Lage sind, Menschen zu töten. Mein Vorhaben, ihn zur Rede zu stellen, ist gerade auf meiner To-do-Liste nach ganz unten gerutscht.

Als es klingelt, drehe ich mich unauffällig in seine Richtung. Er hat sich nach hinten gewandt und redet mit Cole und Amber, einem Mädchen aus dem Cheerleaderteam. Sie lachen über etwas. Selbst Mason lacht. Ein seltener Anblick. In diesem Moment wirkt er so normal und kein bisschen wie ein potenzieller schwarzmagischer Serienmörder.

Ich werde nicht schlau aus ihm. Er gehört definitiv zu den beliebten Jungs der Desert Ridge High. Er wird nicht einfach nur gemocht, die anderen scheinen ihn zu kennen und selbst ein Vollidiot wie Cole hat Respekt vor ihm. Ich verstehe nur nicht warum. Cole ist, was ich bis jetzt mitbekommen habe, zu jedem ein Arsch, außer zu seinen Freunden, den Cheerleaderinnen oder seinen Footballkollegen. Also warum verschont er Mason? Die beiden scheinen keine Gemeinsamkeiten zu haben und Masons Freunde kann Cole auch nicht ausstehen. Aber aus irgendeinem Grund scheinen Mason oder der Dämon, dem er dient, es auf die Footballspieler abgesehen haben. Das würde zumindest erklären, weshalb er so tut, als wäre er mit den Spielern des Footballteams befreundet. Aber wieso? Das ergibt einfach keinen Sinn.

Im Schulbus setze ich mich auf einen freien Platz am Fenster, stecke mir Kopfhörer in die Ohren und suche in meiner Playlist nach einem basslastigen Song ohne Gesang. Etwas, das mich aus dem Grübeln holt und mir hilft mit dem Denken über die Erlebnisse der letzten Tage aufzuhören, was der Bass schon nach wenigen Sekunden schafft.

Mittlerweile haben sich am Himmel dunkle Wolken vor die Sonne geschoben und es sieht so aus, als würde es gleich regnen.

Der Bus fährt durch Flagstaff, vorbei am Monte-Vista-Hotel. Angeblich soll es dort spuken. Dutzende Touristen kommen hierher, um ein oder zwei Nächte in dem Hotel zu verbringen, in der Hoffnung, einem Geist zu begegnen. Vielleicht stimmt es, dass es dort Geister gibt, aber wahrscheinlich ist es nur eine Touristenattraktion. Die meisten Menschen nehmen Geister nicht mal wahr, selbst wenn sie direkt neben ihnen stehen oder durch sie hindurchgehen. Und wenn doch, dann bemerken sie höchstens mal einen kalten Windzug, der sie streift, obwohl nirgends im Raum ein Fenster oder eine Tür geöffnet ist, und selbst das vergessen sie schnell wieder. Bei den Geschichten über die bekannte Route 66, die durch Flagstaff läuft, sind auch einige Geisterlegenden dabei. Es ist bestimmt ein Funken Wahrheit dran, aber ich glaube, das meiste davon ist erfundener Hokuspokus für die geführten Geistertouren, um die Touristen zu unterhalten.

Schnaufend hält der Bus zwei Blocks von meinem Haus entfernt. Als ich aussteige, setzt sich leichter Nieselregen auf meine Haut. Ich ziehe meinen Schal tiefer ins Gesicht und freue mich im selben Moment über den neuen Song, der gerade ansetzt. Ein schneller Beat, der sofort meine Stimmung hebt. Während ich an einer dieser hübschen Häuserreihen mit kleinen Vorgärten vorbeilaufe und in die Straße zu Grandmas Haus einbiege, bemerke ich eine Person dicht hinter mir. Ich ziehe meine Ohrstöpsel heraus, drehe mich um und erblicke Mason.

»Verfolgst du mich?«, fahre ich ihn an und spüre plötzlich mein panisch pochendendes Herz in der Brust schlagen.

Er hebt unbeeindruckt eine Braue, neigt den Kopf und nickt die Straße hinunter. »Ich wohne hier.«

Mein Herzschlag beruhigt sich etwas, aber die Anspannung bleibt. Ich mustere ihn, als würde es mir helfen herauszufinden, ob er die Wahrheit sagt. Er scheint kein Mensch zu sein, der lügt. Nur jemand mit vielen Geheimnissen, die er für sich behält. Trotzdem, auch wenn mich jede Faser meines Körpers zur Vorsicht mahnt, muss ich diese Gelegenheit ausnutzen. Ich bin allein mit Mason. Es ist meine Chance, mehr herauszufinden, und die werde ich nutzen.

»Ich auch«, sage ich, packe die Kopfhörer in meine Jackentasche und gehe mit ihm zusammen weiter.

»Schlimm, das mit Dylan McCoy«, starte ich einen Small Talk, in der Hoffnung, mehr über Mason und seine Beteiligung bei dem Unfall herauszufinden. Dabei betrachte ich unauffällig die Stelle an seiner Brust, an der es beim letzten Mal rot geleuchtet hat. Aber es ist nichts zu sehen. Da er nicht auf meinen Kommentar reagiert, wende ich mich ihm erwartungsvoll zu. Anstatt zu antworten, schaut er mich nur an, so durchdringend, dass ich das Gefühl bekomme, er wolle mich mit seinem Blick durchbohren. Ich kann nicht klar denken, wenn er mich so ansieht, und blicke schnell wieder nach vorn zur Straße.

»Wart ihr befreundet?«, frage ich.

»Nein«, ist seine Antwort. »Aber Dylan war in Ordnung.«

Ich bleibe stehen, weil wir an meinem Haus angekommen sind. Mason zögert und dreht sich zu mir.

»Bei dem Unfall«, fange ich an und suche nach den richtigen Worten. »Also, als Dylan gestorben ist, da hat etwas unter deinem Shirt geleuchtet.« Ich deute auf die Stelle. »Was war das?« Zu fragen, ob er einen Dämon heraufbeschworen hat, ist mir dann doch zu riskant.

Sein Gesicht bleibt ausdruckslos, dann beugt er sich langsam zu mir, bis er nur noch wenige Zentimeter entfernt ist. So nah, dass ich seinen Duft wahrnehme, was mir erstaunlicherweise gefällt. Er riecht frisch: eine Mischung aus Sandelholz und Minze.

»Glaubst du wirklich, ich falle auf deine Spielchen herein?«, fragt er leise. »Ich weiß, dass mit dir was nicht stimmt, und ich werde herausfinden was.« Wachsam fährt er meine Gesichtszüge entlang, verweilt für einen Sekundenbruchteil an meinen Lippen und sieht mir dann fest in die Augen. »Ich kann für dich nur hoffen, dass es nichts mit Dylan und Sean zu tun hat.«

Ich schlucke und weiche einen Schritt zurück.

»Ich gebe dir einen guten Rat, Holly«, sagt er. »Halte dich aus fremden Angelegenheiten raus, das bringt dich nur in unnötige Gefahr.«

Mein Herz beginnt unkontrolliert gegen meine Rippen zu hämmern. »Ist das eine Drohung?«

»Eine Warnung«, sagt er mit dieser üblich gelangweilten Miene, die ich ihm nicht mehr abkaufe.

»Eine Warnung?«, wiederhole ich und muss unwillkürlich an meinen Traum denken. Langsam gehe ich rückwärts in Richtung Haus, ohne ihn aus den Augen zu lassen. »Dann sehen wir uns morgen.« Auch wenn er mir gerade unterschwellig gedroht hat, werde ich nicht aufgeben. *Ich werde vorsichtig sein, aber ich werde dein verdammtes Geheimnis herausfinden, Mason Baker.*

Er runzelt die Stirn, schaut an mir vorbei und betrachtet unser Haus. »Was willst du hier?«

Einen Moment zögere ich ihm die Wahrheit zu sagen, aber er wird es früher oder später sowieso herausfinden. »Ich wohne hier.«

»Hier?«, fragt er und zeigt unnötigerweise darauf.

»Ja, ich weiß«, sage ich, wende mich halb zu dem mintfarbenen Haus um, das selbst im Regen wie ein hübsch dekorierter Muffin aussieht, den man niemals essen würde, aus Angst, dass einem danach die Zähne ausfallen. »Angeblich soll es darin spuken. Aber ich versichere dir, das stimmt nicht«, sage ich sarkastisch. »Vielleicht hat meine Grandma dieses Gerücht gesät, um sich die Nachbarn vom Hals zu halten.«

»Deine ... Grandma?«, fragt Mason und ich habe den Eindruck, dass er plötzlich blass wird.

»Ja«, antworte ich, »sie ist vor ein paar Monaten gestorben und wir haben ihr Haus geerbt. Und Onkel Harry gleich mit.«

»Willst du damit sagen, dass Grace Campbell *deine* Grandma ist?« Ungläubig neigt er den Kopf, als hätte er sich verhört.

»War«, sage ich und schlucke den Kloß herunter, der sich bei dem Wort in meiner Kehle bildet. »Ich weiß, sie sah nicht aus wie eine Grandma. Sie war neunzehn, als sie meine Mom bekommen hat.«

»Fuck!«, sagt er plötzlich, reibt sich durchs Gesicht und legt dann den Kopf in den Nacken. »Du bist Grace' Enkelin«, stellt er fest, als hätte ihn eine wichtige Erkenntnis getroffen. Diesen Kerl soll mal einer verstehen.

»Aber Grace heißt Campbell mit Nachnamen und nicht Gilbert.«

»Richtig«, sage ich langsam. »Meine Mom hat bei der Hochzeit den Nachnamen von meinem Dad angenommen.«

Er schaut mich wieder durchdringend an und es ist, als würde er mich plötzlich mit anderen Augen sehen. Viel merkwürdiger finde ich, dass er meine Grandma beim Vornamen nennt. Ich kann mich nicht erinnern, das selbst jemals getan zu haben.

»Wir kennen uns«, sagt er dann.

Ich blinzle irritiert. Was soll das Ganze? »Du und meine Grandma?«, frage ich, aber Mason schüttelt den Kopf und deutet auf mich und dann auf sich.

»Wir beide«, sagt er.

»Sehr witzig, Mason.« Langsam macht mich sein Verhalten wütend.

»Nein«, wehrt er ab, als hätte er meine Gedanken gelesen. »Von früher. Du bist die kleine, böse Holly.«

Mir entweicht ein erstauntes Lachen. »*Die kleine, böse Holly?*«

Er nickt. »Grace und mein Onkel waren, seit ich bei ihm wohne, gute Freunde«, sagt er. »In einem Sommer warst du zu Besuch bei ihr und sie hat dich einmal mit zu uns gebracht. An dem Tag hast du meinen Kassettenrekorder genommen und meine Lieblingskassette mit deinem Gesang überspielt.«

Ganz schwach kehrt die Erinnerung zurück. Es war der Sommer, in dem ich neun wurde. Wir waren drei Jahre zuvor nach L. A. gezogen und ich habe meine Sommerferien bei Grandma verbracht. Sie hat mir den Besuch ihres Bekannten schmackhaft gemacht, indem sie mir versprochen hat, dass dort auch andere Kinder wären, mit denen ich spielen könnte. Worauf ich mich damals wirklich gefreut habe, weil ich durch unseren Umzug keine Freunde mehr in Flagstaff hatte. Aber als wir bei ihrem Bekannten ankamen, erwarteten mich keine anderen Kinder, die mit mir spielen wollten. »Du warst der Junge, der sich die ganze Zeit versteckt hat?«, frage ich erstaunt.

»Ich hatte Angst vor dir.«. Er verschränkt die Arme vor der Brust. »Du warst so hübsch mit deinen Locken, die ich allerdings braun in Erinnerung habe.«

»Ja«, seufze ich und ergreife zögerlich eine Strähne. »Ich färbe sie seit einiger Zeit blond.«

Er neigt den Kopf, als sei er sich unschlüssig, was er davon halten sollte. »Vielleicht hätte ich dich mit deinen braunen Haaren früher erkannt«, überlegt er. »Als Kind bist du mir auf jeden Fall aufgefallen. Ich hatte dich immer nur von weitem gesehen. Bis du dann plötzlich in meinem Zimmer standest. Das hat mich überfordert. Also hab ich mich versteckt.« Er grinst und in seinem Gesicht ist nichts mehr von dem kleinen, schüchternen Jungen von damals wiederzuerkennen. »Aber als du dann meine Lieblingskassette zerstört hast, die ich jeden Abend zum Einschlafen gehört habe, warst du nicht mehr die tolle Holly, sondern die *böse* Holly.«

»Willst du damit etwa sagen, ich habe deine Kassette nicht schön besungen? Ich hab mir so eine Mühe gegeben.« Ich grinse. Das habe ich wirklich. Ich habe mit voller Inbrunst in das Mikro gesungen, daran kann ich mich noch gut erinnern. »Dein Rekorder hat mich fasziniert.«

Nachdenklich schürzt er die Lippen. »War ein Familienerbstück.«

»Tja«, sage ich und recke das Kinn. »Du hättest mit mir spielen sollen, dann wäre das nicht passiert.«

Sein Mundwinkel hebt sich zu einem Lächeln und in seiner Wange bilden sich kleine Grübchen. »Stimmt«, sagt er. »Das hätte ich tun sollen.«

»Kanntest du meine Grandma gut?«, frage ich dann wieder ernster.

Er nickt und ein trauriger Ausdruck tritt in seine Augen. »Sie war eine langjährige Freundin von William.«

Ich runzle die Stirn.

»Meinem Onkel«, schiebt er als Erklärung hinterher. »Ich kannte sie, seit ich bei ihm wohne«, sagt er und presst die Lippen zusammen. »Ihr Tod kam sehr überraschend.«

Kalter Wind weht mir um die Ohren. »Für mich auch, glaub mir.«

»Man erkennt die Ähnlichkeit zwischen euch. Du hast ihre Locken und ihre Augen.«

Ich streiche mir ein paar Strähnen hinter die Ohren. »Ich weiß.«

»Holly!«, durchbricht Moms Stimme unser Gespräch.

Ich war so vertieft, dass mir nicht aufgefallen ist, wie sie in der Einfahrt geparkt hat.

»Hallo!« Sie kommt auf uns zu und betrachtet Mason interessiert.

»Das ist Mason«, stelle ich ihn vor und er reicht Mom höflich die Hand.

»Hallo, Mrs Gilbert.«

»Nenn mich Paige«, lächelt sie.

Ihr Blick wandert von Mason zu mir und wieder zurück. »Geht ihr zusammen zur Schule?«, will sie wissen.

»Ja«, sage ich.

»Wir sind in derselben Stufe«, antwortet Mason und verschränkt die Hände auf dem Rücken.

»Wie schön.« Ein strahlendes Lächeln erhellt ihr Gesicht. »Ich habe mir schon Sorgen gemacht, dass Holly keine neuen Freunde findet, nachdem sie an ihrer letzten Schule ...«

»Warst du einkaufen?«, unterbreche ich sie.

Sie blinzelt irritiert und nickt dann. »Ich will schon mal ein paar Halloweenrezepte für meinen Blog ausprobieren.«

»Soll ich Ihnen mit den Einkaufstüten helfen?«, bietet Mason sich hilfsbereit an, womit er noch mehr Pluspunkte bei Mom sammelt.

»Sehr gern«, lächelt sie und ich folge den beiden genervt zum Wagen.

Diese Wendung gefällt mir nicht. In der Regel kann ich mich darauf verlassen, dass Mom nur über sich und ihren Blog redet, aber wenn einmal das Thema auf mich fällt, neigt sie dazu, zu viel über Dinge zu erzählen, die andere Menschen nichts angehen. Vor allem nicht Mason.

»L. A.?«, fragt Mason interessiert. »Das ist bestimmt eine Umstellung, jetzt in Flagstaff zu wohnen.«

Angespannt beobachte ich, wie Mason das Gespräch auf die kalifornische Metropole bringt, während er die Tüten ins Haus trägt.

»Flagstaff ist um einiges entspannter«, sagt Mom und schließt die Tür auf.

»Wie war es in der Schule?«, fragt sie, als Mason die Tüten in der Küche abstellt, greift beim Ausräumen des Einkaufs nach einem Brotaufstrich und überfliegt die Zutatenliste auf dem Glas.

»Holly?«, fragt sie alarmiert, als ich nicht antworte und nur mit Mason einen Blick tausche. »Ist irgendwas passiert? Hast du wieder …?« Ihre Augen zucken in Masons Richtung und sie schluckt den restlichen Satz herunter.

Ich hätte es mir denken können. Sie befürchtet, dass ich wieder Mist gebaut habe. »Nein«, sage ich und beobachte, wie sie erleichtert ausatmet und sich die nächste Einkaufstüte vornimmt. »Aber es gab gestern einen schlimmen Unfall.«

»Schlimm?« Sie hält beim Auspacken der Tüte inne. »Geht es denn allen gut?«, hakt sie vorsichtig nach.

Langsam schüttele ich den Kopf. »Ein Schüler ist gestorben.«

Ihr klappt der Mund auf, dann schließt sie ihn wieder. In ihren Augen zeigen sich tausend Regungen, aber Entsetzen ist wohl am deutlichsten. Und obwohl sie es nicht ausspricht, weiß ich, was sie denkt: *Hoffentlich fängt Holly nicht wieder an von Geistern zu reden.*

Aber da braucht sie sich keine Sorgen zu machen, denn eins habe ich gelernt: *Überlege dir genau, wann und mit wem du über Geister sprichst.*

»Okay«, sagt Mason und klopft auf den Tisch, eine freundliche Geste, um sich zu verabschieden. »Kommst du Freitag auch zu Cole O'Brien?«, fragt er, vermutlich nur aus Höflichkeit.

»Nein«, sage ich und hebe mit gespieltem Bedauern die Schultern. »Ich bin nicht eingeladen.«

»Geh mit mir hin!«, fordert er mich auf.

Ich runzle die Stirn, aber gerade als ich dankend ablehnen will, mischt sich Mom ein. »Natürlich kommt Holly mit«, sagt sie und setzt ihr Verkäuferinnen-Lächeln auf. Bevor sie mit mir schwanger wurde, hat sie in einer Beauty-Boutique gearbeitet und ihr Verkaufstalent hat sie bis heute nicht verloren. »Du willst ja wohl keine Einladung ausschlagen, in der du etwas Zeit mit deinen neuen Klassenkameraden verbringen kannst, oder?«, fragt sie mich. »Außerdem gehört es zum Anstand, dorthin zu gehen. Immerhin ist die Familie O'Brien eine der einflussreichsten in Flagstaff.«

Das ist mir neu und wenn ich an Coles arroganten Auftritt denke, tut es seinem Ego nicht sonderlich gut. Aber ich habe kein Gegenargument, mit dem ich aus der Nummer wieder rauskommen könnte. Also sage ich nur: »Okay.«

Ein gewinnendes Lächeln umspielt Masons Lippen. »Amadeus und ich holen dich Freitag um sieben ab«, sagt er zur Verabschiedung und verlässt unser Haus, als wäre es das Normalste der Welt. Als würde er sich bei uns wirklich bestens auskennen. Ich frage mich, wie gut sein Onkel William und Grandma miteinander befreundet waren.

»So ein sympathischer junger Mann«, sagt Mom, als Mason weg ist. »Und so gut aussehend.«

Was sie wohl sagen würde, wenn sie wüsste, dass er im Verdacht steht, etwas mit dem Verschwinden eines Schülers zu tun zu haben? Von Dylan und dem Dämon ganz zu schweigen. Ich nehme mir schnell einen Apfel und verschwinde damit auf mein Zimmer, bevor ich mir eine Verkupplungstirade anhören muss.

Die Legende

Am Freitagmorgen herrscht in der gesamten High School Aufruhr. Fast alle Schüler laufen in grünen Hoodies mit aufgedruckten Adlern und der goldenen Aufschrift *Desert Ridge Eagles* durch die Flure. Einige tragen gold-grüne Caps. Die zum Team gehörenden Spieler, die sich durch ihre Footballjacken vom Rest der Schülerschaft abheben, werden bejubelt, als sie die Flure durchqueren.

»Weder ein Hoodie noch eine Cap?«, raunt mir eine vertraute Stimme ins Ohr. »Willst du uns etwa nicht unterstützen?«

Ich drehe mich um und blicke in Masons amüsiert funkelnde Augen. Heute trägt er keine Lederjacke, auch keinen grünen Hoodie, sondern seine Footballjacke. Es braucht einen Moment, bis ich verstehe, was ich sehe. »Du spielst im Team?«

»So überrascht?« Er hält sich die Hand ans Herz und tut so, als hätten ihn meine Worte getroffen. »Mache ich etwa keinen sportlichen Eindruck auf dich?«

Ich starre ihn einfach nur an und bin zu schockiert, um zu antworten. Ich verstehe es nicht. Wenn es stimmt, was die Geister von Sean und Dylan sagen, sind alle Spieler des Teams in Gefahr. Jeder könnte der Nächste sein, der von dem Dämon geholt wird. Der Dämon, den Mason heraufbeschworen hat? Glaubt er, dass er sicher ist? Und wie skrupellos muss er sein, dass er seine Mannschaftskollegen opfert? Ist das wirklich möglich? Kann er sich so gut verstellen?

Masons Hand, die vor meinem Gesicht auf und ab fährt, holt mich zurück in den überfüllten Flur und zu dem brausenden Tumult, der uns umgibt.

»Alles in Ordnung?« Der schalkhafte Ausdruck in seinem Gesicht ist einem skeptischen Blick gewichen. »Du siehst aus, als hättest du einen Geist gesehen!«

Ich blinzle und suche in meinem Kopf nach den richtigen Worten. »Das ist eine interessante Metapher ...«

»Alter, wo bleibst du denn?!« Cole legt Mason kumpelhaft den Arm um die Schultern und zieht ihn mit sich, bevor ich noch etwas sagen kann.

Plötzlich ergibt alles einen Sinn. Cole kann Mason leiden, weil er zum Team gehört. Das ist der Grund, warum die Cheerleaderinnen und die anderen Spieler so oft in seiner Nähe sind und Mason zu den Beliebten der High School gehört – weil er bei den Desert Ridge Eagles spielt.

»Holly!« Lilly winkt mir von der Tür aus zu, wo sie mit Amadeus und Ludy wartet, alle drei in grünen Hoodies.

Sie deutet mir an zu ihnen zu kommen und ich bin froh ihre vertrauten Gesichter zu sehen, da ich die neuen Erkenntnisse über Mason immer noch nicht ganz verdaut habe.

»Das Ding wiegt echt was!« Sie drückt mir die Kamera in die Hand. »Bist du sicher, dass du damit umgehen kannst?«

»Ja«, sage ich und hänge mir den Gurt um den Hals.

»Perfekt.« Sie hakt etwas in ihrem Notizheft ab und steckt es zurück in die Tasche. »Hier entlang.«

Wir laufen im Strom der anderen Schüler zum Spielfeld. »Warum wusste ich nicht, dass Mason im Team spielt?«, frage ich die anderen.

»Das wusstest du nicht?«, fragt Amadeus zurück und zuckt mit den Schultern.

»Vielleicht weil Mason es nicht so raushängen lässt wie der Rest«, sagt Lilly. »Er trägt so gut wie nie seine Footballjacke und ich höre ihn auch eher selten über den Sport reden.«

»Außer er hängt mit dem Idioten Cole herum«, wendet Amadeus ein.

»Tja, das stimmt«, Lilly neigt den Kopf zur Seite, »aber das kommt ja nicht allzu oft vor. Im Gegensatz zu Cole prahlt Mason nicht gerade damit, dass er im Team ist«, sagt sie. »Ich habe mal versucht ein Interview für den Schulblog mit ihm zu führen. Keine Chance. Er redet einfach nicht drüber. Zum Glück hat Jason sich erbarmt.«

»Der ist ja auch mit deiner Schwester zusammen«, wirft Amadeus ein und lacht schräg. »Jason hatte keine andere Wahl.«

»Natürlich hatte er die«, empört sich Lilly. »Er hat mir sehr gern ein

Interview gegeben und mich davor bewahrt, mit diesem Vollidioten Cole zu sprechen.«

Amadeus grinst nur.

»Wir müssen unten bleiben«, erklärt Lilly, als ich Ludy und Amadeus auf die Tribüne folgen will. »Vielleicht kannst du ein paar Fotos machen, wenn die Spieler einlaufen.«

Wir gehen zum Spielfeldrand und warten, dass es losgeht. Das Maskottchen, ein lebensgroßer Stoffadler, und das Cheerleaderteam sorgen bereits für Stimmung. Die Gegner, die New York Bulls auf der anderen Seite, jubeln ihrem Cheerleaderteam und ihrem Maskottchen, einem Stoffbullen, zu. Die gegnerischen Cheerleader tragen keine grün-goldenen Kostüme, sondern blau-rote.

Als die Spieler angekündigt werden, halte ich die Kamera bereit und fotografiere, während sie einlaufen und sich auf dem Spielfeld aufstellen. Dann tritt Direktor Valentine mit einem Megafon zu ihnen auf den Rasen.

»Bevor gleich das große Spiel beginnt, möchten wir des tragischen Verlusts von Dylan McCoy, unseres Quarterbacks, gedenken. Für ihn gibt es nun eine Schweigeminute.«

Die Uhr auf der Anzeigentafel stellt sich auf eine Minute ein. Es wird still im Stadion. Totenstill. Dann beginnt sie herunterzuzählen. Es fühlt sich an wie eine Ewigkeit und mir wird erst jetzt Dylans Tod wirklich bewusst. Für diejenigen, die ihn gekannt haben, muss es noch viel schlimmer sein. Ich habe ihn erst als Geist kennengelernt. Ob Dylan mitbekommt, dass gerade die ganze Schule und das gegnerische Team an ihn denken? Bis jetzt habe ich keinen der beiden Geister hier entdeckt.

Ein schrilles Pfeifen ertönt, als Direktor Valentine nach Ablauf der Minute das Megafon wieder einschaltet. »Dieses Spiel widmen die Desert Ridge Eagles Dylan McCoy und seiner Familie«, sagt er. »Gebt euer Bestes, Jungs!«

Lilly zückt Block und Bleistift und beobachtet gespannt, wie sich die Mannschaften voreinander aufstellen, und ich schieße eilig ein paar Bilder.

Mein Herz schlägt schneller, als das Spiel beginnt.

Gerade als Cole Mason den Ball zuwirft, steht plötzlich Dylans Geist mitten auf dem Spielfeld. Er starrt mich an.

Langsam hebe ich die Kamera und drücke ab. Keine Ahnung, ob es funktioniert. Ich kann es mir nicht vorstellen, sonst gäbe es ja schon unzählige Fotos von Geistern. Trotzdem, einen Versuch ist es wert.

Niemand außer mir scheint ihn zu bemerken. Wie auch? Außer ... Mason? Er löst sich aus einem Knäuel Footballspieler, die sich auf den Ball gestürzt haben, weicht ein paar Schritte zurück, starrt so wie ich zu dem Geist und richtet seinen Blick dann auf etwas anderes. Einen schwarzen Schatten, dessen Gegenwart mir die Magensäure hochtreibt. Ich verspüre das dringende Gefühl, mich zu übergeben. Wie ein Todesbote fliegt der dämonische Schatten über das Spielfeld. Dylan scheint es zu bemerken, er sagt etwas, was ich nicht verstehe, weil es um uns herum zu laut ist, und rennt dann panisch auf das Knäuel aus Spielern zu. Der Dämon verweilt einen Moment über dem Spielfeld. Dann stürzt er in Sekundenschnelle hinunter. Ich vergesse zu atmen. Ich weiß, dass ich etwas tun müsste, die anderen warnen, aber ich bin wie versteinert.

Mason fixiert das Schattenwesen und wie beim letzten Mal, beginnt er etwas zu murmeln, nur das rote Leuchten unter seinem Shirt sehe ich heute nicht. Das Wesen hält inne, wendet sich ihm zu, als würden Masons Worte seine Aufmerksamkeit auf sich ziehen, und löst sich kurz darauf in Luft auf.

Plötzlich erscheint Seans Geist, wartet, bis die Spieler wieder auseinandergehen, eilt zu Dylan, der verängstigt auf dem Boden kauert, und ein paar Sekunden später verschwinden die beiden wieder im Nichts.

Mason wird von einem Spieler gegen die Schulter gestoßen, als fragte dieser ihn, wieso er da so herumsteht. Kurz darauf rennt er wieder zu den anderen aufs Spielfeld und fängt einen Ball, der ihm zugepasst wird. Er spielt einfach weiter, als wäre nichts geschehen.

Dem restlichen Spiel folge ich nur noch mit halber Aufmerksamkeit, die ganze Zeit erwarte ich, dass die Geister und der Dämon wieder auftauchen.

Erst als es vorbei ist, spüre ich, wie die Anspannung von mir abfällt. Niemand wurde verletzt. Niemand ist gestorben.

Die Desert Ridge Eagles haben gewonnen und die gut gelaunten Zuschauer lassen die Tribüne beben. Ich gebe Lilly die Kamera zurück und hoffe, dass ich zumindest ein paar gute Bilder geschossen habe.

***

Nach dem Abendessen stehe ich in meinem Zimmer und bin mir nicht sicher, was ich zu Coles Party anziehen soll. Ich lege eine Kombination auf meinem Bett zurecht: einen schwarzen High-Waist-Rock, dazu ein weißes T-Shirt mit gold-schwarzem Aufdruck und meine weißen Sneakers. Zum einen will ich mich nicht zu sehr stylen, aber zum anderen soll es auch nicht zu schlicht aussehen. Die Footballmannschaft und sämtliche Cheerleaderinnen werden da sein. Ein Rock mit Sneakers erscheint mir da genau passend. Es ist sozusagen ein eleganter Mittelweg.

Ich ziehe mich um, fahre mit den Fingerspitzen durch meine Haare, versuche meine Locken etwas zu bändigen und gebe es dann auf. Abwägend halte ich einmal den pinkfarbenen und dann den dunkelroten Lippenstift im Spiegel vor mein Gesicht und entscheide mich dann für den dunkelroten, der ist weniger auffällig, aber trotzdem chic. Ich lege noch etwas Parfüm auf, schnappe mir Stoffjacke und Handtasche und gehe nach draußen, um dort auf Mason und Amadeus zu warten.

Als ich die Haustür hinter mir schließe, weht mir die frische Herbstluft über die Stirn. Ich streiche mir eine honigblonde Strähne hinters Ohr und prüfe noch einmal mein Spiegelbild in der Scheibe der Haustür. Als ich mich zur Straße hinwende, bemerke ich eine vertraute Gestalt, die gerade aus einem schwarzen Ford Mustang steigt. Mein Magen hebt sich und ich spüre, wie mir Hitze in die Wangen steigt. Mason.

Mit unsicheren Beinen gehe ich zu seinem Auto. Jetzt, wo ich weiß, dass er selbst in der Mannschaft spielt, glaube ich nicht mehr, dass er für den Tod der anderen Spieler verantwortlich ist. Aber etwas an ihm macht mich immer noch nervös. Vielleicht die Tatsache, dass er offenbar Macht über einen mordenden Dämon hat?

»Hey«, sage ich, als ich vor ihm stehe. Meine Stimme zittert ein wenig.

Mason dreht sich zu mir und blinzelt in die untergehende Sonne. »Hi«, sagt er und sein Lächeln nimmt mir meine Anspannung.

Er trägt ein weißes T-Shirt, unter dem sich seine Muskeln leicht abzeichnen, und darüber die Mannschaftsjacke der Desert Ridge Eagles.

»Warum hast du mir nicht erzählt, dass du im Footballteam spielst?«, frage ich.

Seine Brauen schellen überrascht in die Höhe. »Ich wusste nicht, dass ich dazu verpflichtet bin«, sagt er, verschränkt die Arme und mustert mich sorgfältig. Fast so, als wüsste er, dass ich die Geister und den Dämon heute bei dem Spiel auch gesehen habe.

»Außerdem ist es kein Geheimnis. Jeder an der Schule weiß, dass ich in der Mannschaft bin.« Mason neigt den Kopf und reibt sich verlegen den Nacken. »Wollen wir los?«

Ich nicke nur, er öffnet die Hintertür für mich und ich steige zu Ludy auf die Rückbank, der mich mit seiner gewohnten Fröhlichkeit begrüßt.

Amadeus fährt und nach zwei Minuten weiß ich, dass es sein Wagen ist und er ihn mehr als alles andere auf der Welt liebt.

Er führt einen Monolog über die Pflege des Wagens, wie viel PS er hat und welche Berühmtheiten angeblich den gleichen Mustang gefahren sind. Ich klinke mich gedanklich aus und während er eine kurvige Straße in der bewaldeten Berglandschaft hinauffährt, betrachte ich die Sonne, die hinter den Bäumen untergeht.

Nach etwa zwanzig Minuten parkt er vor einem alleinstehenden Haus oben im Ponderosa-Kiefernwald, wo bereits an die fünfzehn andere Autos stehen. Als wir aussteigen, dröhnt uns Tanzmusik und Stimmengewirr entgegen und es scheint, als wäre die Party bereits im vollen Gange.

Das letzte Dämmerlicht erhellt die Holzstufen, die zur Eingangstür führen, die schon nach dem ersten Klopfen von Cole aufgerissen wird.

»Mason!« Er legt Mason zur Begrüßung gönnerhaft den Arm um die Schultern und ignoriert Amadeus, Ludy und mich. »Cool, dass du gekommen bist. Getränke und Essen sind in der Küche und einige Mädels aus dem Cheerleaderteam sitzen schon im Whirlpool«, sagt er mit einem Augenzwinkern.

Mason reagiert mit seinem typisch trägen Lächeln. »Danke, wir finden uns schon zurecht.«

Das Haus von Coles Eltern ist eines dieser modernen Berghäuser mit Steinwänden, Panoramafenstern, Holzboden und einem Wintergarten mit

Whirlpool, von wo aus man einen wunderschönen Ausblick auf die San-Francisco-Peaks hat.

»Holly!« begrüßt mich Lilly, die gefolgt von Jasmin und einem gut aussehenden Footballspieler gerade durch die Terrassentür tritt. Lilly wirkt erleichtert uns zu sehen, aber Jasmins freundliches Gesicht versteinert, als sie Amadeus erblickt. So wie die anderen Cheerleaderinnen auf der Party trägt auch sie ihr Kostüm.

»Ich wusste gar nicht, dass Jasmin im Cheerleaderteam ist«, stelle ich fest und beobachte, wie sie ihren Freund etwas benommen anlächelt.

Beide bleiben vor uns stehen und Jasmin wendet ihren Blick erst von ihrem Partner ab, als der Mason begrüßt. Aber anders als Cole beachtet er auch Ludy und Amadeus und hält dann auch mir seine Hand hin. »Hi, ich bin Jason.«

»Holly«, sage ich und begrüße ihn.

»Wir sind auf dem Weg in die Küche«, sagt er in die Runde, »wollt ihr auch was?«

»Ich besorge uns was zu trinken«, sagt Mason zu uns und schließt sich den beiden an.

»Jason ist so toll«, schwärmt Lilly und blickt den dreien fast schmachtend nach, als sie in die Küche gehen. »Jasmin hat schon so viele Idioten mit nach Hause gebracht«, sagt sie und verdreht die Augen, »aber Jason ist echt richtig cool. Wie ein großer Bruder.«

»Und er ist im Footballteam«, denke ich laut.

»Er ist sogar der Captain«, sagt Lilly.

In meinem Kopf klingt es wie eine Warnung. Denn bei den Desert Ridge Eagles zu spielen bedeutet nur eins: Er ist in Gefahr wie alle anderen aus der Mannschaft.

Auf dem Tisch im Wohnzimmer ist ein Bild von Dylan McCoy aufgestellt. Einige Gäste haben sich darum versammelt und sprechen über ihn. Die Atmosphäre hier ist gedrückt, weshalb vermutlich nicht so richtig Partystimmung aufkommt, trotz des Sieges heute Morgen und der lauten Tanzmusik. Denn bis auf Cole scheint keiner sonderlich gut gelaunt zu sein.

»Wer ist das?«, frage ich Ludy, der neben mir steht, und zeige auf das Foto einer hübschen jungen Frau auf der Kommode hinter dem Tisch.

Er greift sich das Bild und lächelt sein seliges Ludy-Lächeln. »Das ist Coles Mutter, ein großer Reality Star.«

»Finger weg, du *gros tas*«, sagt Cole, reißt ihm das Bild aus der Hand und stellt es zurück an seinen Platz. »Sie ist kein Reality Star, kapiert?« Er kommt Ludy bedrohlich nah. »Sondern eine erfolgreiche Schauspielerin.«

»Lass ihn in Ruhe, Cole«, mischt sich Amadeus ein.

Cole öffnet den Mund, als wollte er ihm etwas Gehässiges an den Kopf werfen, aber dann huscht sein Blick zu Mason, der gerade aus der Küche kommt, reißt sich zusammen und geht zu zwei Cheerleaderinnen.

»Was ist denn ein *Grootaa*?« Belustigt äfft Amadeus Cole nach.

»Das französische Wort für *Fettsack*«, sagt Ludy und versucht dabei gleichgültig zu klingen, was ihm nicht richtig gelingt.

»Fettsack?«, fragt Mason und reicht jedem von uns einen roten Becher.

»So hat dein toller Freund Cole Ludy gerade genannt«, sagt Amadeus und betrachtet sein Getränk skeptisch.

Mason hält inne und ein düsterer Schatten legt sich über seine Augen. »Was hat er gesagt?«, knurrt er.

»Nicht so wichtig«, versucht Ludy es mit einem Lächeln und einer wegwerfenden Handbewegung herunterzuspielen.

Aber Mason ignoriert ihn und sieht sich suchend im Raum um. »Wo ist der Mistkerl?«

»Bestimmt draußen oder im Whirlpool«, sagt Amadeus, trinkt einen Schluck aus seinem roten Becher und verzieht enttäuscht das Gesicht. »Echt jetzt, Mase?«, fragt er. »Wasser?«

»Ich hab's dir doch gesagt, Mason«, sagt Jason lachend, der gerade mit Jasmin zu uns zurückkommt, und reicht Amadeus einen anderen Becher.

»Bier?«, fragt dieser.

Jason nickt zur Antwort.

»Danke, Mann.« Amadeus trinkt einen Schluck und sagt: »Schon besser.«

Jasmin funkelt Jason daraufhin böse an.

»Was?«, fragt dieser und hebt unschuldig die Schultern. Aber sie schüttelt nur den Kopf und stürmt durch die Terrassentür nach draußen. Jason sieht ihr überfordert hinterher und folgt ihr dann.

»Dann fahre *ich* also zurück«, sagt Mason und beäugt genervt das Bier in Amadeus' Hand.

»Das war der Plan«, ist dessen Antwort.

Ich mustere Amadeus aufmerksam. »Was hat Jasmin gegen dich?«

Er schürzt die Lippen und blickt in den Becher. »Sie denkt, ich hätte Lilly in Gefahr gebracht.«

Überrascht sehe ich zu Lilly. »Und?«, frage ich. »Stimmt das?«

Er presst die Lippen aufeinander. »Lilly und ich, wir ...«

»Haben mal eine Zeit lang zu viel gemeinsam unternommen, was Jasmin nicht gefallen hat«, eilt sie ihm zur Hilfe und legt ihm den Arm um die Schultern. »Wollen wir rausgehen?«

Ich mustere sie skeptisch und werde das Gefühl nicht los, dass *sie* Jasmins Wut verdient hätte und nicht er.

Hintereinander laufen wir in den Garten und ich ziehe meine Jacke enger zu. Es wird allmählich dunkel und hier oben in den Bergen ist es doch kühler, als ich erwartet habe.

»Hey, Mason!« Amber, heute auch in ihrem Cheerleader-Outfit, drängt ihn von unserer Gruppe ab.

»Hey.« Er bleibt stehen und grüßt sie mit einem Luftkuss auf die Wange. Ich gehe mit den anderen weiter in Richtung eines Lagerfeuers, das in einem Feuerkorb seine Flammen spuckt und weit genug von den Kiefern entfernt steht, um einen Waldbrand verursachen zu können. Lilly stellt sich mit den anderen zu ein paar Footballspielern, die sich um das Lagerfeuer versammelt haben.

Ich aber drehe mich auf halber Strecke noch einmal zu Mason um.

Er trinkt einen Schluck aus seinem Becher und unterhält sich weiter mit Amber, wobei sein Blick mir folgt, als wollte er mich nicht aus den Augen verlieren.

Ich wende mich von den beiden ab. Hier draußen ist es echt frisch. Der

Rock und die dünne Stoffjacke waren eine Fehlentscheidung. Ich friere, aber ich will nicht zurück ins Haus. Daher geselle ich mich zu Lilly und den anderen und genieße die knisternde Wärme des Lagerfeuers.

»Hey«, lallt mir ein sichtlich angetrunkener Typ ins Ohr, der allein bei diesem Wort ins Wanken gerät.

»Hi«, erwidere ich höflich und wende mich dem Feuer zu, um ihm diskret zu zeigen, dass ich kein Interesse habe, mit ihm zu reden.

»Ich bin Bradley«, versucht er dennoch ein Gespräch zu beginnen und kommt mir dabei so nah, dass mir sein Bieratem in die Nase sticht.

»Holly«, sage ich und bringe erneut etwas Abstand zwischen uns.

»Hab dich hier noch nie gesehen, Holly«, sagt er und rückt mir nach. Ich weiche ihm wieder aus und stoße gegen einen Footballspieler neben mir. »Sorry«, sage ich schnell.

Er lächelt. »Kein Problem.« Dann wendet er sich an Bradley. »Lass die Lady in Ruhe, Brad!«

Dieser hält inne, nimmt zum Glück etwas Abstand, starrt mich aber unentwegt an, wobei er sichtlich damit kämpft, sein Gleichgewicht zu halten. Ich versuche ihn zu ignorieren.

»Scheiße, das mit Dylan«, sagt der Footballspieler, der mir gerade geholfen hat. Er hat die Hände in seiner Jacke vergraben, kaut auf einem Zahnstocher herum und blickt in die lodernden Flammen. »Ist wohl doch was dran … an der Legende.«

Interessiert horche ich auf.

»Quatsch«, widerspricht ihm sein Nebenmann und schüttelt den Kopf. »Das war einfach nur Pech. Ein Unfall, sonst nichts.«

»Was für eine Legende?«, frage ich und versuche nicht allzu neugierig zu klingen.

»Die Legende der Desert Ridge Eagles«, sagt der Typ, der augenscheinlich nichts von diesem Gerede hält. »Seit Jahren kursiert das Gerücht, dass angeblich alle fünfundzwanzig Jahre fünf Spieler auf mysteriöse Weise sterben, angeblich als Opfer an die Götter, damit die Mannschaft so erfolgreich sein kann.«

»Nicht an die Götter, Tyler, sondern an einen Erfolgsgott«, verbessert ihn der mit dem Zahnstocher im Mund. »Der Legende nach wurde vor fünfundsiebzig Jahren ein Pakt mit einem Siegesgott geschlossen. Diesem Pakt haben wir unseren Dauererfolg zu verdanken. Seit Jahrzehnten sind die Desert Ridge Eagles die erfolgreichste High-School-Footballmannschaft in Amerika. Jedem, der bei uns spielt, steht eine großartige Karriere bevor, wenn er es denn möchte. Aber der Preis ist hoch: Alle fünfundzwanzig Jahre fordert dieser Gott fünf Seelen der Mannschaft für den Erfolg.«

»Da, bitte«, sagt Tyler in meine Richtung und verdreht die Augen. »Jake, hör dir mal selbst zu, das ist totaler Schwachsinn, was du da erzählst.«

»Genau vor fünfundzwanzig Jahren verunglückten fünf Spieler der Eagles«, widerspricht ihm Jake.

»Woher willst du das wissen? Warst du dabei?«, fragt Tyler. »Das ist nur das Gerede der Leute und falls es stimmt, dann war es vielleicht auch einfach nur Pech«, argumentiert er. »Vielleicht sind damals durch unglückliche Zufälle fünf Spieler gestorben, aber dass es angeblich alle fünfundzwanzig Jahre wieder passiert, ist einfach nur ein dummes Gerücht.«

»Ich hoffe, du hast recht.« Jake spuckt seinen Zahnstocher ins Feuer. »Ich will noch nicht sterben.«

»Wollen wir beide vielleicht irgendwo hingehen, wo es etwas ruhiger ist?«, lallt mir Bradley ins Ohr.

»Hey!« Mason stellt sich plötzlich zwischen uns. »Lass meine Freundin in Ruhe, Brad.«

»*Deine* Freundin?«, fragt der Betrunkene irritiert. »Wusste gar nicht, dass du ’ne Neue hast«, murmelt er und endlich verlässt Bradley die Runde am Lagerfeuer.

Masons dunkle Augen blitzen in meine Richtung und mir wird augenblicklich wärmer. »Danke für die Rettung«, sage ich.

Er mustert mich mit einem achtsamen Seitenblick. »Ist dir kalt?«, fragt er.

Ich schüttele den Kopf. »Schon okay«, sage ich. »Das Feuer wärmt ein bisschen.«

Er neigt den Kopf, wirft mir einen vielsagenden Blick zu, zieht dann seine

Jacke aus und legt sie mir über die Schultern. Sie ist warm und ich atme unauffällig seinen Duft ein. Ich mag ihn, er fühlt sich seltsam vertraut an.

»Danke«, sage ich und schlüpfe in die Ärmel.

»Hör auf dich ständig zu bedanken«, lächelt er träge, blickt wie die anderen ins Feuer und knetet leicht die Hände, wobei sich seine Muskeln unter dem Shirt anspannen.

Ich weiß nicht, was ich von ihm halten soll. Er verwirrt mich. Ein Teil in mir fühlt sich wohl in seiner Nähe und der andere rät mir dazu, vorsichtig zu sein. Und dennoch: Jetzt, wo er neben mir steht, spüre ich, wie ich mich allmählich entspanne, und ich bin mir nicht sicher, ob das clever ist. Sein Verhalten ist einfach zu widersprüchlich. Einerseits ist er kühl und abweisend und dann wieder aufmerksam und zuvorkommend. Eine Kombination, bei der höchste Vorsicht geboten ist – diese Menschen haben meist etwas zu verbergen. Im schlimmsten Fall hat dieses *Etwas* mit dem Tod von zwei Mannschaftskollegen zu tun, auch wenn ich mittlerweile starke Zweifel an dieser These habe.

»Mase, bitte sag Jake, dass die Legende der Desert Ridge Eagles totaler Schwachsinn ist«, drängt ihn Tyler.

Mason runzelt die Stirn. »Woher soll ich wissen, ob es Schwachsinn ist?«

»Siehst du«, wirft Jake nun ein, »Mason glaubt auch dran.«

»Ich glaube an gar nichts«, widerspricht Mason.

Im flackernden Licht des Feuers versuche ich herauszufinden, ob er wirklich sagt, was er denkt. Was, wenn es diese Legende tatsächlich gibt? Dann könnten der Dämon und vielleicht sogar Mason etwas damit zu tun haben. Aber würde er wirklich seine Mannschaftskollegen töten? Ist er so skrupellos? Ich denke über Jakes Worte nach. Nein, da passt einiges nicht zusammen. Er hat davon geredet, dass sich die Legende alle fünfundzwanzig Jahre wiederholt. Es wäre unlogisch, wenn Mason etwas damit zu tun hätte. Wie alt ist er? Siebzehn, so wie ich? Das ergibt keinen Sinn.

»Ist das Masons Jacke?«, fragt Cole, der plötzlich neben mir steht, und betrachtet mich mit so einer Arroganz, als würde die Jacke an einer Schaufensterpuppe hängen. Ich sehe zu Mason, der mir den Rücken zugewandt hat und mit Tyler spricht. Cole beugt sich zu mir. »Ich habe dich beobachtet«, flüstert er. »Du stellst ganz schön viele Fragen zu Dingen, die dich nichts angehen.« Er hält kurz inne. »Die Legende ist ein Gerücht. Sonst nichts. Kapiert?« Er presst die Lippen zusammen, als müsste er sich zwingen weiterzuflüstern und mich nicht anzuschreien. »Und ich werde nicht zulassen, dass du unseren Ruf schädigst«, zischt er. »Außerdem«, sein Mund verzieht sich zu einem gehässigen Grinsen, »brauchst du dir keine Hoffnungen wegen Mason machen. Du bist nicht sein Typ, er steht eher auf Brünette.« Er reckt das Kinn in Richtung Amber, die sich zu uns ans Lagerfeuer gesellt hat.

Am liebsten würde ich ihm ein *Verpiss dich, Cole!* ins Gesicht zischen. Aber ich bin die Neue und hier auf seiner Party, deshalb verschlucke ich meine Wut und ignoriere den Kloß, der sich daraufhin in meiner Kehle bildet.

»Warnung angekommen?«, fragt er scharf.

»Was ist hier los?«, höre ich Mason plötzlich hinter mir und bevor Cole antworten kann, hat er ihn am Kragen gepackt, in den Schatten des Hauses gezerrt und gegen die Hauswand gepresst. Es geht so schnell, dass es die anderen nicht mal mitbekommen. Eilig folge ich den beiden in die Dunkelheit. »Cole«, sagt Mason leise und bedrohlich. »Wenn du meine Freunde nicht in Ruhe lässt, dann verspreche ich dir, dass ich richtig ungemütlich werde.«

Cole lacht und klopft ihm kumpelhaft auf die Schulter, offenbar überfordert von Masons Reaktion. »Alles gut, Mase«, sagt er. »Holly und ich haben uns nur unterhalten.«

Mit zu Schlitzen geformten Augen sieht Mason zu mir, als wollte er sich vergewissern, dass Cole die Wahrheit sagt.

Mein Mund fühlt sich plötzlich ganz trocken an und ich versuche zu schlucken, was nicht wirklich hilft, aber ich sage nichts, sondern nicke nur zaghaft. Langsam lässt er Cole wieder los.

Dieser nimmt schnell ein paar Schritte Abstand, wieder raus aus dem Schatten, wo man ihn besser sehen kann, und reibt sich über den Hals. »Kommt ihr mit in den Whirlpool?«, fragt er halbherzig, vielleicht um zu überspielen, was gerade passiert ist.

»Nein«, sagt Mason. »Wir gehen jetzt.«

Blood and Bones

Das Wochenende verbringe ich damit, meine Hausaufgaben zu machen, neue Rezepte von Mom vorzukosten und das Internet nach der Legende und angeblich verstorbenen Footballspielern vor fünfundzwanzig Jahren zu durchforsten. Aber zu beidem kann ich nichts finden. Vielleicht liegt es daran, dass das Internet damals noch nicht ganz so populär war wie heute. Ich nehme mir vor, in der nächsten Zeit einmal ins Stadtarchiv zu fahren, um zu schauen, ob ich in alten Zeitungsartikeln mehr herausfinden kann. Vielleicht bekomme ich in der Schule auch Zugang zu den Jahrbüchern, da müsste doch etwas vermerkt worden sein. Fünf tote Footballspieler an einer High School würde man doch nicht einfach ignorieren? Selbst wenn es Unfälle waren.

***

Am Montag herrscht in der Schule im Vergleich zu Freitag wieder getrübte Stimmung. Vor Dylan McCoys Spind stehen frische Blumen und es sind noch ein paar Kuscheltiere hinzugekommen.

»Weißt du, ob ich mir die alten Jahrbücher irgendwo ansehen kann?«, frage ich Lilly, als wir in der Pause über den Schulhof in Richtung Cafeteria gehen. Als Redakteurin des Schülerblogs könnte sie tatsächlich Zugang zu den alten Jahrbüchern haben.

»Warum?«, will sie wissen. »Möchtest du einen Gastbeitrag für den Schulblog schreiben?«

»Ja«, sage ich langsam, »so etwas in der Art.« Es hat gerade erst aufgehört zu regnen und der feuchte Kies des Schulhofs glitzert wie viele kleine Kristalle.

»Worüber?« Sie bleibt stehen, legt den Kopf schief und betrachtet mich interessiert.

Mein Blick gleitet nach einer Antwort suchend über den Hof. Hinter ihr auf einer Bank vor der Cafeteria sitzen mehrere Sportler, unterhalten sich angeregt und boxen sich kumpelhaft gegen die Schultern. An einem Tisch bei der Cafeteria unter einem Schirm, der die Metallstühle vor dem Regen schützt, blättern Jasmin und ihre Freundinnen in Zeitschriften und trinken Cappuccino aus Pappbechern. Lilly sieht mich immer noch abwartend an. »Ich dachte«, sage ich und mein Blick schweift wieder zu den Jungs in ihren Mannschaftsjacken, »ich könnte vielleicht über die ehemaligen Siege der Footballmannschaft schreiben?« Ich hebe unsicher die Schultern. Eine kleine nachdenkliche Falte bildet sich zwischen ihren Brauen. Mist, das ist echt ein mieser Vorschlag. Warum ist mir nichts Besseres eingefallen? Ich versuche mir die Posts meiner alten Schule in Erinnerung zu rufen, mit der Hoffnung auf eine bessere Idee, die ich ihr unterbreiten könnte.

»Das ist genial«, erlöst mich ihre Stimme aus meinen panisch suchenden Gedanken. *»Die Erfolgsgeschichte der Desert Ridge Eagles im Laufe der Zeit«*, sinniert sie schon über den Titel des Artikels. »Wann hast du heute Schluss?« Sie zückt ihr Notizheft und schreibt *Jahrbücher für Holly* auf ihre To-do- Liste.

»Ich muss heute nach dem Unterricht zum Vorbereitungskomitee für den Halloweenball.« Gequält rolle ich mit den Augen. »Aber davor habe ich eine Freistunde.«

Lilly klopft sich mit dem Bleistiftende auf die Nasenspitze, was sie öfter macht, wenn sie nachdenkt. »Eine Stunde ist besser als gar nicht, oder?«, sagt sie dann. »Ich weiß, dass Mr Turner heute in der Bibliothek ist. Er lässt uns bestimmt ins Schularchiv.«

***

Nach der Englischstunde mache ich mich auf den Weg zur Bibliothek. Der Anblick des menschenleeren Raums ist ernüchternd. Im Vergleich zu meiner alten High School wirkt es geradezu mitleiderregend. Während die Bibliothek in L. A. aus antikem Holzmobiliar bestand und die Regale so hoch waren, dass man eine Leiter benötigte, um an die Bücher zu gelangen, die in den obersten Fächern standen, reiht sich hier lediglich ein kopfhohes Regal aus billigem weißem Metall an das nächste.

»Holly, hey!«, ruft Lilly, als ich um die Ecke biege. Sie steht an einem Tisch, auf dem sich Türme aus Büchern stapeln.

»Das ist Mr Turner«, sagt sie, als ich bei ihr stehen bleibe.

Ein Mann mit silbernem Haar, einer dicken Brille, die seine Augen verkleinert und dennoch sein starkes Schielen nicht verdeckt, blickt hinter den Bücherstapeln hoch wie ein Maulwurf, der sich für einen Moment aus seinem Erdloch wagt. »Der beste Geschichtslehrer der Welt, der uns gerade das Schularchiv aufgeschlossen hat.« Sie deutet auf eine schlichte Metalltür neben einem Bücherregal, auf der ein ausgeblichenes Papierschild mit der Aufschrift *BETRETEN VERBOTEN* klebt.

»Danke«, sage ich.

Mr Turner lächelt, macht eine wegwerfende Handbewegung und führt uns ins Archiv. »Wenn ich Zeit habe, können Sie sich immer an mich wenden. Ich freue mich, wenn Schüler in die Bibliothek kommen.«

Vom Schularchiv habe ich erwartet, dass es aufgeräumt und gut sortiert ist, aber auch da werde ich enttäuscht.

»Das Chaos hat mein Vorgänger mir überlassen«, entschuldigt sich Mr Turner. »Ich bin bis jetzt noch nicht dazu gekommen, Ordnung zu schaffen, die Hälfte von dem Zeug kann man vermutlich wegschmeißen.« Flüchtig deutet er auf verstaubte Bilderrahmen und Pappmaschee-Skulpturen, die in einer Ecke lagern, und geht weiter. »Hier sind die alten Klausuren«, murmelt er und fährt mit den Fingern über die Kartons in einem der Regale. »Mal schauen, ob wir *hier* fündig werden.« Er beugt sich hinunter und zieht einen verstaubten Karton hervor. Mit einem Ruck hievt er ihn auf den Metalltisch, knipst das kleine Tischlicht an, nimmt den Deckel herunter und blickt hinein: »Bingo.«

Wir holen auch die anderen Kartons aus dem Regal, bis vor uns die Jahrbücher der letzten fünfundsiebzig Jahre liegen.

»Wenn Sie fertig sind, sagen Sie mir kurz Bescheid, damit ich wieder abschließen kann«, sagt er und wendet sich zum Gehen. »Ach, und Lilly, wenn Sie etwas ausleihen, vermerken Sie es bitte im Register.«

»Natürlich, Mr Turner«, sagt Lilly.

»Dann viel Erfolg!« Mit diesen Worten lässt er uns mit den Jahrbüchern im fensterlosen, verstaubten Schularchiv zurück.

»Man sollte meinen, dass die Jahrbücher nach Schuljahren sortiert sind«, sage ich genervt, nachdem ich das zehnte herausziehe.

»In diesem Archiv ist nichts sortiert«, seufzt Lilly und schlägt eines der Bücher auf. »Das hier ist dreiundzwanzig Jahre alt. Schau mal, wie lustig die Schüler damals aussahen.« Sie grinst, zeigt mir das Bild eines Mädchens mit Pony, Seitenzöpfen und einem bauchfreien Rollkragen-Top und schüttelt dabei den Kopf. »Was für eine Mode.«

»Ob in zwanzig Jahren die Schüler genauso über uns denken?«, überlege ich laut.

»Bestimmt«, grinst Lilly. »Oder sie finden uns supercool.« Sie blättert eine Seite weiter. »Ah, hier ist die Seite mit dem damaligen Königspaar des Abschlussballs«, sagt sie und betrachtet den Abschnitt genauer. »Prom King Rex Silverman«, liest sie langsam vor. »Rex Silverman war auf unserer High School?« Erstaunt legt sie die Stirn in Falten. »Und Prom Queen Paige Gilbert.«

Ich stocke, lege das Jahrbuch, das ich gerade in der Hand halte, zur Seite und sehe sie an. »Meine Mom heißt Paige Gilbert.«

Lillys Augen huschen von dem Bild im Jahrbuch zu mir und wieder zurück. »Sie sieht dir aber nicht so ähnlich, keine Locken.«

»Nein«, sage ich. »Sie hat lange braune Haare.«

»In etwa so?«, fragt sie und reicht mir das Jahrbuch.

Ich betrachte das Bild meiner jungen Mom. »Sie hat mir nicht erzählt, dass sie auf der Desert Ridge High war.«

»Und dass sie Prom Queen und offenbar mit Rex Silverman zusammen war?«, fragt Lilly und deutet auf ein Foto der beiden, auf dem sie einen zu großen Rahmen um sich halten und sich küssen.

»Auch nicht, nein.« Ich starre auf das Bild und in mir entsteht das widersprüchliche Gefühl, einen vertrauten Menschen zu sehen, der mir gleichzeitig total fremd ist.

»Musst du nicht zum Vorbereitungskomitee?«, fragt Lilly und tippt auf ihre Armbanduhr.

»Mist«, fluche ich. »Darf ich mir das hier ausleihen?« Es ist zwar nicht das

Jahrbuch, das ich gesucht habe, aber trotzdem möchte ich es mir genauer ansehen.

»Klar.« Ihr Blick gleitet über die vielen Stapel der anderen Jahrbücher. »Reicht dir das schon für deinen Artikel?«

»Nein.« Ich stehe auf und klappe das Buch zu. »Eigentlich bin ich auf der Suche nach drei Jahrbüchern. Nach dem vor fünfundzwanzig Jahren, vor fünfzig Jahren und vor fünfundsiebzig Jahren.«

Lilly runzelt die Stirn, sagt aber nichts. »Kann ich im Laufe der Woche noch mal wiederkommen?«

»Klar«, sagt sie und wirkt etwas überfordert, »wir müssen nur schauen, wann Mr Turner Zeit hat.«

»Super.« Ich greife meine Sachen samt Jahrbuch. »Danke für deine Hilfe!«

»Kein Problem«, höre ich Lilly noch sagen, während ich aus dem Schularchiv eile und das Jahrbuch in meinen Rucksack stopfe.

Das Treffen des Vorbereitungskomitees findet im Dachgeschoss des Altbaus statt. Hier sind die einzigen Räume, die noch Holzfußboden haben. Ich bin eine der Ersten und ärgere mich, dass ich mich so beeilt habe. Nur ein Junge im hellblauen Polohemd und ein Mädchen mit langen schwarzen Haaren stehen vorn an der Tafel und unterhalten sich angeregt. Der einzige Vorteil am Zu-früh-Kommen ist, dass ich freie Platzwahl habe, und ich entscheide mich für einen der hinteren Tische am Fenster. Nachdem ich einen Moment ungeduldig gewartet habe, greife ich mir einen der Informationsflyer, die auf den Tischen ausliegen, schlage ihn auf und mir flattert ein Anmeldungsbogen entgegen. Offenbar gibt es verschiedene Bereiche, für die ich mich als freiwillige Helferin eintragen kann.

Dekoration, Catering und Promotion.

Wenn ich mich für den Bereich Catering entscheide, kann ich mit hoher Wahrscheinlichkeit davon ausgehen, dass Mom sich darum kümmert. Sie liebt es, diese verspielt gruseligen Desserts zu Halloween zu machen. Am Wochenende hat sie schon fünf Ideen für ihren Blog ausprobiert. Drei davon hat sie wieder verworfen, aber zwei haben bestanden. Die blutigen Muffins und die Spinnenweben aus Salzstangen und Schokolade. Bis Ende Oktober fallen ihr bestimmt noch ein paar Rezepte ein. Ich trage meinen Namen oben auf dem Zettel ein und setze ein Kreuz bei der Kategorie Catering. Dann lehne ich mich zurück und warte.

Wenn Mom einen Teil des Essens für den Ball vorbereitet, bedeutet das weniger Arbeit für mich und mehr Zeit, um mich wichtigeren Dingen zu widmen, wie Geister zu retten, Dämonen zu jagen und das Schuljahr zu schaffen. Ich muss es ihr nur richtig verkaufen, aber das dürfte nicht allzu schwer sein. Sie liebt es, möglichst viele Menschen mit ihren Kochkünsten zu beglücken. In L. A. hat sie immer davon geträumt, Hochzeiten und Dinnerpartys auszurichten, es fehlten ihr nur die Zeit oder die Muße dafür, die Geschäftsidee auch umzusetzen.

Allmählich füllt sich der Raum und als alle sitzen, stellt sich das Mädchen mit den langen schwarzen Haaren vor die Gruppe und beginnt zu reden. Sie heißt Delilah und ist die Leitung des Komitees. Ihr Gesicht kommt mir bekannt vor, ich glaube, sie ist auch in meinem Englischkurs.

»Bitte heftet euch während der Sitzungen ein Namensschild an«, fordert sie uns auf und es wird ein Korb herumgereicht, in dem sich jeder ein Pappkärtchen mit Anstecknadel herausnehmen und beschriften kann.

Der Schatten einer Person legt sich über meinen Tisch und als ich zur Seite blicke, sehe ich Mason. Bei seinem Anblick wird mir plötzlich warm. Es ist das erste Mal, dass ich ihn seit dem Wochenende wiedersehe, und ein Teil in mir freut sich über diesen Anblick. Ein großer Teil.

»Hey«, lächelt er und deutet auf den Platz neben mir. »Ist hier noch frei?«

»Ja«, sage ich und nehme meinen Rucksack von dem Stuhl. Er setzt sich, vergräbt die Hände in den Taschen seiner Jacke, sieht nach vorn und seine ganze Haltung droht buchstäblich: *Geht mir bloß nicht auf den Sack.* Ich kann es ihm nicht verübeln. Meine Lust, hier zu sitzen, ist genauso groß, wie zum Zahnarzt zu gehen. Der Junge im Polohemd, Andrew, stellt den Korb mit den Namensschildern auf unseren Tisch, ich nehme mir eins, reiche Mason den Korb, schreibe meinen Namen auf die weiße Pappe und klammere das Ding an mein Shirt.

Als alle fertig sind, stellt sich Andrew wieder zu Delilah und übernimmt das Wort. »Wie jedes Jahr findet auch dieses Jahr wieder der traditionelle Halloweenball-Contest statt und diesmal«, er nickt langsam und blickt bedeutungsschwer von einem zu anderen, »wollen wir ihn endlich gewinnen.« Einige klatschen. »Die Konkurrenz der anderen Schulen ist groß, aber dieses Jahr müssen wir besser sein als sie. Wir haben noch nie gewonnen und das wollen wir dieses Mal ändern. Wir brauchen diesen Pokal.«

Jetzt bekommt er ein paar Zurufe aus der Klasse.

»Dieses Jahr muss es klappen«, ergreift Delilah wieder das Wort. »Wir müssen gewinnen.« Sie macht eine dramatische Pause, als würde sie ihre Untertanen auf einen großen Kampf vorbereiten. »Deshalb erwarte ich von euch Kreativität, Originalität und Initiative.«

Ihre Rede geht die nächsten Minuten so weiter. Mason hat sich schon nach den ersten Sätzen ausgeklinkt und tippt auf seinem Handy herum, das er verbotenerweise dabei hat.

Nach etwa zehn Minuten kann ich ihr auch nicht mehr folgen, starre auf den Flyer vor mir und kritzle ihn gedankenverloren voll.

Das ist wirklich pure Zeitverschwendung. Ich könnte jetzt mit Lilly im Schularchiv sitzen und die alten Jahrbücher durchsuchen. Oder ich könnte das Jahrbuch durchblättern, das ich mitgenommen habe. Meine Mom als Prom Queen? Umso mehr ich darüber nachdenke, desto stärker staut sich in mir Ärger auf – wie eine Gewitterwolke, die immer dunkler wird. Wieso hat sie mir nicht erzählt, dass sie hier auf der High School oder Prom Queen war – oder überhaupt etwas über ihre Vergangenheit in Flagstaff? Was verschweigt sie mir denn bitte noch?

Wenn ich genau darüber nachdenke, war sie schockiert, als ich ihr erzählt habe, ich könne Geister sehen, aber nicht überrascht. Das Einzige, was sie von mir erwartet hat, war, dass ich nicht darüber spreche. Was, wenn sie mehr darüber weiß, als sie sagt? Aber würde sie mir das wirklich antun? Ich meine, mir erscheinen Geister und ich muss selbst sehen, wie ich damit klarkomme? Ein kleines bisschen Unterstützung von Mom wäre schön gewesen.

»Ein Geist?«, reißt Mason mich aus meinen Gedanken und ich blicke erschrocken in seine Richtung.

Habe ich gerade ausgesprochen, was ich gedacht habe? Er runzelt die Stirn, deutet auf mein Gekritzel und mir entweicht ein erleichtertes Lachen. »Ja«, sage ich und betrachte mein Kunstwerk. Ich habe einen kleinen Geist gemalt. Aber nicht so, wie Geister wirklich aussehen, sondern so, wie Kinder sich als Geist verkleiden, indem sie sich einfach ein Bettlaken über den Kopf ziehen und zwei Löcher hineinschneiden, um hindurchsehen zu können. »Eine Dekoidee ... würde doch zu den Kürbissen passen«, sage ich und grinse Mason an.

»Möchtest du vielleicht laut sagen, was so lustig ist, Holly?«, tönt Delilahs Stimme durchs Klassenzimmer.

Ertappt sehe ich nach vorn. »Nein«, sage ich schnell.

»Holly hat eine gute Dekoidee«, bemerkt Mason neben mir.

»Ach ja?« Delilah verschränkt die Arme und sieht mich an.

»Nicht so wichtig«, sage ich und mache eine entschuldigende Geste, die so viel bedeuten soll, wie: *Ich störe nicht mehr und lasse dich weiterreden.*

»Na los«, fordert Delilah. »Wir würden deine Idee gern alle hören.«

»Es ist nichts Besonderes«, weiche ich ihrer Aufforderung erneut aus. Das Letzte, worauf ich Lust habe, ist, die ganze Aula mit Geistern zu dekorieren.

»Spann uns nicht auf die Folter.« Delilah wirft sich genervt die langen schwarzen Haare über die Schulter und ihre Finger tippen ungeduldig auf ihren verschränkten Armen herum.

»Geister«, antworte ich. »Wie gesagt, nichts Besonderes.«

»Die sehen bestimmt gut zu den Kürbissen aus«, wiederholt Mason meine Worte und ich unterdrücke den Impuls, mit den Augen zu rollen.

An ihrem Blick sehe ich, dass sie eigentlich vorgehabt hat, meine Idee sofort abzuschmettern, aber ihr scheint sie zu gefallen, denn sie sagt: »Das ist gut. Letztes Jahr hatten wir das Thema Vampire, im Jahr davor Skelette, aber traditionelle Geister ... Das ist mal was anderes. Schön klassisch. Was haltet ihr davon?«, fragt sie ins Plenum.

Die anderen murmeln und nicken dann zustimmend.

»Was wäre denn mit Zombies?«, versuche ich die Inspirationsrichtung zu ändern. »Oder ...«

»Nein«, bügelt Delilah meinen Einwand ab. »Wir nehmen die Geister.«

»Gern geschehen«, lächelt Mason triumphierend, als hätte er mir einen Gefallen getan.

Wenn er wüsste. Ich schüttle nur den Kopf und murmle halb im Scherz und halb ernst: »Du kannst mich mal.«

»Von mir aus gern«, erwidert er und grinst unverschämt zweideutig.

Ungläubig klappt mir das Kinn herunter und kribbelnde Hitze fährt meinen Hals hinauf. Meine wenig schlagfertige Erwiderung, die ich ihm gerade an den Kopf werfen möchte, wird von Direktor Valentine unterbrochen. Ohne anzuklopfen, betritt er das Klassenzimmer, lässt seinen Blick über die Schüler schweifen, entdeckt Mason und fordert ihn mit einer Geste auf zu ihm zu kommen. Hinter ihm in der Tür bleibt ein Police Officer stehen, der prüfend in den Raum blickt. Irritiert beobachte ich, wie Mason mit den beiden den Raum verlässt, und bin mir sicher, dass nicht nur ich diese Situation beunruhigend finde.

Als das Vorbereitungskomitee zwanzig Minuten später endet, nehme ich absichtlich den Umweg durch die Eingangshalle im Hauptgebäude und habe Glück. Mason kommt gerade die Treppe aus dem Lehrerflur herunter. Er seufzt, als er mich entdeckt. »Musst du nach Hause?«

Ich nicke.

»Amadeus und ich können dich mitnehmen, wenn du willst«, sagt er und hält mir die Tür auf. »Er wartet draußen.«

»Danke«, sage ich, gehe hinaus und verlasse mit ihm gemeinsam das Schulgebäude.

Amadeus lehnt rauchend an seinem Mustang, als wir beim Parkplatz ankommen. Es stehen nur noch wenige Autos hier und es nieselt leicht.

»Was war los?«, fragt er, schnippt die Kippe weg und öffnet die Fahrertür.

Mason antwortet erst, als wir im Wagen sitzen. »Sie haben Seans Überreste gefunden.«

Amadeus startet den Wagen, hält inne und wendet sich zu ihm. »Seine ... *Überreste?*«

Mason nickt knapp.

»Er ist also definitiv tot?« Amadeus gibt ein schockiertes Pfeifen von sich und fährt vom Parkplatz. »Und wo haben sie ihn gefunden?«

»Im leerstehenden Schultrakt.« Mason blickt gedankenverloren aus dem Seitenfenster, während wir durch die Stadt fahren, deren Häuser vom Regen glänzen, als wären sie mit Lack besprüht worden.

Ich bin davon ausgegangen, dass Sean auf dem Schulgelände gestorben ist, weil Geister an den Ort ihres Todes gebunden sind. Aber aus irgendeinem Grund habe ich vermutet, dass seine Leiche weggeschafft wurde.

»Wie ist er gestorben?«, frage ich.

»Durch einen Stromschlag«, antwortet Mason.

»Merkwürdig, dass sie seine Leiche nicht schon früher gefunden haben«, überlegt Amadeus laut.

»Sie wurde unter dem Bauschutt in einem Klassenraum versteckt. Erst durch den Verwesungsgeruch wurde die Leiche vom Hausmeister entdeckt«, sagt Mason. »Der Sheriff geht davon aus, dass der Stromschlag kein Unfall war – ebenso wenig wie Dylans Tod. Die Bremskabel des SUVs waren durchgeschnitten.«

»Soll das bedeuten …?«

»Mord«, beantwortet Mason Amadeus' Frage, bevor er sie stellen kann.

Ich schlucke, ignoriere den stechenden Druck im Magen, der mich bei dem Wort durchfährt, und nehme meinen Mut zusammen. »Und warum wollten sie mit *dir* sprechen?«

»Weil ich einer der Letzten war, der mit den beiden gesehen wurde, bevor sie gestorben sind.« Er steckt sich die Kordel seines Hoodies in den Mund und kaut darauf herum, als würde es ihm beim Nachdenken helfen.

Unwillkürlich muss ich an den Dämon denken. Mord?

Was verheimlichst du, Mason?

In the night we fall

Am Freitag nach der letzten Stunde laufe ich mit Lilly, Amadeus und Ludy zur Aula. Direktor Valentine besteht darauf, dass sich die gesamte Schule dort einfindet. Ich vermute, dass es etwas mit Sean zu tun hat, von dem Leichenfund wurde bis jetzt nämlich noch nichts erwähnt. Gerüchte gab es natürlich schon. Ich habe dazu geschwiegen und soweit ich es mitbekommen habe, Mason und Amadeus auch. Also denke ich, dass der Grund für die Schulversammlung die offizielle Bekanntgabe von Seans Tod ist. Mason habe ich die restliche Woche kaum noch gesehen und wenn doch, war er von einer Traube seiner Mannschaftskollegen umgeben.

Und im Schularchiv bin ich auch nicht mehr gewesen. Die Woche verging viel zu schnell und es war wie verhext. Ich hatte keine einzige Freistunde und wenn Lilly und ich nach dem Unterricht zur Bibliothek gegangen sind, hatte Mr Turner schon Feierabend.

»O Manno«, beschwert sich Amadeus und dreht sich genervt zu uns. »Henk hat sich schon wieder an den Süßigkeitenautomaten gekettet.«

»Wir müssen den Kapitalismus stoppen!«, argumentiert Henk in Amadeus' Richtung.

»Ich will mir doch nur ein *Reese's* holen«, beschwert sich dieser.

»Damit unterstützt du aber den Kapitalismus«, sagt Henk, dem seine kinnlangen Haare strähnig ins Gesicht hängen.

Amadeus schnaubt. »Dein Ernst, Henk? Das ist deine Lösung, um den Kapitalismus zu stoppen? Willst du dich nicht lieber direkt an die Politiker wenden?«

»So funktioniert das aber nicht«, fängt plötzlich ein Mädchen mit kurzen braunen Haaren neben uns an zu kreischen und ich zucke erschrocken zur Seite. »Ihr seid alle mit schuld, wenn ihr das Zeug kauft. Alle! Ihr seid schuldig!« Sie hält ein Schild mit der Aufschrift *Mörder* hoch, um ihre Worte zu unterstreichen.

»Schon wieder diese unnützen linksradikalen Veganer«, knurrt Mr Wilson, der gerade an uns vorbeiläuft. »Und was machen Sie noch hier? Sie sollten längst in der Aula sein.«

»Ich glaube, das wird heute nichts mehr mit deinen *Reese's*«, necke ich Amadeus, der Henk am Automaten einen bösen Blick zuwirft.

»Du bist schuld, wenn ich gleich vor Unterzuckerung umkippe«, sagt er zum Abschied.

»Hier«, Ludy reicht ihm einen *Twinkie*. »Ist zwar kein *Reese's*, aber Zucker hat er auch.«

Ich muss schmunzeln, als Amadeus ihn auspackt und hungrig in den kleinen Biskuitkuchen hineinbeißt.

Wir erreichen die Aula etwas verspätet. Direktor Valentine steht bereits hinter dem Rednerpult, es ist still, die Köpfe der meisten Schüler sind gesenkt oder die Gesichter wirken betroffen. Wir ergattern nur noch ein paar Stehplätze neben dem Eingang. Mason sitzt mit den anderen Spielern des Teams in der ersten Reihe und trägt ausnahmsweise mal seine Mannschaftsjacke.

»Als Leiter der Desert Ridge High School«, tönt Direktor Valentines Stimme in die Stille hinein, »bedaure ich diese tragischen Unfälle zutiefst.«

Neben ihm stehen übergroße Porträts von Sean und Dylan. Er spricht nur von tragischen Unfällen und nicht von Mordverdacht, obwohl bei der Rede auch der Sheriff anwesend ist, der sich so unauffällig, wie es in seiner Uniform möglich ist, im Hintergrund hält.

»Trotz der tragischen Verluste haben Coach Carter und ich beschlossen, dass die Saison fortgeführt wird.«

Die Rede geht noch etwa fünfzehn Minuten im gleichen Stil weiter, dann sagt Carter noch ein paar Worte, drückt sein Beileid für die Angehörigen der Verstorbenen aus und motiviert seine Mannschaft trotz allem weiterzumachen.

Amber, die mit Mason auf Coles Party gesprochen hat, sitzt in der ersten Reihe, schluchzt und kann sich kaum zusammenreißen. Sie ist komplett in Schwarz gekleidet, ihre Haare hat sie zu einem achtlosen Dutt nach oben gebunden und sie presst sich unentwegt ein Stofftaschentuch auf die Augen. Dylans Freundin Katy legt ihr tröstend den Arm um die bebenden Schultern.

»Amber ist Seans Schwester«, flüstert Lilly mir leise zu.

Nach der Zeremonie gehen einige Schüler zu Amber und Katy und drücken ihnen ihr Beileid aus. Als Mason vor Amber steht, sehen sie sich einen langen Moment an, dann holt sie aus und verpasst ihm eine Ohrfeige. Ich schnappe nach Luft und blinzle, um mich zu vergewissern, dass das gerade wirklich passiert ist. Mason reckt sein Kinn vor, reagiert aber nicht. Dann beginnt Amber mit den Fäusten auf seine Brust einzutrommeln und wieder laut zu weinen. Zuerst weicht er überfordert zurück, dann schließt er die Arme um sie, drückt sie an sich und flüstert ihr was ins Ohr. Schluchzend bricht sie in seinen Armen zusammen und klammert sich an seine Brust. Amadeus neben mir fährt sich verlegen durchs Haar. »Mason steht unter Mordverdacht, weil er der Letzte war, der Sean lebend gesehen hat«, sagt er, sodass nur wir es hören können. »Ich vermute mal, dass Sheriff Wellington etwas in der Art auch zu Amber gesagt oder zumindest auffällige Fragen gestellt hat.«

»Sean war einer seiner besten Freunde aus dem Team«, sagt Ludy mitfühlend.

Fassungslos schüttelt Lilly den Kopf. »Das ist alles so schrecklich«, flüstert sie. »Amber ist zwar in einem Jahrgang unter uns, aber ich sehe sie öfter, weil sie mit Jasmin zusammen fürs Cheerleading trainiert. Und jetzt hat sie ihren Bruder verloren.« Benommen schüttelt sie den Kopf. »Das alles ist einfach so unwirklich.«

Als wir die Schule verlassen, stehen zwei weiße Übertragungswagen vor dem Schultor. Shannon Doherta, eine junge Reporterin mit langen kastanienbraunen Haaren, die ich aus den FT-News kenne, prüft ihr Make-up in einem Handspiegel und pflaumt im selben Moment den übergewichtigen Kameramann an, mit dem Filmen zu beginnen. Gerade als wir an ihnen vorbeigehen, höre ich sie sagen: »Die Desert Ridge High School wird von mysteriösen Todesfällen heimgesucht. Innerhalb von einer Woche sind nun zwei Spieler der erfolgreichsten High-School-Footballmannschaft des Landes durch tragische Unfälle ums Leben gekommen. Gibt es da einen Zusammenhang? Oder waren es gar keine Unfälle, sondern eventuell Morde? Diese Vermutung hat Flagstaff Today, weil auch die Polizei von

Flagstaff in diesen Fällen ermittelt und Sheriff Wellington schon mehr als einmal im Büro des Direktors gesichtet wurde.«

»Komm!« Lilly zieht mich von den Ü-Wagen weg zu den Parkplätzen.

»Stört es euch nicht, dass Mason die ganze Zeit bei seinen Mannschaftskollegen ist und euch völlig ignoriert?«, frage ich, als wir Amadeus' Auto erreichen.

Ludy und Amadeus sehen sich kurz an und zucken dann mit den Schultern. »Nö«, sagt Amadeus. »Das macht er öfter, vor allem wenn die Saison anfängt.« Dann beugt er sich vor und fragt in einem für ihn unüblichen ernsten Ton: »Stört es *dich*?«

Ich schweige, weil ich nicht weiß, was ich darauf antworten soll.

»Holly«, sagt er eindringlich und nimmt mich zur Seite. »Mason ist mein Bruder und ich liebe ihn über alles, aber er ist nicht gut für dich.«

Erstaunt runzle ich die Stirn. »Wie meinst du das?«

Er schürzt die Lippen, sieht hinüber zu Mason, der gerade mit ein paar anderen Sportlern über den Parkplatz läuft, und wieder zurück zu mir. »Auch wenn du es dir nicht vorstellen kannst, aber dass er dir aus dem Weg geht, ist ein Akt der Großherzigkeit.«

»Er geht *mir* aus dem Weg?« Ich blicke zu Mason. Er spricht gerade mit Cole und wirkt wie so oft latent gelangweilt. Ahnt er, dass ich mehr weiß, als ihm lieb ist? Oder dass ich seine Dämonenbeschwörung beobachtet habe? Oder schlimmer: Direktor Valentine und der Sheriff liegen richtig und Mason ist mitverantwortlich für den Tod von Sean und Dylan. Aber warum sollte er sie umbringen? Wegen der Legende? Wenn er keine Skrupel hat, Menschen zu töten, und er vermutet, dass ich mehr weiß, als ihm lieb ist, dann ist es wirklich ein Akt der Großherzigkeit, mir aus dem Weg zu gehen. Besser als mich zu ermorden. Aber warum kann ich mir dann einfach nicht vorstellen, dass Mason zu so etwas fähig ist? Ist meine Menschenkenntnis mittlerweile so schlecht?

»Schau mal hier, Holly!«, lenkt Lilly mich ab. Sie stellt sich vor mich hin und öffnet ihren Rucksack. »Ich habe die Jahrbücher besorgt, die du haben wolltest«, flüstert sie mir zu.

»Wir können uns am Samstag im Downtown Diner treffen und sie zusammen durchgehen.«

»Perfekt«, sage ich, dankbar über zumindest eine positive Nachricht in dieser Woche. Vielleicht bringen mich die Bücher endlich weiter.

»Dann sehen wir uns morgen um sechs im Diner.« Lilly schließt den Rucksack wieder. »Dort gibt es übrigens die besten Milchshakes der Stadt.« Verlegen blickt sie zu Amadeus und dann wieder zu mir. »Ist es in Ordnung für dich, wenn Amadeus auch kommt?«, fragt sie vorsichtig.

Ich zögere überrumpelt von ihrer Frage und höre mich »Ja, natürlich« sagen, bevor ich richtig darüber nachdenken kann.

Noch im selben Moment beiße ich mir ärgerlich auf die Lippe.

Aber was hätte ich auch dagegen sagen sollen? Ich könnte Lilly fragen, ob sie mir die Bücher einfach ausleiht, aber dafür bin ich noch zu wenig mit ihr befreundet, genauso wie mit Amadeus oder Mason ...

»Cool«, sagt Amadeus, blickt sich um, zieht Lilly dann mit sich hinters Auto in eine Ecke, wo man sie kaum sehen kann, und küsst sie.

Gut, dann spiele ich das Spiel eben mit und bin ihr Alibi, damit sie sich heimlich mit ihm treffen kann. Vielleicht habe ich ja Glück und kann die Jahrbücher morgen in aller Ruhe durchgehen, während die beiden hemmungslos miteinander rumknutschen.

***

Das Downtown Diner ist eines dieser ganz alten, das noch im Fünfzigerjahre-Stil eingerichtet ist. Rote Lederbänke an Panaromafensterscheiben und in der Ecke direkt neben dem Eingang steht eine Jukebox, die rockige Oldies spielt. Lilly ist bereits da und winkt mir zu.

»Ich habe schon bestellt«, begrüßt sie mich und trinkt einen großen Schluck von ihrem Kirschmilchshake.

»Der sieht gut aus«, sage ich, setze mich ihr gegenüber, überfliege die Speisekarte und bestelle mir bei Sue, der Kellnerin, die passend zum Diner einen Petticoat der Fünfziger trägt und ihre Haare zu einer Retro-Haartolle frisiert hat, einen Zitronenmilchshake.

»Was ist mit Amadeus?«, frage ich und spüre Hoffnung in mir aufkeimen, dass er kurzfristig doch noch abgesagt hat.

Aber diese wird durch Lillys Antwort im Keim erstickt: »Er kommt etwas später.«

Sie hat bereits die Jahrbücher auf dem Tisch verteilt. Eines von ihnen ist stark vergilbt, ein anderes wirkt nur an den Rändern etwas abgenutzt und das noch am besten Erhaltene liegt geöffnet vor ihr.

»Wonach genau suchen wir?«, will sie wissen.

Ich beiße mir auf die Unterlippe. Irgendwas muss ich ihr sagen, es darf nur nicht so auffällig klingen. »Na ja«, beginne ich vorsichtig. »Es wird ja immer nur über die großartigen Erfolge der Mannschaft geschrieben, aber die Leser wollen auch mal ein bisschen Tragik, dachte ich mir.« Lilly horcht auf und runzelt misstrauisch die Stirn.

»Das war keine Kritik«, sage ich schnell.

Sie seufzt und macht eine wegwerfende Handbewegung. »Du weißt ja, wenn es nach mir ginge, würde ich die Beiträge auch anders formulieren. Das Veto lege nicht ich ein, sondern Direktor Valentine.« Gedankenverloren blättert sie durch eines der Jahrbücher und stockt plötzlich. »Hier gab es schon einmal einen Unfall bei den Desert Ridge Eagles.« Sie dreht das Jahrbuch in meine Richtung, schiebt es mir zu und deutet auf das Porträt eines muskulösen Jungen.

Unter dem Bild steht der Name *James Jackson* und sein Geburts- und Todesdatum, mit einem kleinen Kreuz versehen. Darunter in kursiver Schrift nur ein Satz: *In Gedenken an den besten Kapitän der Desert Ridge Eagles*. Mehr nicht. Keine Todesursache oder sonst etwas. »Es sieht so aus, als wäre der Kapitän der damaligen Mannschaft genau vor fünfundzwanzig Jahren gestorben.«

Ich schaue hinten im Register nach, ob dort ein Vermerk von Todesfällen verzeichnet ist. Aber Fehlanzeige.

Lilly nimmt das Buch wieder an sich und blättert es weiter durch. »Hier ist noch einer gestorben«, sagt sie und schluckt. »Auch ein Footballspieler. Sogar im selben Monat und hier, Eric Prince ... Ihn hat es einen Monat später erwischt.« Sie blättert weiter und findet noch zwei weitere.

Mit schockiert offen stehendem Mund lässt sie sich in der Bank zurücksinken. »Das sind fünf tote Footballspieler in einem Jahr.«

Ich betrachte sie prüfend. Wie viel kann ich ihr verraten oder besser gesagt zumuten, ohne dass sie mich für verrückt erklärt?

»Kennst du die Legende der Desert Ridge Eagles?«, frage ich.

»Haben nicht Jake und Tyler auf Coles Party darüber gesprochen?« Gedankenverloren fährt sie mit dem Finger am Rand des Milchshakeglases entlang.

»Genau«, sage ich. »Die Legende besagt, dass alle fünfundzwanzig Jahre fünf Spieler der Mannschaft sterben müssen, damit sie so erfolgreich bleiben kann und ...«, ich hole kurz Luft, »ich möchte überprüfen, ob da etwas dran ist.«

Sie blickt auf und schaut mich einen langen Moment an. »Du glaubst also, dass diese Mordgerüchte ...«, sie schluckt, »also, dass Sean und Dylan nicht durch einen Unfall ums Leben gekommen sind?«

Ich neige den Kopf und ziehe die Schultern hoch. »Ja.«

Langsam hebt sie eines der Jahrbücher an. »Und du glaubst, das hat was mit der Legende zu tun?«

»Keine Ahnung.« Ich streiche mir eine lockige Strähne hinters Ohr und beuge mich vor. »Ich wollte erst einmal schauen, ob es sich tatsächlich alle fünfundzwanzig Jahre wiederholt.«

Lilly lässt das Jahrbuch wieder sinken und wartet kurz, als Sue mir den Milchshake hinstellt. »Das bedeutet, wir müssen alle drei Jahrbücher komplett durchsuchen.«

Ich nicke und schlage den fünfzig Jahre alten Schinken auf. »Kannst du in deinem Buch irgendetwas über die Todesursachen herausfinden?«, frage ich, während ich die Porträtbilder überfliege.

Sie blättert es noch mal durch und schüttelt den Kopf. »Nein«, sagt sie, »es gibt nur die Todesdaten. September und Oktober. Also genau jetzt vor fünfundzwanzig Jahren«, murmelt sie und hält inne. »Holly, das ist wirklich gruselig.«

»Ja«, sage ich abwesend, weil ich gerade einen weiteren Footballspieler entdeckt habe, der im September vor fünfzig Jahren verstorben ist. »Ich weiß nicht, ob das ein gutes oder ein schlechtes Zeichen ist«, langsam blättere ich die Seiten um und entdecke den nächsten Todesfall. »Aber an dieser Legende scheint etwas Wahres dran zu sein.« Ungläubig überfliege ich die Seiten und finde auch in diesem Jahrbuch fünf verstorbene Spieler der Desert Ridge Eagles. »Hier.« Ich zeige ihr, was ich entdeckt habe. Mit vor Schock aufstehendem Mund sieht sie sich einen nach dem anderen an. »Holly«, sagt sie dann und klappt das Jahrbuch zu. »Das ist krank, das ist heftig, ich weiß gar nicht ... Wir müssen damit zur Polizei gehen oder zu Direktor Valentine ...« Sie schüttelt ratlos den Kopf.

»Und dann?«, frage ich. »Das macht sie nicht mehr lebendig, oder?«

»Nein.« Sie stochert mit dem Strohhalm in ihrem halb leeren Glas herum. »Aber vielleicht können wir die anderen schützen. Ich meine ... wenn das mit der Legende stimmt, dann ist Jason in Gefahr. Ihm darf auf keinen Fall etwas passieren, er ist wie ein Bruder für mich. Vor meinem inneren Auge sehe ich ihn und Jasmin schon vor den Traualtar treten. Es darf nichts geschehen. Punkt. Cole, okay, den Verlust könnte ich verkraften.« Sie grinst verlegen und schüttelt dann den Kopf. »Nein, tut mir leid, das war ein schlechter Scherz. Mason ...«

»Ja, ich weiß«, sage ich. »Wir können zur Polizei gehen, aber was sollen sie machen? Und Direktor Valentine müsste doch wissen, dass sich diese Sache alle fünfundzwanzig Jahre wiederholt, oder nicht?« »Nein«, sagt sie. »Also doch, aber nein ... Da ist Mason.« Sie wendet sich zur Seite, gerade in dem Moment, in dem drei Gestalten neben unserem Tisch stehen bleiben.

Mason, Ludy und Amadeus. Überrascht rutsche ich zur Seite, als Mason sich neben mich setzt. Ludy quetscht sich auch noch mit uns auf die Bank und der Einzige, der überhaupt nicht begeistert zu sein scheint, ist Amadeus, der sich neben Lilly setzt.

»Es war nicht meine Idee«, sagt er, als müsste er sich verteidigen. »Wirklich, ich wollte allein kommen, aber Mase wollte nicht auf mich hören und Ludy war gerade zu Besuch.«

Mason ignoriert den Kommentar und schnappt sich das vergilbte Jahrbuch. »Was macht ihr hier?«, will er wissen und blättert die Seiten um.

»Recherchieren«, sage ich und habe den Eindruck, dass er genau weiß, was wir tun.

»Und was genau recherchiert ihr?« Er hebt seinen Blick und fixiert mich.

»Wir glauben, dass die Legende der Desert Ridge Eagles wahr sein könnte«, sagt Lilly. »Und wir haben in den Jahrbüchern einige Verstorbene ...« Sie schluckt den Rest des Satzes wieder hinunter, als würde sie sich erinnern, dass es keine schöne Entdeckung ist, die wir da gemacht haben.

»Vor fünfundzwanzig Jahren sind fünf Spieler der Mannschaft gestorben«, sage ich. »Genauso wie vor fünfzig Jahren ... und vor fünfundsiebzig Jahren höchstwahrscheinlich auch.«

Ludy öffnet den Mund und reißt die Augen weit auf. Fast sieht es so aus, als würden sich Tränen darin bilden. »Mason«, krächzt er. »Wenn das stimmt, dann bist du in Gefahr. Du musst sofort aus der Mannschaft austreten.«

»Quatsch«, wehrt dieser ab. »Das ist ein blöder Zufall, sonst nichts.«

»Mason«, sagt Amadeus, aber es hört sich eher an wie ein Knurren. »Ludy hat recht, du solltest aus der Mannschaft aussteigen, solange du noch kannst.«

»Das geht nicht«, meint Mason schroff.

Ich lehne mich zurück und sehe Mason an.

»Was ist?«, fragt er.

Ich überlege, wie ich es am besten formuliere. »Es ist nur«, sage ich langsam, »es scheint dir nicht viel auszumachen.«

Seine Wangenmuskeln spannen sich an und seine Augenbrauen ziehen sich grimmig zusammen, sodass sein Blick auch ohne die Narbe, die sich durch seine Braue zieht, finster wird. »Wie meinst du das?«

Ich zucke mit den Schultern und tue unwissend. »Die Schicksale deiner Mannschaftskollegen«, sage ich langsam, »die Tatsache, dass alle fünfundzwanzig Jahre, immer zur gleichen Zeit im Jahr, mindestens fünf Spieler der Eagles sterben.« Ich fahre mit dem Finger am Glas meines Milchshakes entlang. »Es scheint, als würde es dir nichts ausmachen, als würdest du denken, dass es dich nicht treffen könnte. Ich frage mich nur warum?« Ich sehe ihn kurz an und sein Blick ist noch finsterer geworden. »Vielleicht hast du ja was mit den Unglücken zu tun?«, überlege ich laut und lächle dann, damit die anderen denken, ich meine es nicht ernst. Aber nur Lilly lächelt unbeholfen zurück.

»So ist das nicht«, verteidigt ihn Ludy. »Wirklich nicht. Mason will nur helfen.«

»Sei still, Ludy«, knurrt Mason.

»Aber ich mei ...«, versucht dieser zu widersprechen.

Mit einem Blick bringt Mason ihn zum Schweigen.

»Okay«, macht Lilly und wirkt dabei so, als wäre ihr die Situation sichtlich unangenehm. »Ich muss dann mal los.«

»Was? Warum?«, fragt Amadeus alarmiert.

Lilly will die Jahrbücher wieder an sich nehmen, zögert, packt dann nur das vergilbte, fünfundsiebzig Jahre alte ein und schiebt mir die anderen beiden rüber, woraufhin ich sie schnell in meinem Rucksack verschwinden lasse. Mit einem unbeholfenen Lächeln steht sie auf, nimmt hastig ihre Sachen, legt das Geld für ihren Milchshake auf den Tisch, drängt Amadeus aus der Bank, der verwirrt aufsteht, und eilt zum Ausgang. Er braucht einen Moment, um sich zu sammeln, und rennt ihr dann hinterher.

»Oh-oh«, macht Ludy. »Ich glaube, die gemütliche Runde löst sich gerade auf.«

»Das glaube ich auch«, sage ich, bezahle bei Sue, die gerade an unserem Tisch vorbeiläuft, und bitte Mason und Ludy mir den Weg freizumachen, damit ich von der Bank rutschen kann.

Als ich das Diner verlasse, ist es draußen bereits dunkel und der Nachthimmel ist von dichten, trüben Wolken verhangen, sodass kein Stern zu sehen ist. Die kühle Herbstluft mischt sich mit dem Duft von Kaminfeuern und ein leichter Wind weht mir die Locken aus dem Gesicht.

Etwas abseits entdecke ich Lilly und Amadeus. Sie stehen einige Meter neben dem Eingang und küssen sich.

»Ich bring dich nach Hause«, sagt er gerade, »in Ordnung?«

Aber sie schüttelt den Kopf. »Jasmin darf nicht sehen, dass wir uns noch treffen. Sonst ...« Sie beißt sich verlegen auf die Unterlippe und senkt den

Blick. Er nimmt etwas Abstand, legt den Kopf in den Nacken und spannt seinen Kiefer an.

»Ich will nicht, dass du allein gehst«, sagt er dann. »Soll ich dir ein Uber rufen?«

Sie legt den Kopf schief und lächelt. »Das ist schon ein bisschen sexy, wie du dich um mich sorgst, aber ich schaffe das auch allein.«

»Ich weiß«, lächelt er verlegen.

»*Ich* kann Lilly begleiten«, sagt Ludy, der plötzlich neben mir steht. Die Szene von Lilly und Amadeus hat mich so in ihren Bann gezogen, dass ich nicht mitbekommen habe, wie Mason und Ludy uns nach draußen gefolgt sind.

»Ich muss sowieso in die gleiche Richtung.« Ludy hebt fragend die Schultern. »Danke, das ist lieb«, sagt Lilly.

»Von ihm lässt du dich nach Hause begleiten und von mir nicht?«, fragt Amadeus mit halb gespielter und halb ernster Empörung.

»Amadeus und ich bringen *dich* heim«, sagt Mason neben mir. Ich sehe ihn an und brauche einen Moment, bis ich verstehe, dass er mit mir geredet hat.

»Das braucht ihr nicht«, erwidere ich.

»Wir haben doch den gleichen Weg.« Er zuckt mit den Schultern.

»Wie ihr wollt«, sage ich. »Dann verrätst du mir vielleicht doch noch, welche Rolle du bei der Legende spielst.«

Masons Augen zucken für einen Sekundenbruchteil, dann verfällt er in seine übliche Scheißegal-Haltung und entlockt mir dadurch lediglich ein Seufzen.

Lilly und Ludy verabschieden sich in die entgegengesetzte Richtung, als wir die Straße überqueren. Es sind nicht mal fünf Minuten bis zu mir nach Hause, wir müssen nur durch zwei Siedlungen laufen. Amadeus zündet sich eine Zigarette an und läuft ein paar Schritte voraus.

»Was ist zwischen ihm und Lilly passiert?«, frage ich vorsichtig. »Warum darf Jasmin nicht wissen, dass sie Zeit mit ihm verbringt?«

»Viele Missverständnisse«, antwortet Mason knapp. »Am besten erzählt Lilly es dir selbst.«

Bei seinem angespannten Kiefer, als er über das Thema spricht, bekomme ich den Eindruck, dass er genauso wenig begeistert von der ganzen Sache ist wie Jasmin. Ich streife ihn mit einem Seitenblick. »Du bist mir die ganze Woche aus dem Weg gegangen«, sage ich. Es ist mehr eine Feststellung als eine Frage.

»Stimmt«, gesteht Mason.

»Warum?«, will ich wissen.

Seine Brauen ziehen sich zu seinem typisch finsteren Blick zusammen. »Warum steckst *du* deine Nase in Angelegenheiten, die dich nichts angehen?«, fragt er zurück.

Ich atme scharf aus, sehe zu Amadeus, der gut zehn Meter vor uns läuft, und frage dann: »Hast du etwas mit dem Tod von Sean und Dylan zu tun? Bei Dylans Unfall habe ich gesehen, dass du etwas gemurmelt hast.« Ich deute auf seine Brust, wo ich unter seinem Shirt etwas Rotes habe leuchten sehen. Ich will einfach wissen, was das alles zu bedeuten hat. »Irgendwas an dir hat rot geleuchtet und«, ich schlucke, »ich habe einen schwarzen Schatten gesehen, der sich, kurz nachdem du mit diesem Gemurmel angefangen hast, auf Dylan gestürzt hat. Ein paar Minuten später war er tot.«

Er nickt anerkennend. Dann sagt er: »Du deutest es falsch.«

»Dann hilf mir es richtig zu deuten«, erwidere ich.

Kaum merklich schüttelt er den Kopf. »Das ist nicht so einfach. Außerdem bin ich jetzt an der Reihe mit dem Fragenstellen.« »Du hast mir ja nicht mal eine Antwort gegeben«, sage ich, aber er ignoriert es. Der Wind wird stärker und auf dem Asphalt zeichnen sich die ersten Regentropfen eines sich ankündigenden Gewitters ab.

»Du sagst, du hast einen schwarzen Schatten gesehen. Ist dir noch etwas anderes aufgefallen?«

Er hat nicht abwehrend reagiert, als ich ihm von dem Schatten erzählt habe. Das bedeutet, ich habe es mir nicht eingebildet und mit meiner Frage ins Schwarze getroffen. Warum habe ich eigentlich keine Angst vor ihm? Ich sehe zu Amadeus und wieder zurück zu Mason. Nach dem, was ich in der Schule beobachtet habe, hätte ich mich doch eigentlich vor ihm fürchten müssen, aber ich verspüre nichts dergleichen. Ganz im Gegenteil, ich fühle mich sogar sicher mit den beiden. Irgendwas stimmt doch nicht mit mir.

Mason sieht mich abwartend an.

Gut, dann sage ich es ihm. Ich erzähle ihm, dass ich Geister sehen kann. Und wenn er mich auslacht oder für durchgeknallt hält, dann lache ich einfach mit und tue so, als wäre es ein Scherz gewesen.

»Ich kann«, ich zögere und mein Herzschlag beschleunigt sich, »ich kann Geister ...«

»Mann, könnt ihr beiden vielleicht etwas schneller gehen?«, ruft Amadeus und dreht sich genervt zu uns um. »Es regnet!« Unsicher, ob ich mich über die Unterbrechung ärgere oder erleichtert bin, sehe ich zu ihm und bin plötzlich irritiert. Um ihn besser sehen zu können, kneife ich leicht die Augen zusammen. Irgendwas an ihm wirkt anders, seine Haut wirkt in der Dunkelheit plötzlich so weiß. »Amadeus«, knurrt Mason, dessen Blick auf mir heftet, »schlechtes Timing.«

»Oh«, sagt sein Bruder mit dem Anflug eines schlechten Gewissens, während er rücklings weitergeht und in den Schein einer Straßenlaterne tritt.

Bei diesem Anblick entweicht mir ein kratziger Laut. Ich kann nichts dagegen tun, es passiert einfach. Ich reiße die Augen auf, blinzle und versuche zu verstehen, was ich da gerade sehe. Amadeus' Antlitz hat sich verändert. Seine menschliche Gestalt ist einem Skelett gewichen. Ich kneife die Augen zusammen und öffne sie wieder, um sicherzugehen, dass ich es mir nicht einbilde. Es ist kein Skelettkostüm, wie man es zu Halloween trägt. Nein, dort, wo zuvor noch sein Kopf mit lockigen Haaren zu sehen war, thront jetzt ein Totenschädel, dem zwischen den Zähnen eine Zigarette klemmt. Und dort, wo seine Hände sein sollten, sind nur noch lange weiße Knochen zu sehen.

»Amadeus, der Fluch!«, ruft Mason.

Das Skelett in Amadeus' Kleidung sieht mit den ausgehöhlten Augen seines Totenschädels in meine Richtung, bevor Mason zu ihm rennt und ihn aus meinem Blickfeld in den Schatten des Baumes neben uns zerrt. Wie unter Schock starre ich zurück auf den schwachen Schein der Laterne, wo sich jetzt nur noch der mittlerweile stärker gewordene Regen wie Bindfäden abzeichnet. Einen Moment später tritt Amadeus, ein Mensch aus Fleisch und Blut, wieder vor mich und sieht mich entsetzt an.

»Ich …«, sage ich und gewinne langsam meine Fassung zurück, »muss jetzt nach Hause.«

Mechanisch wende ich mich von den beiden ab, als wäre ich ferngesteuert, und laufe heim, ohne mich noch einmal umzudrehen. Erst sehe ich Geister, dann Dämonen und jetzt verwandeln sich auch noch meine Mitschüler in lebendige Skelette. Was bitte habe ich verbrochen, dass mir das alles passiert?

Himmel- und Höllenhüter

Ich drücke meine Zimmertür ins Schloss, lehne mich dagegen und atme tief durch.

Ist das gerade wirklich geschehen? Ich meine ... Amadeus hat sich direkt vor meinen Augen in ein Skelett verwandelt. Ein Skelett! Was bitte ist er für ein Wesen? Kein Geist ... Nein, Geister sind transparent. Er sah noch ziemlich greifbar aus, nur dass Fleisch und Blut gefehlt haben. Von einer Sekunde auf die andere war alles weg, bis auf die Knochen. Und kurz darauf sah er wieder aus wie vorher ... wie ein ganz normaler Mensch. Wie bitte ist so was möglich? Oder ist er auch ein Dämon? Stecken Mason und er zusammen unter einer Decke, was die Legende der Eagles betrifft? Aber warum war er im Diner so besorgt um Mason? Er wollte, dass sein Bruder aus der Mannschaft aussteigt. Das passt alles nicht zusammen. Für einen Moment schließe ich die Augen und versuche mich auf das Geräusch des mittlerweile stärker gewordenen Regens zu konzentrieren, dessen Tropfen geräuschvoll gegen das Fenster prasseln ... aber in meinem Kopf überschlagen sich die Gedanken. Sie überfordern mich. Ich will nicht mehr nachgrübeln, davon bekomme ich Kopfschmerzen. Ich öffne meine Augen wieder und knipse die Nachttischlampe an. In dem Moment knallt es, als wäre etwas heruntergefallen. Ich scanne mein Zimmer, sehe aber nichts Auffälliges. Alles scheint an seinem Platz zu sein. Dann höre ich das Geräusch erneut. Ich halte die Luft an und lausche. Etwas schlägt gegen die Fensterscheibe. Automatisch erhöht sich mein Herzschlag, trotzdem gehe ich näher zum Fenster. Heulend schmettert der Wind Regenböen gegen die Scheibe und die dicken Tropfen hinterlassen feuchte Schlieren. Ich erkenne nur die Dunkelheit. Selbst die Silhouette des Kastanienbaums direkt vor dem Haus verschmilzt mit der schwarzen Nacht. Bestimmt hat der Wind eine Kastanie gegen mein Fenster geschleudert.

Wieder schlägt etwas gegen die Scheibe, diesmal am Erkerfenster. Nein ... Es ist kein Schlagen, es ist ein Klopfen. Ein Klopfen, das immer eindringlicher wird.

Mit pochendem Herzen gehe ich hinüber und stolpere ruckartig zurück. Der Schreck verschluckt meinen Aufschrei und ich falle hin. Direkt vor dem Fenster zeichnet sich die dunkle Silhouette einer Person ab. Wie um alles in der Welt ist das möglich? Ich wohne im ersten Stock und vor meinem Fenster gibt es keinen Balkon oder sonst etwas, worauf man stehen könnte. Es ist kein Mensch! Es muss ein Geist oder Dämon sein.

Ohne das, was auch immer das dort draußen vor meinem Fenster steht, aus den Augen zu lassen, weiche ich rückwärts kriechend zur Tür.

Dann winkt die Silhouette und durch die Fensterscheibe höre ich dumpf: »Holly, bitte lass mich rein. Ich will nur mit dir reden und hier draußen ist es verdammt nass.«

Mason? Ich knipse das Nachtlicht aus, dann erkenne ich sein Gesicht. Es ist tatsächlich Mason. Wie macht er das? Kann er ... fliegen? Wird gerade alles Realität, was ich die ersten siebzehn Jahre meines Lebens für unmöglich gehalten habe?

»Bitte«, sagt Mason wieder. »Ich will dir erklären, was gerade passiert ist.« Er schweigt und die Stille wird nur durch das Heulen des Windes übertönt. »Mit Amadeus«, betont er dann. »Bitte.«

Vermutlich bin ich lebensmüde. Nach allem, was ich von Mason und Amadeus in den letzten Wochen mitbekommen habe, sollte ich ihn auf keinen Fall in mein Zimmer lassen. Ich sollte wegrennen. Aber ich spüre keine Angst ihm gegenüber. Ich hoffe, meine Intuition und mein gesunder Menschenverstand täuschen mich nicht, denn ich knipse das Licht wieder an, stehe auf, gehe zum Fenster und lasse ihn hinein.

»Danke, ich bin kurz vorm Erfrieren.« Er klettert über die letzten Stufen einer Leiter in mein Zimmer.

»Und ich dachte schon, du kannst fliegen.«

»Fliegen?« Er grinst.

»Woher hast du die Leiter?«, frage ich und schließe das Fenster schnell wieder.

»Stand neben der Garage. Solltet ihr besser wegschließen.« Flüchtig streicht er sich ein paar regennasse Strähnen aus der Stirn, sieht sich im Raum um und deutet dann auf den Schreibtischstuhl. »Darf ich?«

Ich nicke, setze mich aufs Bett ihm gegenüber, winkle die Beine an und schlinge die Arme darum, als wollte ich dadurch noch mehr Abstand zwischen uns bringen.

Er lässt sich auf den Stuhl sinken und betrachtet nachdenklich seine Hände, bevor er anfängt zu reden. »Das, was mit Amadeus gerade passiert ist«, beginnt er. »Hast du es gesehen?« Es klingt wie eine rhetorische Frage.

Er weiß ganz genau, dass ich ihn gesehen habe, und die Tatsache, dass er hierherkommt, um mit mir darüber zu sprechen, bedeutet, dass ich es mir nicht eingebildet habe. Was ist jetzt die beste und diplomatischste Antwort, die ich geben kann? »Ihr seid keine richtigen Brüder, oder?«, frage ich also.

»Doch das sind wir. Holly ...« Er reibt sich verlegen über den Nacken. »Es tut mir leid, dass du das gerade mitbekommen hast.«

Ich mustere ihn. »Dass ich *was* mitbekommen habe?«

Einen langen nervenzehrenden Moment schweigt er. Dann holt er Luft und sagt: »Es tut mir leid, dass du mitansehen musstest, wie Amadeus sich in ein Skelett verwandelt hat.«

Ich atme aus.

»Vor ein paar Jahren wurde er verflucht.« Mason fasst sich an sein vom Regen durchnässtes T-Shirt, genau an die Stelle, wo ich es im Klassenzimmer rot aufleuchten gesehen habe.

»Holly, hat Grace dir etwas über William oder mich erzählt?«

»Nein«, sage ich.

»Hat Grace dir irgendetwas über Höllenhüter erzählt?«, fragt Mason weiter.

Ich schüttele den Kopf.

»Über Geister oder Dämonen?«

Wieder will ich den Kopf schütteln, halte aber inne. »Nein«, meine Stimme klingt heiser, als weigerte sie sich, das auszusprechen, was als Nächstes über meine Lippen kommt.

»Aber seit einigen Monaten sehe ich Geister. Ich bin von meiner alten Schule geflogen, weil ich einen Poltergeist vertrieben habe.« Ich warte einen Moment, versuche an seiner Reaktion abzulesen, was er denkt, aber in seinem Gesicht zeichnet sich nur sein typisch gleichgültiger Ausdruck ab. »Seit ich auf die Desert Ridge High gehe, sehe ich Seans Geist und seit Dylans Tod auch den seinen und …« Ich deute auf seine Brust, auf die Stelle, wo das leichte rote Leuchten erschienen ist, auch, weil ich endlich wissen will, was er dort verbirgt. »Ich habe gesehen, wie du den Dämon heraufbeschworen hast.« Wow, es tut richtig gut, endlich einmal offen über all die Dinge zu sprechen. Es ist befreiend. »Ich habe gesehen, wie du den Dämon heraufbeschworen hast und kurz danach ist Dylan gestorben.«

Seine Brauen heben sich erstaunt und seine Miene ist plötzlich nicht mehr ausdruckslos. »Du glaubst, ich hätte Dylan getötet?«

»Da scheine ich nicht die Einzige zu sein, oder? Direktor Valentine und der Sheriff haben dich verhört.«

Er beugt sich vor, stützt seine Arme auf den Knien ab und durchbohrt mich mit seinem Blick. »Holly, was glaubst *du*? Denkst du wirklich, ich habe die beiden getötet?«

Ich sehe ihn an. Dann schüttele ich den Kopf. »Nein«, sage ich ehrlich. »Die Beweise sprechen zwar gegen dich, aber ich glaube es trotzdem nicht. Sonst hätte ich dich nicht hier reingelassen.«

Er nickt. »Dann hätte ich dich auch für lebensmüde erklärt.«

»Trotzdem hast du einen Dämon heraufbeschworen«, bemerke ich.

Er betrachtet den Fußboden, zögert, fasst sich dann an den Hals und zieht an einem Lederband, bis ein längeres Amulett erscheint, in dessen Mitte ein schwarzer Stein eingearbeitet ist. »Was genau hast du gesehen?«, fragt er.

Ohne meinen Blick von dem Amulett zu lösen, sage ich: »Du hast leise gesprochen, dann hat etwas unter deinem Shirt rot aufgeleuchtet und kurz darauf ist ein schwarzer Schattendämon aufgetaucht, hat sich auf den verletzten Dylan im Auto gestürzt und ihn getötet.«

»Bist du dir sicher, dass es genau in dieser Reihenfolge abgelaufen ist?«

Ich funkle ihn an. »Ich bin mir sicher, dass ich genau das gesehen habe, was ich dir gerade erzählt habe.«

Er hebt die Brauen, dreht sich auf dem Schreibtischstuhl leicht nach links und nach rechts und braucht einen Moment, bis er sich gesammelt hat. »Ich habe den Dämon nicht heraufbeschworen«, sagt er dann. »Ich habe versucht ihn aufzuhalten. Ihn zurück in die Hölle zu schicken, denn genau das ist meine Aufgabe.« Abwartend sieht er in meine Richtung, als würde er prüfen wollen, ob ich etwas mit dem was er sagt, anfangen kann. »Ich bin ein Höllenhüter.«

»Du bist *was?*«

»Ein Höllenhüter. Das hier«, er hält das Amulett hoch, »ist ein Höllenöffner. Er beginnt immer dann rot zu leuchten, wenn Dämonen oder Seelen in der Nähe sind, die in die Hölle zurückgebracht werden müssen. Aber dieser Dämon ist anders. Er wird durch irgendetwas an die Welt gebunden. Ich schaffe es nicht, ihn zurück in die Hölle zu schicken, und das Monster hat schon zwei meiner Mannschaftskollegen auf dem Gewissen.«

»Durch die Legende der Eagles vielleicht?«, frage ich.

»Möglich.« Er lehnt sich zurück und in sein Gesicht tritt ein gequälter Ausdruck. »Du hast echt geglaubt, *ich* hätte Sean ermordet?«

»Vielleicht nicht ermordet.« Ich zupfe verlegen an meiner Decke. »Es hätte ja auch ein Unfall gewesen sein können.«

Überrascht hebt er die Brauen und legt dadurch seine Stirn in Falten.

»Ein gesundes Misstrauen sollte jeder haben«, verteidige ich mich.

»Da hast du recht«, stimmt er mir zu. »Ich hatte dich auch im Verdacht, was damit zu tun zu haben, weil du neu auf die Schule kamst.«

»Weil ich die Neue war?«, lache ich. »Was für ein Klischee! Du wirst von Direktor Valentine und Sheriff Wellington verdächtigt. Das sind ja wohl triftigere Gründe, deine Unschuld anzuzweifeln.«

»Von dir hat der Direktor auch keine gute Meinung«, erinnert er mich.

»Touché.« Ich lehne meinen Kopf gegen die Wand und mustere ihn. »Warum warst du der Letzte, der mit Sean gesehen wurde?«

»Wir sind zusammen nach dem Training zum Bus gegangen. Aber er hat auf halber Strecke gemerkt, dass er sein Handy vergessen hat, und ist noch mal zurück«, sagt Mason. »Ich hab mir nicht viele Gedanken darüber gemacht, dass er den Bus nicht erwischt hat. Kann passieren.« Er seufzt bei der Erinnerung. »Am nächsten Tag hat Direktor Valentine mich dann in sein Büro zitiert und wollte wissen, wo Sean ist. Und da ich der Letzte war, der mit ihm gesehen wurde, und ich auch nicht beweisen konnte, dass er noch mal zurück ist, stehe ich jetzt unter Verdacht, etwas mit seinem Tod zu tun zu haben.«

»Das ist mies«, sage ich und wir schweigen einen Moment. »Und«, frage ich in die Stille hinein. »Wann hast du aufgehört mich zu verdächtigen?«

Nachdenkliche Fältchen bilden sich zwischen seinen Brauen. »Als ich rausgefunden habe, dass du Grace' Enkelin bist.« Er sieht mich an und gleichzeitig wirkt es, als wäre er mit den Gedanken ganz woanders. »Kurz bevor Grace gestorben ist, hat sie an einer Sache gearbeitet. Sie hat nicht gesagt woran genau, nur dass sie einer Vermutung nachgehen würde und glaube, dass es sich um eine Art Fluch handle, der sich alle fünfundzwanzig Jahre wiederhole. Und als du auf Coles Party mit Jack und Tyler über die Legende gesprochen hast ...« Er hält kurz inne. »Es könnte sein, dass Grace versucht hat diesen Fluch zu brechen, dem die Desert Ridge Eagles unterliegen.«

»Einen Moment«, sage ich. »Bitte spul noch mal ein Stück zurück. Was bitte hat meine Grandma mit der ganzen Sache zu tun?«

»Grace?« Er runzelt die Stirn. »Sorry, ich dachte, du wüsstest das. Deine Grandma war eine Himmelshüterin.«

Ich starre ihn an und es dauert einen Augenblick, bis mich seine Worte erreichen. »Sie war eine ...« Ich stocke. »Was?« »Eine Himmelshüterin«, wiederholt Mason.

»Es gibt Höllen- und Himmelshüter. Während William und ich dafür sorgen, dass Dämonen und böse Seelen wieder zurück in die Hölle kommen, helfen Himmelshüter verwirrten Seelen dabei, den Weg ins Licht zu finden. Geistern zum Beispiel, die noch auf der Erde wandeln.«

»Willst du damit sagen, dass ich ...« Ich starre ihn an. »... dass meine Grandma auch Geister sehen konnte?«

Er nickt.

»Soll das bedeuten, dass ich auch eine Himmelshüterin bin?«

Er nickt wieder. »Das vermute ich, ja. Dein Schicksal kannst du dir nicht aussuchen, es wird vererbt. Meistens von den Eltern an die Kinder, aber manchmal wird auch eine Generation übersprungen.«

»Und das bedeutet, es bleibt jetzt für immer so? Es hört nicht auf, wenn ich Sean und Dylan geholfen habe? Es werden immer neue Geister auftauchen?«

Mason sieht mich beschwörend an. »Es ist deine Bestimmung, Holly.«

Ich richte mich auf und lasse mich dann wieder gegen die Wand hinter mir sinken. »Hätte Grandma mich da nicht wenigstens vorwarnen können?«

»Ihr Tod kam überraschend.« Mason lässt den Kopf hängen und schaut auf seine Hände. »Niemand hat damit gerechnet, dass sie so früh geht. Es ist untypisch für Grace, dass sie dir nichts hinterlassen hat. Selbst ihr Himmelsöffner ist verschwunden. Der Obduktionsbericht sagt zwar, es sei ein Herzinfarkt gewesen, aber ich werde das Gefühl nicht los, dass da irgendwas faul ist.« Er fährt sich durch die Haare. »Erzähl mir von dem Poltergeist an deiner alten High School!«

»Was willst du genau wissen?« Das letzte Mal, dass ich darüber gesprochen habe, war mit der Schulpsychologin in L. A.

»Wie du ihn vertrieben und warum du dich mit ihm angelegt hast«, sagt er.

»Ich wurde von Charlotte heimgesucht«, beginne ich, nachdem ich meine Erinnerungen sortiert habe. »Sie war gerade bei einem tragischen Schwimmunfall im Sportunterricht ums Leben gekommen.« Ich hebe die Schultern nachdenklich. »Und aus einem mir unerklärlichen Grund war sie fest davon überzeugt, dass ich ihr helfen könnte. Vielleicht weil ich die Einzige war, die sie sehen konnte«, überlege ich. »Na ja, jedenfalls wurde sie von einem Poltergeist gequält und davon abgehalten, ins Licht zu gehen. Er hat sie ihren Tod immer und immer wieder durchleben lassen. Poltergeister sind im Vergleich zu normalen Geistern dazu in der Lage, andere Geister zu berühren und sogar Gegenstände zu bewegen.« Mir läuft ein kalter Schauder über den Rücken, als ich die Erinnerungen an ihn Revue passieren lasse. »Ich konnte Charlotte nur helfen, indem ich ihn vertreibe. Er war der Grund, der sie auf der Erde festhielt«, sage ich. »Also habe ich ein bisschen im Internet geforscht und bin darauf gestoßen, das Weihwasser und so eine komische Zeremonie Poltergeister in die Flucht schlagen würden. Auf Letztere habe ich verzichtet und mich erst mal nur für das Weihwasser entschieden«, seufze ich. »Ich habe ihn in die Aula gelockt, weil es mir nicht gelungen ist, ihn mit dem Weihwasser zu übergießen. Poltergeister sind echt schnell und vor allem stark, was die Sache nicht einfacher gemacht hat. Kannst du dir vorstellen, wie es ist, wenn ein Poltergeist Stühle nach dir wirft?«, frage ich Mason, der mir mit einem halb ernsten und halb amüsierten Blick zuhört. »Versuch mal ihn da mit Weihwasser zu bespritzen, das ist unmöglich. Also habe ich leider zu wenig nachgedacht, ihn in der Aula eingesperrt, das Waschbecken hinter der Bühne abgeschlagen, wodurch das Wasser flutend rausgeströmt ist, mein Weihwasser hineingekippt und den Poltergeist so vertrieben. Ach ja, und anschließend bin ich von der Schule geflogen.«

»Er ist einfach verschwunden?« Mason runzelt die Stirn.

»Ich glaube schon. Keine Ahnung. Auf jeden Fall war er weg und Charlotte konnte ins Licht gehen. So hat sie es zumindest genannt.«

»Und sie hat den Weg ins Licht gefunden, ohne dass du ihr mit einem Himmelsöffner helfen musstest?«

Ich hebe die Schultern. »Offensichtlich, oder? Ich wusste ja nicht mal, dass es so etwas wie einen Himmelsöffner gibt. Außerdem konnte sie die ganze Zeit das Licht sehen, sie konnte nur nicht hineingehen, weil sie von dem Poltergeist zurückgehalten wurde. Ich weiß nur nicht warum.«

»Mir ist noch nie ein Poltergeist begegnet«, gesteht Mason. »Aber es sind in der Regel normale Geister, die sehr viele Aggressionen in sich tragen und sich dadurch in Poltergeister verwandeln. Und sie können echt gefährlich werden. Also, ich muss sagen ...« Er schenkt mir einen anerkennenden Blick. »Dafür, dass du überhaupt keine Erfahrung hattest, hast du die Situation echt gut gelöst.«

»Ich glaube, mit dieser Meinung stehst du ziemlich allein da«, erwidere ich. »Gedankt hat es mir bis jetzt niemand, außer Charlotte natürlich.«

»Das Leid der Auserwählten.« Er grinst. »Seit wann kannst du Geister sehen?«

Ich überlege. »Seit ein paar Monaten.«

»Vielleicht seit Grace gestorben ist?«, hakt er nach.

»Ja«, überlege ich, während die Erkenntnis langsam in mein Bewusstsein sickert. »Das müsste ungefähr der Zeitpunkt gewesen sein, als es angefangen hat.«

»Dann hat sie ihr Schicksal definitiv auf dich übertragen.«

»Und was soll ich jetzt machen?« Ich sehe ihn ratlos an. »Ich kann doch nicht bis zum Ende meines Lebens so weitermachen. Weißt du, wie viel Zeit mir diese ganze Geistersache raubt?«

Er nickt. »Und niemand wird es dir danken und Geld kannst du damit auch nicht verdienen.«

»Wer weiß«, sage ich trotzig. »Vielleicht gründe ich ja ein Geisterjäger-Unternehmen.«

Er hebt mit einem leichten Schmunzeln den Kopf. »Gar keine schlechte Idee.«

»Finde ich auch«, sage ich. »Das ist doch super.« Gespielt nachdenklich runzle ich die Stirn. »Ich weiß jetzt schon, was ich einmal werden will, und muss es nicht erst nach der Schule herausfinden.« »Perfekt«, sagt er und lächelt schief. »Es hätte nicht besser laufen können, oder?« Dann wird er wieder ernst. »Wir müssen Grace' Himmelsöffner finden. Hat sie dir vielleicht irgendwas hinterlassen oder vererbt?«

»Nicht dass ich wüsste«, überlege ich. »Wie sieht er denn aus?«

Er deutet auf seinen Anhänger. »Etwa so in der Art«, sagt er.

Ich strecke die Hand danach aus. Mason zögert, dann nimmt er die Kette ab und legt sie mir in die Hand, wobei sich unsere Finger für einen Sekundenbruchteil berühren. Es überrascht mich, dass ich diese flüchtige Berührung bemerke. Ich scheine ihn wirklich zu mögen. Das Metall ist noch warm von Masons Haut. Eingehend begutachte ich den Anhänger und drehe ihn zwischen meinen Fingern. Ein schwarzer Diamant, eingefasst in ein silbernes Amulett, in das unterschiedliche Symbole eingraviert sind. Keines von ihnen kommt mir bekannt vor. Kreise mit Kreuzen und Sternen. Ansonsten wirkt es wie ein schlichtes Schmuckstück. »Sieht der Himmelsöffner genauso aus?«

»Ähnlich«, antwortet Mason. »In dem Höllenöffner befindet sich ein schwarzer Diamant und in einem Himmelsöffner ein weißer.«

»Wofür sind die Diamanten?«

»Mit ihnen lassen sich die Tore zum Himmel oder zur Hölle öffnen.« Er neigt den Kopf und mustert mich aufmerksam. »Hast du Grace' Himmelsöffner schon mal gesehen?«

Ich versuche mich zu erinnern, dann schüttle ich den Kopf. »Nein, ich denke nicht.« Ich betrachte den Höllenöffner prüfend. »Wie genau funktioniert er?«

Mason reibt sich erschöpft das Gesicht, bevor er antwortet. »Wenn ein Dämon oder eine böse Seele in der Nähe ist, leuchtet der schwarze Diamant rot auf, ich versuche so nah wie möglich an ihn heranzukommen, drücke dann auf den rot leuchtenden Stein und spreche eine Beschwörung. Daraufhin tut sich unter dem Dämon ein Loch auf und er wird hinunter in die Hölle gesogen.«

Die Hölle ... Mason spricht mit solch einer Selbstverständlichkeit darüber, dass es mir kaum gelingt, an seinen Worten zu zweifeln. »Und was wäre dann mit Dylan passiert? Wolltest du ihn auch in die Hölle schicken?«

»Das entscheide ich nicht, ich bin sozusagen nur ein Vermittler zwischen der irdischen Welt und der Hölle. Aber ich glaube nicht, dass Dylans Seele in die Hölle kommt, ich vermute eher, dass du ihm den Weg in den Himmel weisen musst«, sagt Mason. »In die Hölle werden nur Seelen von wirklich bösen Menschen gesogen.«

»Weißt du, warum du ein Höllenhüter bist?«, frage ich und gebe ihm das Medaillon zurück.

Er legt sich die Kette wieder an und lässt sie unter seinem Shirt verschwinden. »Vielleicht weil mich die Hölle mehr anzieht als der Himmel?«

Ich mustere ihn. Ob er sich die Frage auch schon gestellt hat?

»Es ist mein Schicksal«, sagt Mason, dem mein Blick nicht entgeht. »Wenn ein Höllenhüter stirbt, wird die Gabe an einen seiner Nachfahren vererbt. Meist an das älteste Geschwisterkind oder eben an die Enkel. Eigentlich wäre Amadeus der Höllenhüter geworden, aber er wurde vorher von einem schwarzen Magier verflucht, der sich an meiner Mom rächen wollte.«

»An deiner Mom?«

Er nickt knapp. »Sie war ebenfalls eine Höllenhüterin. Mein Dad nicht, in seiner Ahnenlinie wurde William zum Höllenhüter, aber dadurch kannte er sich mit dem ganzen Zeug auch gut aus und hat meiner Mom immer wieder geholfen. Bei dem Versuch, den Magier aufzuhalten, sind meine Eltern gestorben. Aber sie konnten Amadeus retten.« Er zögert. »Er wurde zumindest nicht in die Hölle gesogen, wie es der Plan des Magiers war.«

»Was ist Amadeus?«, frage ich.

Mason zögert. »Ein Lebendtoter«, sagt er dann. »Er ist zum Tode verflucht und kann doch nicht sterben.« Er steht auf und blickt aus dem Fenster.

Dabei wirkt er so verloren, dass ich nach einem kurzen Zögern auch aufstehe, zu ihm gehe und ihm die Hand an die Schulter lege. Er weicht nicht zurück, also gehe ich auf ihn zu, schließe ihn in meine Arme und drücke ihn fest an mich. Anfangs erstarrt er und bleibt distanziert, aber dann schmiegt er seinen Kopf an meinen Hals und fährt mir über die Arme.

»Danke, dass du mir das alles erzählt hast«, sage ich. »Endlich verstehe ich, was mit mir geschieht.«

»Ich hab dir doch gesagt, du sollst dich nicht immer bedanken«, sagt er und am Klang seiner Stimme merke ich, dass er dabei lächelt. Ich löse mich wieder von ihm. Nachdenklich fährt er mit dem Zeigefinger eine Linie von meiner Schulter zu meinem Handgelenk, hält inne und zieht seine Hand zurück.

»Jeder hat sein Päckchen zu tragen, Holly«, sagt er. »Deines ist es, eine Himmelshüterin zu sein.«

Ich bin noch nicht bereit mein Schicksal einfach so zu akzeptieren, aber ich widerspreche ihm nicht.

»Warum hast du den Dämon noch nicht zurück in die Hölle geschickt? Ist das nicht deine Aufgabe?«

Er schürzt die Lippen. »Ich kann das Höllentor in seiner Gegenwart nicht öffnen. Er wird durch irgendwas auf der Erde festgehalten.«

»Genauso wie Sean und Dylan«, überlege ich. »Sie können nicht ins Licht gehen und sie haben Angst vor deinem Dämon.«

»Das ist nicht *mein* Dämon«, widerspricht Mason.

»Du weißt, wie ich das meine. Sie haben Angst vor ihm. Sie sagen, er will ihre Seelen, so wie es die Legende erzählt.« Vorsichtig hebe ich den Blick. »Alle Spieler der Mannschaft sind in Gefahr.« Ich stocke. »Du auch.«

»Ich weiß.« Er sagt es, als würde es ihm nichts ausmachen.

»Deshalb will Amadeus, dass du aus der Mannschaft austrittst, richtig?«

Mason stößt langsam die Luft aus. »Er macht sich zu viele Sorgen.« Abrupt wendet er sich ab. »Ich gehe jetzt«, sagt er und wirft einen kurzen Blick zur Tür. »Bevor noch jemand mitbekommt, dass ich hier bin.«

»Weiß Ludy über Amadeus und dich Bescheid?«, frage ich, als Mason bereits das Erkerfenster öffnet.

Masons Kopf bewegt sich in einem langsamen Nicken. »Er weiß ... sehr viel.« Mit diesen Worten steigt er hinaus in die Dunkelheit.

»Mason.« Ich gehe zu ihm und beuge mich leicht aus dem Fenster. Er hält inne und seine Augen glänzen im schwachen Licht, das aus meinem Zimmer in die Dunkelheit scheint. Vorsichtig beuge ich mich noch etwas weiter zu ihm und streife dabei versehentlich mit meiner Wange über seine, bevor ich ihm die Frage stelle, die mir noch auf dem Herzen brennt. »Ist es immer so, dass Himmels- und Höllenhüter zusammenarbeiten?«, flüstere ich in die windige Nacht hinaus.

»Oft«, flüstert er zurück und berührt dabei flüchtig mit den Lippen meine Haut, was ein zartes Kribbeln darauf hinterlässt. Ein erschöpftes Lächeln huscht über sein Gesicht. »Wir haben schließlich das gleiche Ziel. Das Leben auf der Erde immer wieder ins Gleichgewicht zu bringen.« Er sieht mir ein letztes Mal in die Augen und steigt die Leiter hinunter.

Fröstelnd sehe ich zu, wie er die Wiese erreicht und die Leiter zurück an die Hausfassade stellt. Es ist stockfinster und keine Spur des Mondes zeigt sich am Himmel, die Wolken verdecken sein Licht vollkommen. Die Äste der dicken Kastanie biegen sich gefährlich im Wind. Nur darunter erkenne ich Masons Silhouette ... als würde er mit dem Baum verschmelzen ... bis er in der Finsternis der Nacht verschwindet.

Lautlos schließe ich das Fenster wieder, fahre mit den Fingerspitzen über meine Wange und muss lächeln. Das Kribbeln, das seine Lippen darauf hinterlassen haben, spüre ich noch immer.

Familiengeheimnisse

Das Gedankenkarussell in meinem Kopf bringt mich um den Schlaf, bis ich es nicht mehr ertragen kann und das Licht anschalte. Es fällt mir schwer, all das, was Mason mir erzählt hat, zu sortieren, und ich brauche Klarheit. Ich will wissen, was das alles mit der Legende zu tun hat und welche Rolle meine Mom in der ganzen Sache spielt.

Ich stehe auf, trinke ein Glas Wasser, dehne meinen Nacken, hole die Jahrbücher aus dem Rucksack und setze mich damit an den Schreibtisch. Das Jahrbuch, in dem steht, dass Mom zur Prom Queen ernannt wurde, liegt seit Anfang der Woche in meiner Schreibtischschublade. Ich habe sie noch nicht darauf angesprochen, weil zu viele Fragen durch meinen Kopf kreisen. Warum hat sie mir davon nie etwas gesagt? Warum wusste ich noch nicht mal, dass sie auch auf die gleiche High School gegangen ist wie ich? Warum hat sie mir nicht von Grandmas Himmelshüter-Geheimnis erzählt? Und gibt es noch mehr, was sie verheimlicht?

Ich schlage das Jahrbuch mit der Prom-Queen-Sache auf. Und lege das, welches genau fünfundzwanzig Jahre alt ist, daneben. Vor fünfundzwanzig Jahren war Mom sechzehn und auch wenn sie nicht in die Abschlussklasse gegangen ist, muss sie mitbekommen haben, dass fünf Spieler der Desert Ridge Eagles gestorben sind. Warum hat sie nichts davon erwähnt, als ich ihr erzählt habe, dass es wieder solch einen Unfall gegeben hat?

Ich schreibe die Namen der fünf verstorbenen Spieler in meinen Collegeblock: *Andrew Mathews, Gayle Jefferson, Phillipe Carroll, James M. Brighton* und *Jonah Rodgers*.

Rex Silverman muss es doch auch mitbekommen haben. Er war im gleichen Jahrgang wie Mom. Ob er wohl Parallelen zu damals zieht? Immerhin ist er der heutige Manager der Mannschaft.

Ich lehne mich im Schreibtischstuhl zurück, drehe mich hin und her, bis mein Blick an dem Foto von Grandma, Mom und mir hängen bleibt. Das Foto, das Grandma mir vererbt hat. »Welche Geheimnisse habt ihr noch?«, flüstere ich und nehme den Bilderrahmen in die Hand. Ich streiche über das Glas, drehe den Rahmen um und löse den Verschluss. Vorsichtig lege ich ihn auf den Schreibtisch und hebe die Rückseite des Rahmens ab. »Grandma«, sage ich und schüttle den Kopf. Hinter dem Foto klebt ein zusammengefaltetes Papier mit einer Aufschrift. *Für Holly.*

Ich hole den Brief heraus, schließe den Rahmen wieder und stelle das Bild zurück.

Langsam falte ich das Blatt auseinander, streiche es glatt und erkenne Grandmas Handschrift.

Liebe Holly,

wenn du diese Worte liest, bin ich gestorben, bevor ich dich selbst in die Geheimnisse unserer Familiengeschichte einweihen konnte. Da ich weiß, dass Paige nichts von unserem Schicksal hören möchte, vermute ich, dass sie dir auch nichts darüber erzählen wird. Deshalb schreibe ich dir diesen Brief.

Wenn ich könnte, würde ich dem Wunsch deiner Mom nachkommen und dich davor bewahren. Leider ist das nicht möglich. Es ist unsere Bestimmung, dem Himmel als Himmelshüter und Himmelshüterinnen zu dienen.

Mir wurde das Schicksal von meinem Vater übertragen. Da du jetzt schon über sechzehn Jahre alt bist, wird sich diese Fähigkeit nach meinem Tod nicht auf deine Mom, sondern auf dich übertragen.

Du wirst es daran merken, dass sich dein drittes Auge öffnet und du Geister, Seelen und andere Wesen sehen kannst, die den meisten Menschen verborgen bleiben. Deine Aufgabe ist es, diesen verwirrten Seelen zu helfen.

Alles, was du für die Aufgabe der Himmelshüterin brauchst, habe ich in deinem Kleiderschrank versteckt. Links, im untersten

Fach, ist ein doppelter Holzboden. Darunter findest du den Himmelsöffner, ein Medaillon, das dir helfen wird, Geistern und verirrten Seelen den Weg in den Himmel zu weisen.
Holly, ich hoffe, dieser Brief beantwortet einige deiner Fragen. Du sollst wissen, dass ich für dich da bin, auch wenn ich nicht mehr mit einer Tasse Tee neben dir sitzen kann.

Grandma

Verstohlene Tränen sammeln sich in meinen Augen und ich wische sie mit einer flüchtigen Bewegung weg. Wie in Trance lege ich den Brief zur Seite, stehe auf, gehe hinüber zum Kleiderschrank, räume meine Schlafanzüge aus dem untersten Fach und fahre mit der Hand über den Schrankboden. Weder ein Hebel an der Seite oder ein Verschluss sind zu ertasten. Nichts lässt erkennen, dass es einen doppelten Boden gibt. Mit den Fingernägeln fahre ich am Rand des Bretts entlang, kralle mich Millimeter hinter das Holz und ziehe daran, bis es sich bewegt. Eine dünne Platte löst sich und offenbart ein darunterliegendes schmales Fach, in dem eine Holzkiste steht.

Ich hole sie heraus und öffne sie.

Kein Himmelsöffner, wie ich gehofft hatte. Allerdings eine leere Schmuckschatulle, in die er hineinpassen könnte. Darunter liegt ein dickes Notizbuch, dessen Lederumschlag abgenutzt aussieht. Vorsichtig nehme ich es heraus. Das gesamte Büchlein ist vollgeschrieben, bis auf die letzten fünf Seiten. Neben den vielen Notizen sammeln sich Fotos, Zeitungsausschnitte und kleine Zettel mit Nummern oder Wörtern, die für mich keinen Sinn ergeben.

Ich hole einen Klebestift aus meiner Schreibtischschublade und befestige Grandmas Brief auf der letzten Seite des Buches – der Abschluss ihres Lebenswerks, das sie nun mir anvertraut hat. Dann lege ich mich ins Bett und beginne zu lesen.

Es gibt einen etwas längeren Bericht über den Himmel, wie verstorbene Seelen dort hingelangen und was sie dort erwartet, das Gleiche finde ich zum Thema Hölle und was dort auf die Seelen zukommt. Dinge, die Mason mir nicht erzählt hat. Ich bekomme eine Gänsehaut, als ich die Notizen zur Hölle durchlese. Laut Grandma werden die Seelen dort immerzu mit ihren eigenen Abgründen und ihren grausamen Taten, die sie zu Lebzeiten begangen haben, konfrontiert. Emotionen werden dort noch viel intensiver wahrgenommen als auf der Erde, wodurch die Verstorbenen an die Grenzen ihrer seelischen Schmerzen getrieben werden – und es gibt nichts, womit sie ihre Gefühle betäuben können, wie es auf der Erde der Fall war.

Außerdem gibt es nicht nur Höllenhüter, sondern auch Höllenwächter, die darauf achten, dass niemand entflieht.

Und trotz der Höllenwächter sind da wohl immer wieder Seelen und Dämonen, die es schaffen, Luzifers Reich zu entkommen. Sie kehren im ätherischen Zustand auf die Erde zurück und besetzen oftmals einen noch lebenden Menschen.

Bei der Vorstellung muss ich mich schütteln.

Der Abschnitt über die Himmelshüter ist für mich besonders interessant. Er handelt nicht nur von deren Aufgaben, sondern auch davon, welche Hilfsmittel ihnen zur Verfügung stehen und wie sie ihren Job erfüllen können.

Eine Auflistung aller Wesen, denen Grandma bereits begegnet ist oder von denen sie gehört hat, folgt. Geister, verirrte Seelen, Dämonen – ein Lebendtoter wie Amadeus ist auch aufgelistet – und geflohene Seelen.

Außerdem gibt es, so wie es aussieht, unzählige Zauberer und Magier, die sich über die ganze Welt verteilen.

Grandma hat auch Anleitungen für verschiedene Zauber notiert, nur habe ich keine Ahnung, wie ich an die ganzen Utensilien kommen soll, die man für solche Art von Magie braucht. Was bitte sind Opoponax oder Mastix? Das klingt eher wie eine Zaubertrank-Zutat aus *Asterix und Obelix*.

Auf den letzten Seiten befindet sich eine Auflistung von Waffen, die man gegen Geister und andere übernatürliche Wesen einsetzen kann, wenn sie einen angreifen. Und zum Abschluss eine Personenliste von sämtlichen Himmels- und Höllenhütern in anderen Städten.

Morgens um halb sechs klappe ich das Notizbuch zu und habe das Gefühl, in dieser Nacht meine Einweihung in eine komplett andere Dimension unserer Realität erhalten zu haben, und ein Teil in mir freut sich darüber, dass Mason dabei eine wichtige Rolle spielt.

Hallo, Feind!

Am Montag fällt Englisch aus und mein Sportunterricht wird vorverlegt. Mrs Spencer lässt uns zum Warmwerden einen Parkour laufen und anschließend machen wir Bock- und Hochsprungübungen.

Die Sportstunde langweilt mich und einen Moment sehne ich mich nach dem Cheerleadertraining in L. A. zurück. Die Musik, die Gruppendynamik, die Choreografien ... Ich lasse den Unterricht über mich ergehen und freue mich, als der Abpfiff ertönt, der uns sagt, dass die zweite Stunde vorbei ist.

Die Umkleiden werden nur durch das schwache Sonnenlicht erleuchtet, das durch die Milchglasscheiben dringt. Irgendwo tropft ein Wasserhahn und es riecht nach getragener Sportkleidung, Staub und Feuchtigkeit. Ich bin eine der Ersten und nutze die Gelegenheit, um mich schnell abzuduschen. Anschließend föhne ich meine Haare nur kurz, bei meinen Locken dauert es immer eine Ewigkeit, außerdem trocknet die heiße Luft meine Haare zu sehr aus. Als ich mich angezogen habe und einen Schluck Wasser trinke, stellt sich Amber neben mich. Ihre Augen wirken aufgequollen, als hätte sie das ganze Wochenende geweint, und auch das Make-up, das sie dicker aufgetragen hat als üblich, kann dies nicht überdecken.

»Hi, Holly.« Sie räuspert sich und versucht zu lächeln.

»Hi«, sage ich und drehe die Wasserflasche wieder zu. Weil sie nichts sagt und die auftretende Stille zwischen uns unangenehm wird, frage ich vorsichtig: »Wie geht es dir?«

Ihre Lippen beginnen zu beben, sie presst sie schnell zusammen und blinzelt ein paar Tränen aus ihren Augen. Ehrlich gesagt weiß ich nicht, warum sie mich angesprochen hat. Sie kann ja schlecht wissen, dass ich dem Geist ihres verstorbenen Bruders schon öfters begegnet bin. Deshalb versuche ich schnell das Thema zu wechseln. »Haben du und Mason sich wieder vertragen?«, frage ich und stopfe Turnschuhe und meine Trainingssachen in die Sporttasche.

Fahrig schiebt sie sich eine Strähne hinters Ohr, die sich aus ihrem Zopf gelöst hat. »Ich habe am Freitag überreagiert«, sagt sie dann. »Sheriff Wellington hat mir gesagt, dass Seans Tod höchstwahrscheinlich kein Unfall war, und weil Mason …« Sie wischt sich mit dem Handrücken über die Augen. »Ich habe einfach einen Schuldigen gesucht und das war unfair. Mason hat mir versprochen, dass er nichts mit Seans Tod zu tun hat und dass er herausfinden wird, was mit ihm passiert ist.«

Ich nicke nur, weil ich nicht weiß, was ich darauf sagen soll.

»Du verbringst viel Zeit mit Mason, oder?«, fragt sie plötzlich.

Ich öffne den Mund und schließe ihn wieder. *Viel Zeit mit Mason verbringen* ist nicht der treffende Ausdruck, nach dem, was ich am Wochenende über ihn und mich erfahren habe. Amber wartet zum Glück nicht auf meine Antwort.

»Er ist toll.« Sie presst die Lippen zusammen und ein bitterer Ausdruck tritt in ihre Augen.

Die Erinnerung an Coles Party kehrt zurück, wo Amber und Mason etwas länger miteinander gesprochen haben und Cole mir gesagt hat, dass Amber genau Masons Typ ist. Jetzt beschleicht mich die Ahnung, dass die beiden mal zusammen gewesen sein müssen – und auch wenn ich es nicht zugeben würde, stört mich diese Vorstellung. »Amber«, sage ich. »Mason und ich …«

»Schon gut«, unterbricht sie mich mit einem ehrlichen und zugleich traurigen Lächeln. »Das mit Mason und mir ist vorbei und da wird es auch nichts mehr geben. Aber er ist immer noch ein guter Freund für mich und ich wollte dir nur sagen, dass er toll ist und es nicht verdient hat, verletzt zu werden.«

»Okay«, sage ich langsam.

»Aber deswegen wollte ich nicht mit dir sprechen«, sagt sie und macht eine Handbewegung, als wollte sie alte Erinnerungen vertreiben. »Rex Silverman und Direktor Valentine haben mir gesagt, dass du in L. A. im Cheerleaderteam warst, und ich wollte dich fragen, ob du Lust hast, mal zum Vortanzen zu kommen?«

Ich stutze und brauche einen Moment, um ihre Frage sacken zu lassen.

»Eigentlich wollte ich das Tanzen sein lassen«, sage ich. »An der alten Schule ist zu viel passiert.« Dass ich wegen der Aulasache aus dem Team geworfen wurde, obwohl ich die Leiterin war, erwähne ich nicht.

Sie legt den Kopf schief und ihr glänzend brauner Pferdeschwanz weht wie in einer Haarpflegewerbung zur Seite. »Neue High School, neue Chancen«, sagt sie und lächelt. »Denk drüber nach. Du bist herzlich eingeladen.«

»Danke«, sage ich und erwidere ihr Lächeln. Vielleicht ist es wirklich keine schlechte Idee. Ich könnte endlich wieder tanzen ...

Ich seufze. Nein, dafür fehlt mir im Moment einfach die Zeit. Ich könnte mich nicht so einbringen, wie es nötig wäre, und das wäre dem Team gegenüber nicht fair.

»Bis dann, Holly.« Sie verlässt die Umkleidekabine und ich stelle fest, dass ich die Letzte bin. Schnell ziehe ich den Reißverschluss meiner Sporttasche zu und eile hinaus in die Cafeteria, wo ich mit Lilly verabredet bin. Zwar haben wir die meisten Unterrichtsfächer zusammen, aber Sport und Englisch leider nicht.

Sie sitzt mit Ludy an einem Tisch und winkt mir zu. »Du bist spät dran«, begrüßt sie mich.

»Tut mir leid, ich hab in der Umkleidekabine getrödelt«, entschuldige ich mich und setze mich zu ihnen.

»Nicht schlimm«, sagt sie und schiebt sich eine Apfelspalte in den Mund. »Ludy hat übrigens noch mal mit Jake über die Legende gesprochen«, wechselt sie das Thema und Ludy nickt enthusiastisch. »Seine Familie ist mit zwei Familien befreundet, von denen verwandte Spieler einmal vor fünfundzwanzig Jahren und einmal vor fünfzig Jahren bei einem mysteriösen Unfall ums Leben kamen«, sagt er aufgeregt. »Deshalb hat er so eine Angst, dass es diesmal ihn treffen könnte.«

»Warum spielt er denn dann in der Mannschaft?«, frage ich und spüre, wie ich von dieser Tatsache genervt bin. Es ist fast so, als würde Jake mutwillig russisches Roulette spielen.

»Familientradition«, sagt Ludy. »Jake wollte der Mannschaft nicht beitreten, aber er musste. Sein älterer Bruder, sein Cousin und mehrere Onkel von ihm sind unglaublich erfolgreiche Footballspieler und seine Familie glaubt, dass es daran liegt, dass sie alle bei den Desert Ridge Eagles gespielt haben.«

»Und der Familie ist es egal, dass eines der Kinder dabei sterben könnte?« Ich kann es kaum fassen.

»Sie glauben es nicht«, sagt Ludy und wirkt ehrlich betroffen. »Angeblich ist es ja nur eine Legende.«

Cole, der mit ein paar seiner Mannschaftskollegen einen Tisch weiter sitzt und sonst so tut, als würden wir nicht existieren, fixiert uns.

Als es zum Ende der Pause klingelt und die Schüler um uns herum zum Unterricht aufbrechen, erhebt sich Cole, steuert direkt auf uns zu und seinem Blick ist anzusehen, dass er nichts Gutes im Sinn hat.

Er bleibt vor unserem Tisch stehen, ignoriert Lilly und mich und beugt sich über den Tisch hinweg zu Ludy hinunter.

»Es werden Geschichten erzählt«, sagt er leise und bedrohlich. »Gerüchte. Und ich hoffe für dich, dass du sie nicht in die Welt gesetzt hast, du kleine Schwuchtel.«

Ludy weicht auf seiner Bank zurück. »Keine Ahnung, was du meinst.«

»Wirklich?«, fragt Cole immer noch leise. »Die Sache über dich und Jake? Pass gut auf, verstanden? Du bist mir scheißegal und was du machst, ebenso. Aber in unserem Footballteam ist keiner schwul, kapiert?«

»Gibt es Probleme?« Mason steht plötzlich an unserem Tisch und bei seinem Anblick zieht sich mein Bauch aufgeregt zusammen.

Cole sieht zu Ludy, legt den Kopf schief und fragt ihn: »Haben wir ein Problem?«

Ludys Blick huscht kurz zu Mason, dann schüttelt er langsam den Kopf. »Nein.«

»Nein.« Ein freundschaftliches Grinsen tritt in Coles Gesicht, als er sich zu Mason wendet und ihm kumpelhaft auf die Schulter klopft. »Keine Probleme.« Er dreht uns den Rücken zu. »Ich kapiere echt nicht, warum du dich mit diesen Losern abgibst, Mase«, sagt Cole im Davongehen, wirft einen Blick über die Schulter, betrachtet mich und sein Mund verzieht sich angewidert, als wäre ich ein Stück Dreck, das ihm im Weg liegt. Plötzlich sehne ich mich nach der Zeit zurück, als ich für ihn nur Luft war.

»Cole ist einfach nur krank«, sagt Lilly und steht auf.

Mason bestätigt es mit einem Blick, den er Cole hinterherwirft, als wäre er kurz davor, ihm eine reinzuhauen. »Unheilbar, würde ich sagen.« Sein Kiefer spannt sich an, er wendet den Blick von seinem Mannschaftskollegen ab und mustert Ludy. »Alles in Ordnung?«

Ludy nickt, steht auf, sattelt seinen Rucksack und zuckt die Schultern. »Es ist Cole, was erwartest du?«

Zwischen Masons Brauen bildet sich eine grimmige Falte und er blickt noch einmal in die Richtung, in die Cole verschwunden ist, bevor auch wir die Cafeteria verlassen.

»Sehen wir uns später beim Vorbereitungskomitee?«, frage ich Mason, als sich unsere Wege zu den Unterrichtsräumen trennen.

Er bleibt stehen und hebt beinahe entschuldigend die Schultern. »Coach Carter hat nach dem Unterricht ein zusätzliches Training angesetzt, weil es Freitag wegen der Trauerversammlung ausgefallen ist.«

»Also muss ich allein hingehen?«, frage ich und bin selbst überrascht, wie enttäuscht ich klinge.

Seine Lippen deuten ein Lächeln an. »Du kannst mir ja berichten, was ich verpasst habe.«

Ja genau, weil es ihn so sehr interessiert. Ich seufze und ignoriere den Teil in mir, der sich darauf gefreut hat, die Sitzung mit Mason zu verbringen.

»Amadeus!«, ruft Ludy auf einmal und winkt enthusiastisch. Amadeus sieht ihn, will auf ihn zugehen, entdeckt dann mich und stockt mit beschämtem Blick. Aber ich lächle und winke ihm auch. Ich habe keine Angst vor ihm, nur weil er sich gestern in ein Skelett verwandelt hat und ein Lebendtoter ist. Das soll er wissen.

Er zögert, dann lächelt er verlegen und kommt auf uns zu. »Hey«, sagt er zur Begrüßung und geht mit in unsere Richtung, während Mason das gegenüberliegende Gebäude ansteuert.

***

Wie zu erwarten zieht sich die Sitzung am Nachmittag in die Länge und obwohl ich kaum zuhöre, habe ich danach leichte Kopfschmerzen. Ich bin froh, als es vorbei ist, und ich will einfach nur den Raum verlassen.

Aber das Glück ist mir nicht vergönnt, denn Delilah stellt sich mir in den Weg, das Klemmbrett an den Körper gepresst.

»Holly, du hast dich für den Bereich Catering eingetragen«, sagt sie. »Aber du hast noch keine Vorschläge gemacht. Es kann nicht sein, dass die ganze Arbeit an den anderen in deiner Gruppe hängen bleibt.«

»Okay«, sage ich und versuche an ihr vorbeizugehen, aber sie versperrt mir den Weg. »Ich bringe beim nächsten Mal Vorschläge mit.«

Delilah wird Moms Halloweendesserts lieben, da bin ich mir sicher.

Sie beäugt mich skeptisch. »Gut«, sagt sie. »Ich hoffe, es ist etwas Brauchbares dabei und nicht nur ein Kürbissuppenrezept. Davon liegen mir nämlich schon fünf verschiedene vor.«

»Keine Kürbissuppe«, sage ich. »Ist notiert ... Ich wollte mich sowieso um die Desserts kümmern.«

»Desserts«, sagt sie sofort milder gestimmt und kritzelt es auf ihr Klemmbrett.

»Kann ich jetzt bitte gehen?«, frage ich leicht genervt.

Ein letzter skeptischer Blick und sie gibt den Weg frei.

Dank der Diskussion über diesen verdammten Halloween-Quatsch muss ich jetzt nach Hause laufen, weil ich den letzten Bus verpasst habe. Dafür habe ich mit dem Wetter Glück, es ist einer dieser warmgoldenen Herbsttage.

Der Weg von der Schule nach Hause führt durch die Innenstadt und auch wenn man es nicht mit Kalifornien vergleichen kann, ist es ganz schön hier. Gemütlich irgendwie. Die Blätter der Bäume an den Straßenrändern leuchten orangerot. Restaurants reihen sich an Craft-Brauereien, hübsche Kunstgalerien und kleinere Geschäfte, die so einladend dekoriert sind, dass ich am liebsten in jedes zweite hineingehen würde. Vor einem dieser New Age Shops, in denen man Traumfänger und Kristalle kaufen kann, bleibe ich stehen, betrachte das Schaufenster und gehe einen Moment später hinein.

Es duftet nach Räucherwerk, in einem kleinen Steinbrunnen plätschert Wasser und im Hintergrund läuft ruhige Meditationsmusik. Ich wandere durch den Laden und bewundere die bunten Kristalle, die unzähligen Glücksbringer, Feng-Shui-Figuren und Traumfänger, bis ich ein Regal mit Räucherharz erreiche – der Grund, weshalb ich den Laden betreten habe.

Die Auswahl ist überschaubar und nach kurzem Suchen finde ich, was mich interessiert. Opoponax und Mastix. Nachdem ich davon in Grandmas Buch gelesen hatte, habe ich im Internet etwas recherchiert und herausgefunden, dass es sich dabei um ein Räucherharz handelt, mit dem man Geister und andere Wesenheiten bannen kann. Und es kann ja nicht schaden, ein wenig davon vorrätig zu haben. Etwas Weihrauch kaufe ich auch noch und verlasse den Laden wieder.

Der Duft von geräuchertem Salbei liegt mir immer noch in der Nase, als ich schon zwei Straßen entfernt bin.

Gemütlich schlendere ich durch die kleinen Gassen der Innenstadt. Nur wenige Leute sind unterwegs. Ich halte mein Gesicht der Sonne entgegen und genieße es für einen Moment, wie die warme Herbstluft meine Haut küsst.

Plötzlich überkommt mich das Gefühl, dass mich jemand beobachtet, als würde ich einen Blick in meinem Rücken spüren. Ich drehe mich um. Hoffentlich nicht noch ein Geist. Ich bin mit den Wesen an der Schule schon vollkommen ausgelastet. Aber ich sehe keinen und die Temperatur hat sich auch nicht verändert, was eigentlich immer der Fall ist, wenn ein Geist erscheint.

Aber etwa fünfzig Meter hinter mir läuft jemand in einer schwarzen Jacke mit einer Kapuze, die er sich so tief ins Gesicht gezogen hat, dass ich es nicht erkennen kann. Und das an so einem warmen Herbsttag.

Ich gehe etwas schneller. Außer ihm und mir läuft sonst niemand in dieser Gasse herum. Ich höre, wie auch die Schritte hinter mir schneller werden. Unauffällig blicke ich mich um. Die dunkle Gestalt wird schneller ... viel schneller. Vielleicht ist es nur ein Jogger. Nein, ich bilde es mir nicht ein, der Typ steuert direkt auf mich zu. Mein Puls rast, ich reagiere und renne los. Ich muss nur aus dieser Gasse rauskommen. Dorthin, wo wieder andere Menschen sind.

Die Schritte hinter mir beschleunigen sich. Je näher er kommt, desto größer und muskulöser wirkt er. Nach Atem ringend renne ich um eine Ecke und stehe in einer Sackgasse. Ich bin in einen verdammten Hinterhof eines Restaurants geflohen! Wie blöd kann man sein? Panisch blicke ich über meine Schulter. Er holt mich ein und versperrt mir den Weg. *Ganz ruhig*, sage ich zu mir selbst in Gedanken und versuche einen klaren Kopf zu bewahren. Aber die Panik in meiner Brust überfällt mich, sie lähmt mich und ich weiß nicht mehr, was ich tun soll. Langsam kommt er auf mich zu und ich weiche vor ihm zurück, weiter hinein in den Hinterhof. Um uns herum stapeln sich die faulenden Abfälle des Restaurants und ein ekelhafter Geruch sticht mir in die Nase.

Um aus dieser Sackgasse wieder herauszukommen, muss ich an ihm vorbei. Aber das scheint unmöglich. Also macht mein Körper das, was ich gerade am wenigsten gebrauchen kann. Er versteift sich, als wollte er sich totstellen.

Langsam kommt der Typ auf mich zu und ich weiche nicht mal zurück. Starre ihn einfach nur an, während mein Herz mir bis zur Kehle schlägt und mir ein eiskalter Schauer den Rücken hinunterfährt. »Was willst du?«, schaffe ich es zu fragen.

»Ich will, dass du deine Nase aus fremden Angelegenheiten raushältst«, knurrt er. »Hör auf, weiter über die Legende der Eagles nachzuforschen, kapiert? Und sag das auch deinen Freunden. Sonst mache ich euch das Leben zur Hölle.«

Er geht einen Schritt auf mich zu, schubst mich fest gegen die Schultern, ich taumle und falle rücklings in einen Müllcontainer, der unterhalb eines kleinen Mäuerchens steht.

Ein Meer aus weichen, fauligen Lebensmitteln verschluckt mich und ich kämpfe gegen den Brechreiz an, den der Gestank in mir auslöst. Krampfhaft versuche ich nicht darüber nachzudenken, worin genau ich liegen könnte, und warte, bis der Kerl verschwunden ist.

Es fühlt sich an, als wären Stunden verstrichen, bis ich mich endlich traue aus der gammeligen Suppe hinauszuklettern. Meine Kleidung und mein Rucksack sind von stinkendem Müllwasser durchtränkt, in meinen Haaren kleben vergammelte Lebensmittel, von denen ich gar nicht wissen will, was sie mal gewesen sind. Ich versuche mich von jeglichen klebrigen Müllresten zu befreien, gebe es aber schließlich auf. Es macht keinen Sinn. Also laufe ich dreckig und frierend nach Hause.

Das habe ich jetzt von dieser ganzen Geister- und Himmelshüter-Sache. Was bringt mir der ganze Mist? Nichts außer Ärger. Ich habe ja noch nicht mal irgendeine tolle Fähigkeit, die mir in Situationen wie dieser hätte helfen können.

Als ich in meine Straße biege, fühle ich mich schon halb erfroren und dann bleibt auch noch ein Ford Mustang neben mir stehen und hupt. Genervt wende ich meinen Kopf zur Seite und blicke in Amadeus' erstauntes Gesicht. Er hat das Fenster heruntergelassen und betrachtet mich skeptisch. »Was hast du denn gemacht?«, will er wissen.

»Ich war eine Runde im Müllcontainer schwimmen«, sage ich und merke, wie meine Lippen beim Sprechen zittern. »Was dagegen?«

Die Beifahrertür geht auf und Mason steigt aus. »Wer war das, Holly?«, fragt er, als würde er intuitiv spüren, was passiert ist. Mit einer Mischung aus Besorgnis und Wut mustert er mich.

Ich will nicht, dass er mich so sieht. Es ist mir unangenehm, ich will einfach nur nach Hause, mich duschen und dann in Ruhe nachdenken. Aber Mason lässt nicht locker, als ich weitergehe, und kommt mir hinterher. »Was ist passiert?«

»Später«, presse ich zwischen klappernden Zähnen hervor.

Ohne weiter nachzubohren, begleitet er mich zur Haustür. Als er merkt, dass ich mit meinen zittrigen Fingern das Schloss nicht treffe, nimmt er mir den Schlüssel ab und schließt für mich auf.

»Danke«, sage ich und verschwinde ohne ein weiteres Wort im Badezimmer.

Es braucht eine Ewigkeit, bis ich das Gefühl habe, dass die heiße Dusche all den Müll von mir gewaschen hat.

Ich werde heute gar nichts mehr machen, außer mich in eine Decke kuscheln, ganz viel Tee trinken, schlafen und hoffen, dass das alles nur ein fieser Albtraum war.

Langsam wickle ich mich in meinen Bademantel, werfe meine Kleidung in die Waschmaschine und leere meinen Rucksack aus, der auch in der Maschine landet. Einige Hefte, Bücher und Stifte sind leicht durchnässt, ebenso wie das neu gekaufte Räucherwerk. Ich lege es in ein Handtuch, um es auf diese Weise zu trocken, wasche die Hefte und Bücher so gut es geht mit einem Lappen ab und gehe in mein Zimmer, wo ich in der Tür verblüfft stehen bleibe, als ich Amadeus und Mason erblicke. Mason dreht sich auf meinem Schreibtischstuhl leicht hin und her und hört erst damit auf, als er mich sieht. Amadeus, der auf meiner Couch sitzt, blickt vom Handy auf. »Mason wollte erst gehen, wenn du ihm erzählt hast, was passiert ist«, sagt Amadeus und es klingt wie eine Entschuldigung.

»Ein vermummter Typ hat mich in einen Müllcontainer geschubst«, sage ich, während ich die feuchten Hefte auf dem Boden ausbreite, damit sie trocknen können.

»Kannst du ihn etwas genauer beschreiben?« Mason beugt sich zu mir vor.

»Jeans, schwarzer Hoodie«, sage ich knapp. »Ich konnte sein Gesicht nicht erkennen, er war größer als ich und muskulös.«

»Ein Junkie?«, fragt Amadeus.

Ich zucke mit den Schultern. »Möglich.«

»Was wollte er von dir? Hat er dich ausgeraubt?« »Nein.« Ich schüttle den Kopf. »Er …« Doch bevor ich weiterreden kann, kommt Mom mit einem Tablett ins Zimmer, auf dem drei dampfende Tassen stehen.

»Deine Freunde haben gesagt, dass du nass geworden bist und was zum Aufwärmen brauchst«, sagt sie. »Das ist mein Halloween-Kirsch-Punsch … für euch natürlich alkoholfrei.« Sie serviert jedem von uns eine Tasse. »Der Zwiebelkuchen ist auch gleich fertig«, sagt sie im Hinausgehen.

»Zwiebelkuchen?« Amadeus macht große Augen. »Den liebe ich. Bleiben wir noch zum Essen?« Letzteres ist nicht an mich, sondern an Mason gerichtet. Aber der ignoriert ihn, was Amadeus nicht zu stören scheint. Er trinkt einen Schluck Punsch und nickt. »Schmeckt sehr gut.«

»Du wolltest gerade erzählen, was der Typ gemacht hat«, erinnert mich Mason.

»Er hat mir aufgelauert«, sage ich und lege meine Hände um die warme Tasse. »Ich war noch in einem Laden in der Stadt und bin dann nach Hause gelaufen. Er war plötzlich hinter mir und ist mir gefolgt, bis ich vor Panik in einen Hinterhof gerannt bin und in der Falle saß.« Masons Blick verfinstert sich. »Er hat mir gedroht, dass ich es bereuen werde, wenn meine Freunde und ich weiter die Legende erforschen würden – und dann hat er mich in den Müllcontainer geschubst und ist verschwunden.«

Über Masons Gesicht zieht sich ein dunkler Schatten. »Wer weiß davon, dass du dich mit der Legende beschäftigst?«

Ich hebe die Schultern. »Lilly und ihr.«

Mason runzelt die Stirn, lehnt sich zurück, dreht sich mit dem Schreibtischstuhl zum Fenster und tippt nachdenklich mit den Fingern auf der Tischplatte herum. »Du sagst, der Typ war muskulös, richtig?«

Ich nicke.

»Könnte es sein, dass es einer aus dem Team war?«

»Möglich«, sage ich. »Er war kräftig.« Meine Schultern schmerzen immer noch von dem Stoß, den er mir versetzt hat. »Aber wie gesagt, ich konnte sein Gesicht nicht erkennen.«

Mason presst sich zwei Finger gegen die Schläfen, als wolle er aufkommende Kopfschmerzen vertreiben, und beugt sich wieder zu mir. »Du solltest dich besser aus der Sache heraushalten, Holly. Bis ich weiß, wer das war«, sagt er. »Du bringst dich in unnötige Gefahr und das ist es nicht wert.« Ich lache auf und werde ärgerlich. »Danke für den Tipp! Wie soll ich mich denn bitte heraushalten? Hast du's schon vergessen? Die Geister suchen *mich* auf. Wenn ich nicht aktiv werde, fangen sie an mir tierisch auf die Nerven zu gehen.«

Sein Kiefermuskel spannt sich an. »Aber ...«, will er widersprechen.

»Es gibt kein *Aber*. Ich werde mir von diesem Vollidioten doch nicht sagen lassen, was ich zu tun und zu lassen habe. Offenbar sieht er mich als Bedrohung, das ist doch eigentlich ein gutes Zeichen. Denn es bedeutet, ich bin auf der richtigen Spur.«

»Aber ... es ist zu gefährlich«, knirscht Mason.

»Ich habe nicht das Gefühl, eine große Wahl zu haben«, sage ich und trinke einen Schluck Punsch.

»Geh wenigstens nicht mehr allein nach Hause«, sagt er. »Vorerst.«

»Das ist nicht die Lösung, Mason«, erwidere ich und trinke noch einen Schluck. Das heiße Getränk tut gut und wärmt mich von innen. »Konntest du den Himmelsöffner schon finden?«, wechselt er das Thema.

Ich zögere. »Nein, aber ich habe etwas anderes entdeckt.« Ich stehe auf, gehe zum Schrank, hole Grandmas Kiste heraus, stelle sie auf den Schreibtisch und öffne sie. »Ich glaube, sie hat ihn hier drinnen aufbewahrt«, sage ich und gebe ihm die leere Schmuckschatulle.

Er muss nur einen kurzen Blick drauf werfen, um meine Annahme zu bestätigen. »Das bedeutet, er ist verschwunden.«

Und tot bist du …

»Na?« Cole versperrt mir den Weg und ich bleibe stehen, bevor ich mit dem Tablett gegen ihn stoße und mein Frühstück Bekanntschaft mit dem Cafeteriaboden macht.

»Was willst du, Cole?«, frage ich.

»Hab gehört, du warst gestern eine Runde im Müll baden.« Sein Mund verzieht sich zu einem diabolischen Grinsen.

»Ach ja?« Ich mustere ihn. »Von wem hast du das gehört?«

»Sagen wir so.« Er beugt sich näher zu mir. »Ich weiß es aus erster Quelle.«

Erst kommt mir Mason in den Sinn, aber den Gedanken verwerfe ich sofort wieder. Auch wenn er in der Mannschaft spielt und auf irgendeine Art mit Cole befreundet zu sein scheint, die ich nicht verstehe, würde er es ihm nicht erzählen. Das weiß ich einfach. Und dann dämmert es mir langsam. »Du?«, frage ich ungläubig. Er kommt noch ein Stück näher und ich weiche zurück.

»Und wenn es so wäre … Was willst du tun?«, fragt er im Flüsterton. »Du kannst nichts beweisen, oder?«

Ich starre ihn an und brauche einen Moment, um mich zu sammeln. »Cole«, sage ich und schiebe meine Wut darüber, dass er mich verfolgt und in den Dreck geschubst hat, für einen Moment zur Seite. »Du weißt, dass die Legende wahr ist, und willst nicht verhindern, dass deine Mannschaftskollegen gerettet werden?«

»Das ist Bullshit, kapiert?«, zischt er. »An dieser Legende ist überhaupt nichts wahr. Das Einzige, was du und deine Freunde mit euren blöden Nachforschungen anstellen, ist, dass ihr ein schlechtes Licht auf die Mannschaft werft. Und im schlimmsten Fall Angst verbreitet.« Er redet wieder leiser weiter, weil einige Schüler um uns herum stehen geblieben sind und uns anstarren. »Die Saison hat gerade begonnen. Das Team braucht Rückenstärkung und keine Leute, die versuchen es zu spalten.«

»Wow«, entweicht es mir ungläubig. »Zwei deiner Mitspieler sind gestorben.«

»Ja«, knirscht er. »Diese Idioten. Dumme Unfälle waren das, sonst nichts.«

Er nimmt wieder etwas Abstand, was mich aufatmen lässt, und spricht in normaler Lautstärke weiter. »Hör auf so einen Schwachsinn zu verbreiten, du kleine Bitch, kapiert? Kümmere dich um deinen eigenen Dreck oder du lernst mich von einer anderen Seite kennen.« »Du hast *noch* eine schlimme Seite?«, frage ich sarkastisch.

Im Gehen streift er mich wieder mit diesem Blick, in dem so viel Verachtung steckt, als wäre ich eine Kakerlake, die er am liebsten zertreten wollte.

Mir ist der Appetit vergangen und Lilly, mit der ich in der Cafeteria verabredet war, ist auch nirgends zu sehen. Also bringe ich mein Tablett weg, ohne das Essen angerührt zu haben, und gehe zum Chemieraum. Gedankenverloren laufe ich im Treppenhaus fast in Rex Silverman hinein.

»Holly.« Er schenkt mir ein charmantes Lächeln. »Ich hab gehört, du hast mit Amber geredet. Kommst du doch noch in unser Cheerleaderteam?«

»Ich weiß nicht«, sage ich etwas überrumpelt.

Sein Lächeln wird breiter und ich muss unwillkürlich daran denken, dass er mal mit Mom zusammen war. Ob er weiß, dass ich ihre Tochter bin?

»Die Antwort gefällt mir schon besser als ein Nein«, sagt er. »Melde dich einfach bei mir, wenn du dich entscheidest zu uns zu stoßen.« Er geht weiter und dreht sich noch mal um. »Und grüß Paige von mir.«

Damit hat sich meine unausgesprochene Frage wohl beantwortet. Vielleicht mache ich das wirklich. Dann rückt Mom mit etwas Glück von selbst mit der Sprache heraus.

Amadeus und Ludy sind schon da und auch Lilly sitzt bereits an ihrem Platz, als ich den Chemieraum betrete, und kritzelt gehetzt etwas in ihr Notizheft.

Heute hat sie besonders viel Make-up aufgetragen, was ungewöhnlich für sie ist. Ich vermute, um ihre Hautunreinheiten zu überschminken. Die kurzen Haare hat sie so weit es geht vor ihrem Gesicht hängen und es ist ihr anzusehen, dass sie sich heute nicht wohlfühlt.

Als sie mich erblickt, holt sie unter dem Tisch das alte vergilbte Jahrbuch hervor, das sie im Diner mitgenommen hat, und schlägt es auf, als wollte sie mir etwas zeigen. In diesem Moment kommt Cole zu uns und stellt sich neben mich. Sein Gesicht ist zu einer Fratze verzogen, wie eine grinsende Hyäne, die nichts Gutes im Sinn hat.

»Loser unter sich, was?« Er mustert mich flüchtig und fixiert dann Lilly. Nur für einen Sekundenbruchteil merke ich, dass sein Blick in Richtung des Jahrbuchs huscht, dann stützt er sich mit beiden Händen auf den Tisch und beugt sich zu ihr vor. »Weißt du, was ich nicht verstehe?«, fragt er gespielt gelangweilt. »Wie man so scheiße aussehen kann wie du.«

Lilly weicht jegliche Farbe aus dem Gesicht. Sie ringt um Fassung, schafft es aber nicht. Ihre Augen füllen sich mit Tränen, sie schlägt sich die Hände vors Gesicht und rennt aus dem Raum, obwohl Mr Meyers gerade gekommen ist.

Das reicht.

Ich tippe Cole gegen die Schulter, er dreht sich um, ich hole aus und verpasse ihm eine saftige Ohrfeige.

Völlig perplex starrt er mich an, dann scheint er sich zu fangen und beugt sich vor, doch bevor er etwas tun kann, stellt sich Jason zwischen uns und schiebt ihn von mir weg. »Was ist hier los?«, fragt er und fixiert Cole.

Ohne groß nachzudenken, laufe ich Lilly hinterher und danke Jason in Gedanken, dass er mich vor Cole beschützt hat.

Ich finde Lilly in der Mädchentoilette. Ihre Chucks unterhalb der verschlossenen Toilettentür, hinter der ein leises Schluchzen zu hören ist, verraten sie.

»Lilly!«, ruft jemand hinter mir und als ich mich umdrehe, sehe ich Amadeus. Er steht in der Tür, als wüsste er nicht, ob er dort warten soll oder hereinkommen darf. »Hör nicht auf den Spinner!« Er schaut kurz in meine Richtung, als sei es ihm unangenehm, dass ich da bin. »Du bist das schönste Mädchen, das ich kenne.«

»Ich bin nicht schön«, schnieft Lilly.

»Lilly«, sage ich. »Lass dir von so einem Idioten keinen Mist einreden. Du bist toll. Er hat es nur gesagt, weil er wusste, dass er dich damit verletzen kann ... einfach weil er ein Arsch ist.«

»Außerdem hat Holly ihm eine saftige Ohrfeige verpasst!« Amadeus grinst. »Ich hab's gesehen … war im Publikum.«

»Seine Wange ist knallrot«, füge ich hinzu und muss ebenfalls grinsen.

Ich höre Lilly schluchzen, vielleicht lacht sie auch. Dann bewegt sich das Schloss in der Toilettentür und sie kommt heraus. »Keine Ahnung, warum es mich so getroffen hat«, sagt sie und reibt sich über die rot unterlaufenden Augen. »Ich sehe aus wie ein Streuselkuchen, selbst mit Make-up, Rex Silverman hat mir wieder Unmengen an Aufgaben aufgehalst und ich hab keine Ahnung, wie ich sie neben den ganzen Klausuren, die in den nächsten Wochen anstehen, auch noch schaffen soll. Eigentlich ist es mir total egal, wie Cole mich findet. Mich regt dieser ganze Schönheitswahn tierisch auf. Völlig realitätsfremde Maßstäbe.« Sie geht zum Waschbecken und spritzt sich Wasser ins Gesicht.

»Klingt nach Überforderung«, bemerke ich. »Vielleicht kann ich dir bei irgendwas helfen? Am Wochenende hätte ich Zeit.«

Sie atmet tief ein, betrachtet ihr Spiegelbild und dreht sich dann zu mir. »Das wäre toll.«

»Ich kann dir auch helfen«, sagt Amadeus auf dem Weg zurück zum Klassenzimmer.

Lilly lächelt und ihre Wangen röten sich leicht. »Gern.« Sie hebt die Schultern. »Wenn es für dich in Ordnung ist, dass wir uns nicht bei mir treffen können.«

»Klar«, sagt er. »Wann hast du denn Zeit? Morgen oder übermorgen?«, fragt er, zuckt die Schultern und grinst verlegen.

Sie muss lachen, dreht sich kurz, um zu prüfen, ob uns jemand sieht, und gibt ihm einen flüchtigen Kuss, woraufhin seine Augen anfangen zu glänzen.

Die Tür zum Klassenraum steht offen und als wir hineingehen, erwartet Mr Meyers keine Erklärung von uns, sondern bedeutet uns nur zu unseren Plätzen zu gehen.

Der Rest der Klasse ist damit beschäftigt auf den Tischen ein Chemieexperiment aufzubauen.

»Seien Sie vorsichtig«, sagt Mr Meyers. »Gehen Sie nicht zu nah an die Flüssigkeit heran.«

Cole betrachtet uns hämisch. Während Lilly ihn keines Blickes würdigt und mit gestrafften Schultern an ihm vorbeiläuft, funkle ich ihn böse an. Er verdreht die Augen, nimmt eine der braunen Chemieflaschen vom Tisch, dreht sie auf und lässt die Flüssigkeit vorsichtig in ein Reagenzglas laufen.

Im nächsten Moment knallt es und ich werde mit Wucht zur Seite geschleudert, lande auf dem Boden und weiß nicht, was um mich herum geschieht. Durch meinen Kopf dröhnt ein schriller Ton.

Ich versuche mich zu orientieren. Tische und Stühle liegen umgeworfen auf dem Boden. Neben mir sehe ich andere Schüler. In ihren Gesichtern klebt Ruß, in ihren Augen spiegeln sich Angst und Entsetzen. Aber sie scheinen unversehrt. Nur einer nicht. Cole.

Sein Körper liegt reglos auf einem zerschmetterten Tisch und wird von einer blutbeschmierten Eisenstange durchbohrt. Um ihn herum lodern kleine Flammen. Das schrille Geräusch lässt langsam nach und wird von einer Sirene übertönt. Ich werde nass. Der Feueralarm wurde ausgelöst und hat die Wassersprinkler an der Decke aktiviert.

Der Pakt mit dem Dämon

Direktor Valentine schließt seine Bürotür, nachdem ich eingetreten bin, und ich frage mich wofür. Hat ihm wirklich noch niemand gesagt, dass die Bürowände aus Pappe sind? Im Vorzimmer versteht man jedes Wort, ob die Tür nun offen steht oder geschlossen ist. Die ganze Chemieklasse wartet dort, zumindest diejenigen, die noch kein Gespräch mit ihm und Sherriff Wellington geführt haben. Dank der dünnen Wände konnte ich die Gespräche vor mir mit anhören. Deshalb weiß ich auch, dass Mr Meyers vorläufig suspendiert wurde, weil in der Flasche, die Cole verwendet hat, oder besser gesagt in ihren Überresten die Hinweise auf eine verbotene hochexplosive Chemikalie gefunden wurden und Sheriff Wellington nicht wegen eines Unfalls, sondern wegen Mordes ermittelt. Spätestens jetzt glaubt auch der Rest der Klasse nicht mehr, dass die Tode der Footballspieler unglückliche Zufälle sind. Zumindest keiner, der die Verhöre belauschen konnte.

»Holly Gilbert«, sagt Sheriff Wellington gedehnt, als würde er es von der Namensliste, die vor ihm auf dem Tisch liegt, ablesen, und blickt dann langsam auf. »Sie sind noch nicht sehr lange auf dieser Schule, aber mir wurde gesagt, Sie haben einige Male mit Cole O'Brien gesprochen und kurz vor seinem Tod hatten Sie beide eine Auseinandersetzung. Ist das richtig?«

Nervös reibe ich die Hände an meiner Jeans ab. »Ja, das stimmt.«

»Können Sie mir sagen, worum es bei Ihrem Streit ging?« Er faltet seine Hände zu einem Dach und betrachtet mich prüfend über die Fingerspitzen hinweg.

»Er hat eine Freundin von mir beleidigt«, antworte ich.

»Woraufhin Sie ihm eine Ohrfeige verpasst haben, stimmt das?«

»Ja«, sage ich.

»Finden Sie diese Reaktion angemessen?«

»Ja«, wiederhole ich. »Absolut.«

Der Sheriff bläst die Luft aus, wodurch sich seine Nasenflügel weiten. »Einige Schüler haben erzählt, dass Sie und Cole in der Frühstückspause schon miteinander geredet haben. Worum ging es in diesem Gespräch?« Ich lege meine Hände in den Schoß, damit Wellington nicht sieht, wie sie zittern. »Nichts Besonderes«, sage ich, »ich kann mich nicht mehr richtig erinnern.«

»Strengen Sie sich an!«, fordert der Sheriff. »Es ist gerade mal zwei Stunden her.«

Ich beiße mir auf die Lippen. »Wir haben über die Legende der Desert Ridge Eagles gesprochen.«

»Die Legende der Desert Ridge Eagles?« Sheriff Wellington runzelt die Stirn. »Was genau soll das sein?«

Ich sehe von ihm zu Direktor Valentine und wieder zurück. Kennen sie die Legende wirklich nicht?

»Sie besagt, dass alle fünfundzwanzig Jahre fünf Spieler der Desert Ridge Eagles für den Erfolg der Mannschaft sterben müssen.«

»So ein Quatsch.« Direktor Valentine haut mit der Faust auf den Tisch und steht auf. »Holly Gilbert, ich habe Sie gewarnt. Sie haben an Ihrer alten Highschool schon Chaos gestiftet ...«

»Können Sie mir Ihren und Coles Standpunkt in der Diskussion erklären?«, unterbricht Sheriff Wellington den Direktor.

Ich schlucke und weiß nicht, ob ich mich trauen soll weiterzureden. Am besten, ich sage so wenig wie möglich, damit Valentines Wut nicht noch höher kocht. »Ich war der Meinung, dass an der Legende etwas dran sein könnte, Cole hat es für Schwachsinn gehalten.«

»Wie sind Sie überhaupt auf dieses Thema gekommen?«

»Auf Coles Party am vorletzten Wochenende haben ein paar Footballspieler darüber gesprochen«, sage ich und Direktor Valentine klappt die Kinnlade herunter. Nervös ändere ich die Sitzposition.

Sheriff Wellington holt ein vergilbtes Jahrbuch hervor, das ich sofort wiedererkenne. Zuletzt habe ich es bei Lilly im Chemieraum gesehen. »Das habe ich in Coles Rucksack gefunden. Haben Sie eine Idee, warum er es mit sich herumgetragen hat?« Er schlägt es auf, blättert es durch und hält mir dann eine aufgeschlagene Seite vors Gesicht. Darauf ist ein Foto mit einem der verstorbenen Footballspieler von vor fünfundsiebzig Jahren zu sehen. »Hat er vielleicht doch an die Legende geglaubt?«

Ich zögere. »Keine Ahnung«, sage ich ehrlich. »Wenn dann hat er es gut überspielt.«

Der Sheriff schließt das Jahrbuch wieder. »Danke, Holly, Sie können jetzt gehen. Wenn ich noch weitere Fragen habe, hören Sie von mir.«

Als ich den Raum verlasse, sind meine Knie weich und wackelig und ich will einfach nur an die frische Luft. Auf dem Parkplatz warten Lilly und Amadeus, die ihre Gespräche schon hinter sich gebracht haben, vor dem Mustang auf mich.

»Die anderen haben ihnen erzählt, dass ich kurz vor seinem Tod einen Streit mit ihm hatte«, begrüßt mich Lilly. Sie sitzt auf der Rückbank, streckt ihre Beine aus der geöffneten Tür und lässt den Kopf hängen. »Und dann bin ich auch noch eine der besten Schülerinnen in Chemie. Bevor ihr fragt, ja, ich weiß, welche Chemikalien hochexplosiv sind. Ich glaube, Wellington verdächtigt mich ernsthaft.«

»Der verdächtigt erst mal jeden«, sage ich. »Er ist der Sheriff und er ermittelt in einem Mordfall.«

»Mord«, Lilly gibt ein gekünsteltes Lachen von sich und es wirkt, als wollte sie noch was sagen, schluckt es dann aber runter. »Ich bin nicht mal traurig ... weil ich Cole so abartig scheiße fand«, gesteht sie.

»Ja«, seufzt Amadeus und kickt einen Ast weg. »Ich glaube, die Einzigen, die aufrichtig trauern, sind seine Mannschaftskollegen.«

»Ich mochte ihn auch nicht«, sage ich. »Sein Tod hat mich trotzdem geschockt. Auch wenn ich an die Legende glaube, bin ich irgendwie davon ausgegangen, dass es ihn nicht treffen könnte.«

»Klar«, sagt Amadeus, »weil er sich verhalten hat, als wäre er unsterblich.«

»Und weil er die Legende für eine große Verschwörung hielt«, sage ich. »Um mich vom Weiterschnüffeln abzuhalten, hat er mich sogar verfolgt und in einen Müllcontainer geschubst.«

»Cole war das?«, fragt Amadeus und Lilly entweicht zeitgleich ein: »Er hat *was*?«

»Er hat es mir heute kurz vor dem Vorfall im Chemieunterricht gesagt«, erkläre ich knapp.

»Dieser Mistk …« Lilly presst die Lippen zusammen und schüttelt den Kopf. »Sheriff Wellington hat mich gefragt, wie Cole an das Jahrbuch gekommen ist«, sagt sie dann und schnaubt. »Ich weiß wie. Er hat es mir geklaut, kurz nach seiner Aktion im Chemieraum. Ich bin zur Toilette gerannt und als ich wiedergekommen bin, war es weg. Aber ich habe gesagt, dass ich keine Ahnung hätte.«

»Deshalb hat er dich provoziert«, erkenne ich den Zusammenhang. »Er wollte das alte Jahrbuch haben.«

Lilly nickt. »Möglich«, sagt sie langsam. »Aber auch wenn es jetzt konfisziert ist, habe ich alle Informationen, die ich brauche. Das Jahrbuch war genau fünfundsiebzig Jahre alt.« Lilly blickt uns an. »Und ratet mal, wer vor fünfundsiebzig Jahren, als alles mit der Legende begonnen hat, der Coach der Dessert Ridge Eagles war?« Sie wartet kurz und beantwortet ihre Frage dann selbst. »Dorian O'Brien. Coles Urgroßvater.«

»Stimmt.« Amadeus lehnt sich gegen die geschlossene Beifahrertür und legt den Kopf in den Nacken. »Mason hat mal erzählt, dass mit Dorian O'Brien der Erfolg des Teams begonnen hat. Er wird ziemlich gefeiert.«

Lilly nickt bestätigend. »Und das Interessanteste ist, er lebt noch. Er müsste jetzt an die hundert Jahre alt sein, was bedeutet: Wir sollten so schnell wie möglich mit ihm sprechen. Wenn wir mehr über die Legende erfahren wollen, dann ist er die beste Quelle.«

Amadeus drückt sich vom Wagen ab. »Okay«, sagt er. »Lasst uns zu ihm fahren.«

Als wir vom Parkplatz rollen, kommen uns zwei Ü-Wagen entgegen. Der Vorfall mit Cole scheint schnell zur Presse vorgedrungen zu sein und vermutlich ist die Desert Ridge High gerade interessanter für die Öffentlichkeit, als es Direktor Valentine lieb ist. Denn die Boulevard-Reporter lassen sich von ihm mit Sicherheit nicht verbieten über die Vorfälle zu berichten. Hier geht es nicht mehr um den Schulblog und auch nicht um tragische Unfälle, sondern um Mord. Die Frage ist nur, ob die vielen Reporter die ganze Angelegenheit besser oder schlimmer machen.

***

Das Haus von Dorian O'Brien ist mindestens genauso groß wie das von Coles Eltern. Drei massive dunkelbraune Holzsäulen stemmen eine große Terrasse, unter der ein grüner Jeep parkt. Als wir auf die Eingangstür zugehen, überkommt mich das Gefühl, mich einem Ort zu nähern, dem ich lieber fernbleiben sollte.

Noch bevor wir klingeln, wird die Tür bereits von innen geöffnet und ein alter, hochgewachsener Mann mit weißem Haar und faltigem Gesicht blickt uns aus grimmigen Augen an. Er ist größer und schlanker, als ich es erwartet habe, und dafür, dass er hundert Jahre alt ist, sieht er noch recht fit aus.

»Was wollt ihr?« Es ist mehr ein Knurren als eine Frage. Trotzdem klingt seine Stimme kräftig, fast schon angriffslustig und ich muss mir unwillkürlich vorstellen, wie er als Footballcoach gewesen ist.

»Wir ...« Ich räuspere mich. »Wir ... wollten unser Beileid ausdrücken ... zum Verlust Ihres Urenkels.«

Er runzelt die faltige Stirn. »Zum Verlust meines Urenkels?«, wiederholt er, als würde ich mir einen schlechten Scherz erlauben.

In dem Moment wird mir bewusst, dass Cole heute gestorben ist und Dorian O'Brien wahrscheinlich noch nicht über die Neuigkeit informiert wurde.

»Es tut mir sehr leid, Mr O'Brien. Es gab einen Unfall im Chemieunterricht und Cole ist leider vor Ort verstorben.«

O'Brien kneift die Augen zu schmalen Schlitzen zusammen und kann die Information offenbar nicht sofort verarbeiten. »Warum seid ihr hier?«, fragt er dann. »Seid ihr Freunde von Cole?«

»Nein«, sagt Lilly, »wir versuchen herauszufinden, warum Cole gestorben ist, und haben gehofft, dass Sie uns weiterhelfen können.« Sie räuspert sich. »Haben Sie schon mal von der Legende der Desert Ridge Eagles gehört?«, rückt sie dann mit der Sprache heraus.

Er gibt ein Clint-Eastwood-Knurren von sich. »Warum willst du das wissen?«

»Weil wir glauben, dass Cole und zwei weitere verstorbene Footballspieler nicht zufällig verunglückt sind. Wir würden gern mehr über die Legende herausfinden, damit nicht noch mehr junge Menschen sterben müssen«, sagt Lilly und gerät in einen Redeschwall. »Denn genau vor fünfundsiebzig Jahren hat alles angefangen, als Sie noch der Coach der Mannschaft waren. Und wir dachten, Sie könnten uns vielleicht weiterhelfen?«

»Dachtet ihr das, ja?« Seine Lippen bewegen sich kaum, während er spricht.

»Sind Sie denn überhaupt nicht traurig über den Tod Ihres Urenkels?«, frage ich.

Langsam wandert der Blick des alten Mannes in meine Richtung. »Der Erfolg hat seinen Preis.« Es ist nur ein leises, zehrendes Flüstern, dennoch verstehe ich jedes Wort.

»Es heißt, die Desert Ridge Eagles haben ihren Erfolg dem Pakt mit einem Dämon zu verdanken, haben Sie schon mal davon gehört?«, fragt Lilly.

Der alte Mann fixiert sie mit seinen eisblauen Augen. »Was willst du von mir, Mädchen?«

»Die Wahrheit«, sagt sie.

»Mr O'Brien«, sagt Amadeus. »Wir wollen nur wissen, ob noch mehr Spieler des Teams in Gefahr sind und ob wir es verhindern können.«

Langsam wandert sein Blick zu Amadeus. »Jeder Spieler liefert der Mannschaft seine Seele aus. Nur so können sie erfolgreich sein.« Er mustert Amadeus. »So etwas nennt man Hingabe, auch wenn ich mir nicht vorstellen kann, dass du verstehst, was damit gemeint ist.«

Amadeus runzelt die Stirn.

»Jetzt verschwindet! Ich habe meinen Urenkel zu betrauern.«

Bevor wir noch eine Frage stellen können, schließt er die Tür vor unserer Nase.

»Er wirkte nicht gerade erschüttert über Coles Tod«, sagt Lilly, als wir wieder ins Auto steigen.

»Vielleicht kann er seine Trauer nicht so gut zeigen«, überlege ich.

»Mir ist so was von egal, wie dieses alte Ekel sich fühlt«, flucht Amadeus und fährt los. »Der ist doch wahnsinnig. Mason muss sofort diese verdammte Mannschaft verlassen.«

***

Amadeus parkt in einer Nebenstraße von Lillys Haus, damit Jasmin sie nicht zusammen sieht. Als sie sich einen langen, leidenschaftlichen Abschiedskuss geben, blicke ich aus dem Fenster auf die Straßenlaterne, die sich im Dämmerlicht eingeschaltet hat, und muss dabei an den Moment denken, als Amadeus sich in ein Skelett verwandelt hat. Ob Lilly über ihn Bescheid weiß? Ich bezweifle es. Was wird sie wohl tun, wenn sie es herausfindet?

»Bis morgen, Holly«, reißt sie mich aus den Gedanken, dreht sich kurz zur Rückbank und steigt dann aus.

»Wir müssen Mase noch bei Jason abholen«, sagt Amadeus, als er den Wagen zurück auf die Straße lenkt. »Ist hier direkt um die Ecke.«

Drei Minuten später hält er bei einem großen Haus hinter einem weißen SUV. Mason kommt mit seiner Sporttasche aus der Haustür, läuft über den Rasen auf uns zu und setzt sich auf den Beifahrersitz. Seine Augen weiten sich überrascht, als er mich sieht.

»Wo wart ihr?«, ist seine genervte Begrüßung, die eher Amadeus gilt.

»Bei Dorian O'Brien«, sage ich.

Er wendet sich kurz zu mir und blickt wieder nach vorn. »Warum?«

»Er ist vielleicht eine Spur«, antworte ich.

Mit der Hand fährt Mason sich flüchtig durch sein halb trockenes Haar und verteilt dabei den Duft von Duschgel im Wagen. »Und«, fragt er, »was konntet ihr herausfinden?«

»Dass Coles Urgroßvater nicht besonders traurig über Coles Tod ist«, sagt Amadeus. »Und dass jeder, der in der Mannschaft spielt, gefährdet ist. Deshalb«, er hält an der nächsten Ampel und dreht sich zu ihm, »solltest du so schnell wie möglich aus der Mannschaft austreten.«

»Das geht nicht«, sagt Mason knapp.

»Wieso geht das nicht?«, frage ich.

Mason wirkt, als würde er mit sich ringen, und ich habe das Gefühl, dass er sich nicht traut Amadeus anzusehen, denn er starrt angespannt auf die Straße. »Weil jeder einen Schwur leisten musste, als wir ins Team eingetreten sind, und offenbar war es«, jetzt sieht er doch kurz zu Amadeus, »ein magischer Schwur.«

Amadeus, der gerade angefahren ist, tritt auf die Bremsen, sodass wir alle nach vorn geschleudert und nur dank unserer Gurte wieder zurück in die Sitze gedrückt werden. »Bist du wahnsinnig?«, schnauzt er Mason fassungslos an. »Wie kannst du einen magischen Schwur ablegen? Du weißt doch genau, was das für Folgen hat.«

»Denkst du echt, ich wusste das?«, schnauzt Mason genauso aufgebracht zurück. »Heute nach Coles Tod wollten einige aus der Mannschaft austreten. Jake, Jason, sogar Tyler. Ich auch. Also sind wir zusammen zum Coach gegangen, aber als wir vor ihm standen, konnte es keiner von uns sagen. Ich habe einfach vergessen, was ich von ihm wollte, und den anderen ging es genauso. Erst als wir gegangen sind, ist es uns wieder eingefallen. Wir haben versucht nicht zum Training zu gehen, aber es hat nicht funktioniert, wir sind trotzdem pünktlich erschienen. Egal wie stark ich dagegen ankämpfe, der Sog in mir, der Mannschaft treu zu bleiben, ist stärker als mein Wille.« Er reibt sich übers Kinn, beißt die Zähne zusammen und blickt nach draußen. »Ich weiß einfach, selbst wenn ich morgen mit aller Kraft versuche nicht zum Training zu gehen, würde es mich dennoch dorthin ziehen. Als würde eine unsichtbare Kraft mich dazu zwingen.«

Amadeus, der vom Wagen hinter uns angehupt wird, drückt aufs Gas und fährt weiter. »Verdammt, Mason, wie konnte das passieren?« Er wirkt so wütend, dass er es nicht mal schafft, seinen Bruder anzuschauen. »Wann habt ihr diesen magischen Pakt geschlossen?«

»Ich vermute, als wir in die Mannschaft aufgenommen wurden«, sagt Mason. »Es wird für einen neuen Spieler immer die gleiche Zeremonie abgehalten.«

»Dann habt ihr also alle, ohne es zu wissen, einen Pakt mit einem Dämon geschlossen?«, frage ich leise und dennoch bebt meine Stimme. Mason nickt. »Dorian O'Brien«, sage ich vorsichtig, »erinnerst du dich noch an seine Worte, Amadeus?« Meine Stimme zittert, als ich weiterspreche. *»Jeder Spieler liefert der Mannschaft seine Seele aus. Nur so können sie erfolgreich sein.«* Ich sehe zu Mason. »Ihr habt nicht einfach einen Pakt mit einem Dämon geschlossen, ihr habt ihm für den Erfolg eure Seelen verkauft.«

Amadeus schüttelt den Kopf, als wollte er es nicht wahrhaben. »Wir müssen diesen Pakt so schnell wie möglich auflösen.«

»So leicht ist das nicht«, sagt Mason. »Überleg mal, wie lange der schon besteht.«

Ungeduldig tippt Amadeus mit den Fingern aufs Lenkrad. »Grace hatte immer ein Buch, in dem wir nachschauen konnten, wenn wir Fragen zu bestimmten Wesen oder unerklärlichen Ereignissen hatten. Das würde uns jetzt vielleicht weiterhelfen.«

»Ein Buch?«, frage ich. »Ich habe eine Art Tagebuch von ihr gefunden, meinst du das?«

»Ja, vielleicht, so etwas in der Art war es wohl«, sagt Amadeus. »Ich kann nicht versprechen, dass wir eine Lösung darin finden, aber einen Versuch ist es doch wert, oder? Aber bis dahin kannst du nicht mehr in die Schule oder zum Training gehen, Mase.«

»Amadeus«, sagt Mason schneidend. »Selbst wenn du mich irgendwo einsperren würdest, würde ich beim Training erscheinen. Es ist ein Pakt. Ein Fluch. Du weißt doch selbst, dass man den nicht so einfach brechen kann. Außerdem«, er rollt genervt die Augen, »müssen wir uns erst mal um die anderen in der Mannschaft kümmern. Ich bin vermutlich derjenige, der am sichersten ist. Schon vergessen?« Er zieht seinen Höllenöffner unter dem T-Shirt hervor. »Wenn der Dämon mir zu nahe kommt, schicke ich ihn zurück in die Hölle.« »Weil das ja bis jetzt auch so gut geklappt hat«, erwidert Amadeus.

»Ich war halt nie nah genug an ihm dran«, knurrt Mason.

Amadeus schüttelt nur den Kopf. »Ich hoffe, wir finden was Hilfreiches in Grace' Notizen«, sagt er und stoppt den Wagen vor meinem Haus.

»Ich kann es euch gleich geben«, sage ich und steige aus, aber anstatt im Wagen zu warten, folgt Mason mir, während Amadeus mit quietschenden Reifen davonfährt. Irritiert blicke ich ihm nach. »Der beruhigt sich wieder«, sagt Mason und streicht sich verlegen über den Nacken. »Soll ich hier warten oder eben mit reinkommen?«

Geisterstunde

»Du kommst genau richtig zum Abendessen«, begrüßt mich Mom. Sie trägt einen Strauß Wildblumen ins Esszimmer und hält inne, als Mason hinter mir das Haus betritt. »Mason, richtig?«

»Hallo, Mrs Gilbert.« Unschlüssig bleibt er in der Tür stehen.

»Isst du mit uns?«, will sie wissen.

Fragend sieht er in meine Richtung und ich nicke.

»Gern«, antwortet er dann, was Mom ein Lächeln ins Gesicht zaubert.

»Sehr schön«, sagt sie und lässt uns mit einer Geste den Vorrang. »Onkel Harry, kannst du noch ein Gedeck für Mason mitbringen?«, ruft sie in die Küche und geht zum Esstisch. Ein fertig angerichteter Teller steht schon in der Mitte, um den sie nun die Blumen dekoriert, sich dann auf den Stuhl stellt und mit Kamera und Handy Fotos aus verschiedenen Perspektiven knipst. Das Rezept der Woche für ihren Blog.

»Hallo, Harry«, sagt Mason, als Onkel Harry mit einem Gedeck für ihn ins Esszimmer kommt. »Wie geht's dir?«

»Gut«, raunzt dieser. »Wie geht's William?«

Mason nickt. »Auch gut, denke ich.«

»Was gibt es denn heute?«, brummt Onkel Harry, stellt das Gedeck auf den Tisch und beäugt das angerichtete Essen. Mom schiebt den Wildblumenstrauß an diese und jene Stelle, dekoriert Besteck, Serviette und ein Glas Wein um den Teller herum und schießt weitere Fotos. »Passend zum Herbst ein köstliches Quinoa-Kürbis-Risotto mit Granatapfel-Rucola-Salat«, antwortet sie dann.

Ich bin mir sicher, dass dies der erste Satz ihres dazugehörigen Blogartikels ist.

»Risotto ohne Reis?«, brummt Onkel Harry.

»Richtig«, sagt sie. »Risotto mit Quinoa.«

»Das müsstest du dann aber anders nennen.« Wenig begeistert setzt Harry sich. Mason und ich tun es ihm nach.

Als Mom vom Stuhl steigt, kommt auch Dad mit Daisy, die er mit viel Schwung und Flugzeuggeräuschen auf dem Kinderstuhl landen lässt.

»Wie schön, wir haben Besuch«, bemerkt Dad und geht zu Mason.

»Hallo, Mr Gilbert.« Mason steht auf und reicht Dad die Hand.

»Ein Footballspieler«, stellt Dad begeistert fest und beäugt Masons Mannschaftsjacke, die er über den Stuhl gehängt hat. »Die Desert Ridge Eagles sind der ganze Stolz von Flagstaff und unsere Holly bringt einen dieser Erfolgsspieler mit nach Hause.« Er setzt sich uns gegenüber neben Mom. »Ich hab's dir doch gesagt, Paige«, sagt er im Flüsterton, aber trotzdem so laut, dass alle es mit bekommen. »Holly kommt wieder auf die richtige Bahn.« Dann sagt er zu Mason: »Meine Frau macht sich zu viele Sorgen, dabei war Holly in L. A. sogar im Cheerleaderteam.«

»Wollen wir essen?«, versuche ich die Aufmerksamkeit auf ein anderes Thema zu bringen.

Dad begutachtet den Tisch. »Was gibt's denn heute Feines?«

»Quinoa-Risotto«, sagt Harry und hält seinen Teller so hin, dass Mom ihm was auftun kann.

Dad stutzt. »Interessant.«

»Erst probieren, dann meckern«, sagt Mom, wirft mit einer eleganten Handbewegung ihre schulterlangen Haare nach hinten und reicht ihm die Schüssel mit dem Risotto.

Ich habe kaum Appetit. Im Gegensatz zu Dad. Er schlingt es hinunter, als wäre er kurz vor dem Verhungern.

»Als ich jünger war, hab ich auch Football gespielt ...«, beginnt er kauend in seinen Erinnerungen zu schwelgen. »Ich hätte richtig Karriere machen können, aber dann mit sechzehn hab ich mir das Bein gebrochen. Aus der Traum. Also bin ich Physiotherapeut geworden. Sonst wäre ich bestimmt ganz groß rausgekommen.«

»Footballspieler«, brummt Harry, »alles reiche Schnösel! Und wofür bekommen die ihre Millionen? Dafür, dass sie einmal in der Woche für eine Stunde übers Spielfeld rennen und einem Ball hinterherjagen. Das kann ich auch, selbst mit meinem Krückstock. Die sollten ihr Geld mal für was Sinnvolles ausgeben ...«

»Onkel Harry!«, ermahnt ihn Mom.

Mason bleibt gelassen, so als wäre er an Onkel Harry gewöhnt. Was er vermutlich auch ist … Mehr als ich. Ich mustere Mason genauer. Ob er Geheimnisse kennt, die Grandma mir nie verraten hat?

»Auf welcher Position spielst du?« Neugierig beäugt Mom ihn.

»In der Offensive. Als Guard. Meistens«, antwortet er. »Manchmal auch als Tight End.«

»Ich kenne keine andere High-School-Mannschaft, die so erfolgreich ist wie die Desert Ridge Eagles«, sagt Dad. »Jedem von euch steht eine steile Karriere bevor.« Er macht ein pfeifendes Geräusch und zielt mit der Hand in die Luft, als würde ein Flugzeug starten. »Wie macht ihr das? Oder besser gefragt, wie macht euer Trainer das? So was geht doch nur, wenn die Mannschaft richtig gut zusammenhält, oder?«

Mason sieht kurz in meine Richtung, bevor er antwortet. »Niemand würde es wagen, die Mannschaft zu verlassen.«

»Warum solltet ihr auch?«, lacht Dad. »Jeder von euch wird reich und erfolgreich, wenn er weiterhin Football spielen möchte.«

»Arrogante Fatzkes«, schimpft Onkel Harry vor sich hin, schweigt dann aber, als ihm Moms mahnender Blick auffällt.

»Holly hat in L. A. in einem sehr erfolgreichen Cheerleaderteam getanzt«, brüstet sich Dad stolz und ich unterdrücke ein Augenrollen, als er wieder zu dem leidigen Thema zurückfindet.

»Ja, Rex Silverman hat sie auch schon gefragt, ob sie bei unseren Cheerleadern mitmachen möchte«, sagt Mason und Mom verschluckt sich fast im selben Moment und beginnt zu husten.

»Ich soll dich übrigens von ihm grüßen«, sage ich und schaffe es, Dad abzulenken.

»Wer ist Rex Silverman?«, will er wissen.

»Hast du zugesagt?«, fragt Mom und versucht Dads Frage zu ignorieren.

»Nein«, sage ich und trinke einen Schluck Rosmarinlimonade. »Keine Zeit.« Ich zucke die Schultern. »Ich bin noch im Halloween-Vorbereitungskomitee und hänge im Lehrstoff etwas hinterher.«

»Sehr verantwortungsvoll«, nickt Dad und wendet sich nun an Mason. »Wer ist denn dieser Rex Silverman?«

»Der Manager der Desert Ridge Eagles.«

»Eine High-School-Mannschaft hat einen eigenen Manager?«, fragt er überrascht.

Mason nickt nur.

Mom steht auf, schickt Daisy in den Sessel vor den Fernseher und beginnt den Tisch abzuräumen.

»Sind wir denn schon mit dem Essen fertig?«, fragt Onkel Harry, der als Einziger noch vor einem gefüllten Teller sitzt.

»Komm«, sage ich zu Mason. Mit einer kurzen Geste fordere ich ihn auf mir zu folgen.

»Was habt ihr zwei denn vor?«, will Dad wissen.

Ich atme genervt aus. »Wir müssen noch was für die Schule tun.«

Er blickt auf die Uhr. »Könnt ihr das nicht morgen machen? Es ist schon ziemlich spät.«

»Ich muss Mason nur noch ein Buch geben, in Ordnung?«

»Ich warte hier«, sagt Mason diplomatisch, was Dad mit einem zufriedenen Lächeln quittiert.

Ich laufe in mein Zimmer, hole Grandmas Notizbuch und bringe es ihm hinunter.

»Danke.« Mason lässt das Buch in der Innenseite seiner Jacke verschwinden. »Sollen Amadeus und ich dich morgen vor der Schule abholen?«

»Wohnst du hier in der Nähe, Mason?«, will Mom wissen, die mit einer Karaffe vorbei ins Esszimmer geht und auf eine Antwort wartend stehen bleibt.

»Zwei Straßen weiter, bei meinem Onkel.«

»Bei deinem Onkel? Was ist mit deinen Eltern?«

»Sie sind verstorben«, antwortet er mechanisch, als hätte er diese Antwort schon tausendmal gegeben.

»Das tut mir leid.«

»Grüß William von mir«, ruft Onkel Harry aus dem Wohnzimmer in den Flur.

»William?«, fragt Mom. »William Baker?«

»Ja, genau«, antwortet Mason.

»Ich wusste nicht, dass er sich um seine Neffen kümmert«, sagt sie abwesend. »Geschweige denn, dass er welche hat.«

Vielleicht bilde ich es mir ein, aber ich habe das Gefühl, dass ihre Stimmung plötzlich eisig wird. Mom wendet sich ab, geht in die Küche und es klingt, als würde sie die Spülmaschine einräumen.

Ich begleite Mason nach draußen und eine kühle Brise lässt mich erschaudern, als wir auf die Veranda treten und ich die Tür hinter mir zuziehe, damit meine Eltern uns nicht belauschen. Die Luft ist feucht vom Regen und nur das dämmrige Licht der Laterne erhellt unsere Gesichter.

»Es ist merkwürdig hierherzukommen und Grace nicht zu sehen.« Mit einem nachdenklichen Blick begutachtet Mason unser Haus.

Im Licht der Laterne erkenne ich auf seiner Nase kleine Sommersprossen – wie getupft –, die mir bisher nicht aufgefallen sind.

»Kanntest du meine Grandma gut?«, frage ich und schlinge die Arme wärmend um meinen Oberkörper.

Er fährt mit seinem Blick die Hausfassade entlang, als würde er ein Gemälde betrachten. »William und Grace haben viel Zeit zusammen verbracht«, antwortet er dann. »Sie war oft bei uns oder wir bei ihr.«

Seitdem ich denken kann, habe ich Grandma nie mit einem Partner zusammen gesehen, deshalb kann ich es mir nicht so richtig vorstellen. »Waren sie ein Paar?«, frage ich. Überrascht runzelt er die Stirn. »Nicht, dass ich wüsste.« Wir laufen ein paar Meter über den knirschenden Kies bis zur Straße. »Und warum haben sie dann so viel Zeit gemeinsam verbracht? Ich meine«, druckse ich herum, »ich habe das Gefühl, du kanntest meine Grandma besser als ich und ...«

»... und das stört dich«, beendet er meinen Satz.

Ich neige den Kopf. So hätte ich es nicht gesagt. Mason soll nicht denken, ich sei eifersüchtig, es ist nur ... Das Problem sind nicht Mason oder sein Onkel, es stört mich einfach, so wenig über das Leben von Grandma zu wissen, besonders weil sie mir das Vermächtnis der Himmelshüter vererbt hat.

Mason sucht meinen Blick. »Mein Onkel und Grace haben zusammengearbeitet«, sagt er, als ich ihn endlich ansehe.

»Zusammengearbeitet?«, frage ich und verliere mich in seinen graublauen Augen, in denen ein sanftes Feuer lodert.

»Du weißt schon. Im Auftrag von Himmel und Hölle.« Er vergräbt die Hände in seinen Jackentaschen und beugt sich leicht vor. »Sie waren ein gutes Team.«

Über uns leuchtet ein silbriger Mond. Ich fahre mit meinen Augen Masons Gesichtszüge entlang und verweile an seinen Lippen, die zu einem abwartenden Lächeln geformt sind, als hätte er etwas gefragt, das ich nicht mitbekommen habe. »Wir holen dich dann morgen früh ab, in Ordnung?«

Ich nicke. »Okay«, antworte ich leise. Er beugt sich noch etwas weiter vor und küsst mich flüchtig auf die Wange. »Bis morgen, Holly.«

Meine Haut brennt von der leichten Berührung und ich beiße mir auf die Lippe und unterdrücke den Impuls, mich ihm zuzuwenden und ihn zu küssen.

»Bis dann«, sage ich, beobachte die kleine weiße Wolke, die sich in der kalten Abendluft vor meinem Mund bildet, und gehe langsam zurück zum Haus, während er sich zur Straße wendet.

Im Wohnzimmer laufen die Nachrichten, ansonsten ist niemand zu hören. Als ich die Treppe hochgehen möchte, stellt Mom sich mir in den Weg und verschränkt die Arme.

Sie atmet tief ein, als würden sie die nächsten Worte Überwindung kosten. Trotzdem spricht sie sie aus. »Du musst den Kontakt zu Mason abbrechen.«

Ich runzle die Stirn. »Warum sollte ich?«

»William Baker.« Mom presst die Lippen zusammen, was sie immer macht, wenn sie über ein Thema sprechen muss, das sie lieber vermeiden würde. »Er ist der Grund, weshalb deine Grandma kaum Zeit für uns hatte. Er hat sie in die ganze Sache hineingezogen.« Sie atmet aus, als würde sie das Reden anstrengen.

»In welche *Sache*?« Ich gehe etwas näher auf sie zu, weil ich nicht glaube, was ich gerade gehört habe. Hat sie gerade angedeutet, dass sie etwas über Grandmas Vergangenheit weiß? Nach allem, was ich in den letzten Monaten durchgemacht habe? Und sie ist nicht auf die Idee gekommen, mir nur ein Sterbenswort darüber zu erzählen?

»Dinge, von denen du besser nichts weißt«, sagt sie.

Ich starre sie an. *»Dinge, von denen ich besser nichts weiß?«*, flüstere ich, weil ich sonst schreien würde. »Mom, sag mir nicht, du wusstest, dass Grandma Geister sehen konnte.« Anstatt zu antworten, presst sie die Lippen wieder zusammen. »Du wusstest es und hast mir nichts davon gesagt?« Mein Flüstern wird lauter. »Du hast mich lieber glauben lassen, ich verliere den Verstand, als mich über mein Familienschicksal aufzuklären?«

»Das ist kein Familienschicksal«, zischt sie. »Deine Grandma hat sich da hineingesteigert, gemeinsam mit diesem William – und ich werde dich und Daisy mit allen Mitteln, die mir zur Verfügung stehen, vor diesem Hokuspokus bewahren.«

Mir entweicht ein ungläubiges Lachen. »Ist das dein Ernst? Ich sehe doch schon längst Geister.«

Sie schüttelt den Kopf. »Das kannst du dir wieder abtrainieren.«

»Abtrainieren?« Ungläubig mache ich einen Schritt zurück. »Wie soll ich mir das denn abtrainieren? Indem ich es ignoriere, so wie du? Oder so tue, als wären sie nicht da?«

»Genau so«, sagt sie und sieht mich verkniffen an. »Deine Grandma hat ihr ganzes Leben danach ausgerichtet. Und mit welchem Erge ...« Den Rest des Wortes schluckt sie hinunter und sagt stattdessen: »Wenn ich gewusst hätte, dass Mason Williams Neffe ist und was mit dieser ganzen Sache zu tun hat, dann hätte ich dir von Anfang an den Kontakt zu ihm verboten.« Wieder presst sie die Lippen zu einer schmalen Linie zusammen, bevor sie weiterspricht, und ich kann sie dabei nur ungläubig anstarren. »Ich wünsche mir für dich ein schönes Leben und das funktioniert nur, wenn du nichts mit diesen Leuten zu tun hast.«

»Wie meinst du das? Glaubst du, sie sind schuld, dass Grandma Geister sehen konnte und es an mich weitergegeben hat?« Ich fasse es nicht, dass Mom so ignorant ist.

»Nein«, sagt sie, »aber vielleicht würde sie noch leben, wenn sie ihr Leben nicht für irgendwelche Toten aufgegeben hätte.« Sie blinzelt und wendet sich ab. Aber ich schaffe es nicht mal, Mitleid für sie zu empfinden, weil ich so wütend bin. »Warum hast du mir nicht erzählt, dass du auch auf der Desert Ridge High warst?«

»Warum hätte ich das tun sollen? Es ist Jahre her.«

»Weil ich deine Tochter bin?«, sage ich und schüttle erschöpft den Kopf. »Einfach weil es nett gewesen wäre. So musste ich aus irgendwelchen alten Jahrbüchern erfahren, dass du dort Prom Queen warst und mit Rex Silverman ausgegangen bist.«

»Schhhh«, macht sie.

Das glaube ich nicht. Wer von uns beiden ist hier die Erwachsene? Ich gehe an ihr vorbei die Treppe hinauf. »Weißt du eigentlich, dass sich die Legende der Desert Ridge Eagles wiederholt?«, sage ich im Hinaufgehen. »Das hast du doch bestimmt auch mitbekommen, dass vor fünfundzwanzig Jahren fünf Footballspieler gestorben sind? Oder versuchst du es wie alles andere einfach zu ignorieren?«

»Das waren Unfälle«, entgegnet sie.

»Genauso wie vor fünfzig Jahren und vor fünfundsiebzig Jahren und heute ist der dritte Footballspieler in diesem Jahr *verunglückt*.«

»Heute ist wieder einer eurer Mitschüler gestorben?« Ihrem Gesicht entweicht jegliche Farbe.

»Cole O'Brien«, antworte ich. »Den kanntest du doch, oder?«

Sie starrt mich an und ihr Gesicht wird kreidebleich. »Das ist schrecklich.«

»Ist es«, sage ich nur und verschwinde in meinem Zimmer.

***

Als Mason und Amadeus mich am Mittwochmorgen abholen, scheint ausnahmsweise mal die Sonne und ich war so mutig mir ein Kleid anzuziehen. Die letzten warmen Tage des Jahres möchte ich noch ausnutzen und der Herbst in Flagstaff kann richtig schön sein, wenn es nicht gerade regnet. Als Masons Augen interessiert über den seidigen Stoff meines Kleides gleiten und er mir zur Begrüßung einen Kuss auf die Wange gibt, durchdringt mein

Bauch ein aufregendes Kribbeln und ich nutze den kurzen Moment der Nähe, um seinen frisch-holzigen Duft einzuatmen. Ein Parfüm, das ich mag und das auf seiner Haut noch viel besser riecht als bei allen anderen Männern.

»Grace hat ein paar kryptische Notizen gemacht«, sagt Mason, während wir zur Schule fahren. »Ich habe William das Buch gegeben. Vielleicht kann er mehr herausfinden.« Er schaut auf die Straße, als Amadeus anhält und zwei Fußgänger einen Zebrastreifen überqueren lässt. »Sie war an etwas dran«, sagt er nachdenklich. »Kurz vor ihrem Tod. Sie hat es uns erzählt, aber sie hat nichts Genaueres gesagt. Was, wenn sie einen Weg gesucht hat, den Fluch zu brechen?«

»Sie war auf jeden Fall nicht begeistert, als sie gehört hat, dass du gegen ihren Rat ins Footballteam gegangen bist«, bemerkt Amadeus.

»Das ist drei Jahre her«, entgegnet Mason.

»Sie wollte nicht, dass du anfängst im Team zu spielen?«, frage ich. »Obwohl es die erfolgreichste High-School-Mannschaft Amerikas ist?«

»Ja.« Mason nickt. »Ich habe es damals nicht verstanden und sie hat mir auch keinen Grund genannt, warum ich es nicht tun sollte.«

Ich lehne den Kopf zurück und drehe ihn zum Fenster. »Warum hat Grandma dir nicht von der Legende erzählt? Das hätte dich doch überzeugt, oder nicht?«

»Vielleicht wusste sie es noch nicht genau und wollte noch mehr herausfinden, bevor sie uns einweiht«, überlegt Mason. »Oder sie dachte, ihre einfache Warnung hätte mich überzeugt – ich bin der Mannschaft einfach beigetreten, ohne es ihr oder William zu sagen.«

»Und dann konnten sie dich nicht mehr rausholen, weil du einen Pakt geschlossen hattest«, führt Amadeus den Gedankengang zu Ende.

»Also wusste William auch davon?«, frage ich.

Mason nickt. »Aber er sagt, dass Grace sich die letzten Jahre um die Nachforschungen gekümmert hat.«

Wenn das stimmt, dann war Grandma die letzten drei Jahre wohl damit beschäftigt und hat es nicht mehr geschafft, den Fluch zu brechen. Wie hoch stehen dann die Chancen, dass es *uns* gelingt?

»Was waren das für kryptische Notizen, die du gefunden hast?«, frage ich.

»Zahlen und Initialen«, sagt Mason und reicht mir einen Zettel. »Hab sie abgeschrieben.«

Ich werfe einen kurzen Blick darauf. »Die Initialen passen zu den Namen der verstorbenen Spieler«, sage ich und deute auf die Zahlen. »Das sind die Daten, an denen sie ums Leben gekommen sind.«

Als wir auf den Parkplatz der Desert Ridge High fahren, wimmelt es dort vor Schülern. Amadeus parkt neben einem Jeep, aus dessen Lautsprechern *Eye Of The Tiger* dröhnt. Die Jungs darin bemerken uns nicht, weil sie mit ein paar hübschen Mädchen mit identischen Sonnenbrillen an dem roten Cabrio neben ihnen reden.

Noch bevor wir aussteigen, fahren wieder weiße Ü-Wagen vor und parken etwas außerhalb des Schulgeländes.

»Haben wohl eine Verwarnung bekommen, das Schulgelände nicht zu betreten«, bemerkt Amadeus, dem die Reporter auch aufgefallen sind.

***

Die Stimmung in der Schule ist heute anders und das liegt nicht am Sonnenschein. Kein Schatten der Trauer legt sich wie bei Sean und Dylans Tod über die Desert Ridge High, sondern es ist viel mehr so, als würde ein leichter Wind aus Angst und Misstrauen durch die Flure wehen. Als ich den Klassenraum betrete, ernte ich skeptische Blicke und es kommt mir vor, als würden die anderen Schüler einen Bogen um mich machen. Glauben die wirklich, *ich* hätte etwas mit Coles Tod zu tun? Nur weil ich mich mit ihm gestritten habe?

»Du bildest es dir nicht ein«, sagt Lilly, als ich mich neben sie setze. »Ich wurde heute Morgen nicht mal zurückgegrüßt, als ich in die Klasse gekommen bin. Als wäre ich eine tickende Zeitbombe.«

»Also, wenn ich glauben würde, du hättest was mit Coles Tod zu tun, würde ich dich zurückgrüßen«, scherze ich. »Von wegen: Ich will dich nicht zum Feind haben und so.«

»Wie aufmunternd«, sagt sie, muss aber lachen. »Rex Silverman hat mir geschrieben, dass Coles Tod nun offiziell als Mordfall untersucht wird. Ich soll es aber nicht auf dem Schulblog erwähnen, solange es keine Beweise gibt.« Sie pustet sich eine Strähne aus dem Gesicht. »Immerhin scheint er nicht zu glauben, dass ich was damit zu tun habe, sonst hätte er bestimmt dafür gesorgt, dass Valentine mich aus der Redaktion schmeißt.«

»Er ist der Manager«, sage ich. »Das Einzige, was er im Kopf hat, ist der Ruf der Desert Ridge Eagles.«

»Stimmt«, sagt Lilly. »Das ist nun mal sein Goldesel. Ich hab gehört, dass er und Coach Carter das meiste Geld von den Sponsorendeals abbekommen und dabei geht es um Millionen. Der Rest wird in die Ausrüstung, den Sportplatz und die Schule gesteckt und die Spieler sehen nichts von dem Geld.« Seufzend schüttelt sie den Kopf. »Nur ein Universitätsstipendium und natürlich eine super Karrierevorlage. Nicht gerade ein guter Deal, wenn man bedenkt, dass sie ihr Leben dafür aufs Spiel setzen«, sagt sie stirnrunzelnd.

»Da wird ihm die schlechte Publicity gerade vermutlich ganz schön auf den Magen schlagen.« Ich höre Lilly nur mit halbem Ohr zu, wickle eine Strähne um meinen Finger und beobachte, wie sich die blonde Locke langsam wieder löst. »Hast du die vielen Reporter vor der Schule gesehen?«

»Ja«, nickt sie. »Bei der Berichterstattung von den ganzen Trash-Sendern kann mein kleiner Schulblog sowieso nicht mithalten.«

»Ob Silverman sich ärgert, dass er den Reportern nicht verbieten kann darüber zu schreiben?«, frage ich leise.

»Mit Sicherheit«, flüstert Lilly zurück. »Aber ich vermute, für Valentine ist es noch schlimmer.«

Mr Wilson betritt die Klasse und das Gemurmel verstummt. Es ist die erste Unterrichtsstunde nach Coles Unglück und wie Mrs Jenkins bei Dylans Todesfall hat auch Mr Wilson diesmal eine Nachricht des Direktors für uns.

»Mit tiefem Bedauern muss ich, Direktor Valentine, Ihnen heute mitteilen«, liest er den Brief vor, »dass Cole O'Brien durch einen tragischen Unfall im Chemieunterricht ums Leben gekommen ist.« Mr Wilson blickt kurz auf, bevor er weiterliest. »Da noch nicht geklärt ist, wie es zu der tödlichen Explosion kommen konnte, ermittelt das Police Departement von Flagstaff und es kann sein, dass Sheriff Wellington Sie um ein Gespräch bittet. Ich erwarte von jedem Schüler und jeder Schülerin äußerste Kooperationsbereitschaft, damit der Fall so schnell wie möglich aufgeklärt werden kann. Wenn jemand Hinweise hat, dann wenden Sie sich bitte direkt an Sheriff Wellington oder an mich.« Mr Wilson lässt den Zettel sinken und mustert einen nach dem anderen, als hoffte er, in unseren Augen zu erkennen, ob wir zu einem Mord fähig sind. »Für alle, die es brauchen, steht Ihnen auch diesmal wieder die Schulpsychologin zur Verfügung. Hat einer von Ihnen das Bedürfnis, zu ihr zu gehen?«

Er wartet einen Moment. Als sich niemand regt, legt er den Zettel weg, geht zur Tafel und schreibt eine Formel an.

»Wie lange ist Mr Wilson eigentlich schon an der Schule?«, flüstere ich Lilly zu, als wir uns über die Hefte beugen, um die Aufgabe zu lösen.

»Lange«, sagt Lilly mit vielsagendem Blick.

»Länger als fünfundzwanzig Jahre?«, frage ich leise.

Lilly zuckt die Schultern und runzelt dann die Stirn. »Dann müsste er die Unfälle damals auch schon mitbekommen haben.«

Ich blicke kurz zu Mr Wilson, der im selben Moment zu mir schaut, und starre schnell wieder auf meinen Tisch.

»Vielleicht finden wir etwas im Jahrbuch«, überlegt Lilly.

»Das habe ich zu Hause«, flüstere ich zurück.

Sie öffnet einen ihrer farbigen Filzstifte und kritzelt das Datum in ihr Arbeitsheft. »Dann lass uns nach der Schule nachschauen.«

»Emilia Johnson-Yamamoto«, dringt Mr Wilsons Stimme durch den Klassenraum. »Da Sie schon reden, gehe ich davon aus, dass Sie die Aufgabe gelöst haben.« Er hält Lilly ein Stück Kreide entgegen. »Würden Sie bitte an die Tafel kommen und sie uns vorrechnen?«

Der Matheunterricht vergeht heute gefühlt langsamer als sonst und obwohl es mir im Unterricht schwerfällt, mich zu konzentrieren, sind die Pausen anstrengender. In den wenigen Minuten, in denen ich den Klassenraum wechsle, wird hinter mir getuschelt und die an mir vorbeilaufenden Schüler werfen mir misstrauische Blicke zu. Dank der dünnen Bürowände des Direktors scheint sich das Gerücht verbreitet zu haben, ich hätte etwas mit Coles Tod zu tun.

Als ich nach dem Unterricht durch den Flur gehe, laufe ich an Amber und ein paar ihrer Freundinnen vorbei. Anstatt meinen flüchtigen Gruß zu erwidern, funkelt sie mich mit einer Mischung aus Angst und Wut an.

»Lass Amber in Ruhe«, zischt eine ihrer Freundinnen plötzlich. »Damit wirst du nicht davonkommen«, sagt eine andere mit langen roten Haaren und während sie an mir vorbeirauschen, giftet eine Kleinere in Jeansjacke und Ankle Boots mir entgegen: »Dafür wirst du bezahlen.«

Es dauert einen Moment, bis ich mich von dieser Begegnung erholt habe und endlich zu meinem Spind gehen kann. Schon von weitem sehe ich, dass jemand etwas daraufgeschrieben hat. Trotzdem stockt mir der Atem, als ich davorstehe und das Wort lese, dass in dicken schwarzen Großbuchstaben auf der roten Metalltür prangt.

KILLER.

Spinnen die jetzt total? Genervt öffne ich das Schloss, reiße die Tür auf und werfe meine Bücher hinein. Als ich den Spind wieder schließe und mich abwende, bäumen sich zwei Footballspieler vor mir auf. Jeff und Bradley, Coles beste Freunde.

»Stimmt es?«, fragt Jeff und verschränkt seine bulligen Arme vor der Brust wie ein Türsteher, der mich nicht vorbeigehen lassen wird. Sein Gesicht ist leicht gerötet, selbst die Haut unter seinen raspelkurz geschorenen Haaren. »Hast du was mit Coles Tod zu tun?«

»Nein. Du?«, frage ich zurück.

Bradley, mit dem ich auf Coles Party schon mal Bekanntschaft machen durfte, beugt sich zu mir runter und sein Gesicht verzieht sich zu einer Fratze. »Das war ein Fehler, du kleine ...«

»Gibt es ein Problem?«, wird er plötzlich unterbrochen und Mason schiebt sich zwischen uns. Er stellt sich neben mich, verschränkt wie die beiden anderen die Arme und mustert sie argwöhnisch.

»Noch nicht mitbekommen?«, fragt Jeff, schiebt sein Kinn vor und nickt in meine Richtung. »Die Neue soll was mit Coles Tod zu tun haben.«

»Und mit Seans und Dylans Unfällen auch«, ergänzt Bradley dumpf.

»Bullshit«, knurrt Mason und die Muskeln an seinen Armen und Schultern spannen sich an. »Wer erzählt das?«

»Die Gerüchte dringen so durch die Flure«, raunt Bradley und rückt näher.

Mason atmet langsam aus und verdreht dann verächtlich die Augen. »Verpisst euch, Mann!« Beide starren ihn an, als hätten sie sich verhört, aber Mason erwidert ihre Blicke ohne zu blinzeln. »Worauf wartet ihr?«, fragt er gepresst. »Haut ab!«

»Überleg mal, Mase«, sagt Bradley und kommt noch näher, »seitdem sie hier aufgetaucht ist, verschwinden Spieler aus dem Team und sterben.«

»Sean ist schon vorher verschwunden«, entgegnet Mason und behält beide achtsam im Auge.

Bradley streckt die Hand aus und tippt Mason mehrmals gegen die Brust. »Stimmt und du warst der Letzte, der ihn gesehen hat. Warum beschützt du sie, hä? Steckt ihr beide unter einer Decke? Hast du auch was damit zu tun, oder was?«

Mason stößt Bradley von sich. »Fass mich noch einmal an und ich verspreche dir, ich mach dich fertig«, knurrt er gefährlich leise. »Ich hab gesagt, verpiss dich.«

»Ach ja?«, fragt Bradley und schubst Mason zurück. Jeff baut sich neben ihm auf. »Willst du uns genauso umbringen wie Dylan, Sean und Cole?«

Mason weicht zurück und ein gefährliches Grinsen erscheint in seinem Gesicht. »Ihr redet echt nur Bullshit«, knurrt er und boxt Jeff ins Gesicht, der sich die Hand vor die Nase hält und zurücktaumelt.

Im nächsten Moment stürzt Mason sich auf Bradley. Kurz darauf liegen beide auf dem Boden und es sind nur noch verkeilte Arme und Beine auf dem dreckigen Schulflur zu sehen.

»Hört auf!«, rufe ich und Jeff zieht Bradley aus dem Knäul heraus.

Mason steht erneut in Angriffshaltung und fixiert seine beiden Mitspieler. Sein weißes Hemd ist am Hals zerrissen und es sind Blutstropfen darauf zu sehen, aber nicht von ihm, sondern von Bradley oder Jeff. Letzterer blutet immer noch aus der Nase und Bradleys Lippe ist aufgeplatzt. An Mason sehe ich keine Wunden, nur seine Fingerknöchel sind etwas gerötet.

»Lass uns verschwinden«, zischt Jeff Bradley zu und zerrt ihn an der Jacke mit sich.

»Wir sehen uns beim Training!«, ruft Mason ihnen nach, ohne die beiden aus den Augen zu lassen. Die Jungs sehen ihn irritiert an und gehen durch die Glastür hinaus auf den Schulhof.

»Bist du wahnsinnig?«, fragt er, als die beiden verschwunden sind.

»Die beiden hätten mich ja wohl nicht in aller Öffentlichkeit verprügelt oder was auch immer sie vorhatten«, erwidere ich.

»Das ganze Team hat die Hosen voll. Drei Spieler sind in den letzten Wochen auf merkwürdige Weise ums Leben gekommen«, redet Mason auf mich ein. »Das sind Footballspieler, Holly. Die sind wie wilde Tiere. Wenn sie sich in die Ecke gedrängt fühlen, greifen sie an. Und im Moment glauben sie, dass Lilly und du was mit der Sache zu tun haben, ergo haben sie Angst vor dir. Und ihre Lösung ist, alles zu vernichten, wovor sie Angst haben.«

»Dich verdächtigen sie offenbar auch«, erwidere ich.

»Nicht ernsthaft.« Er fährt sich durch die Haare. »Bring dich einfach nicht unnötig in Schwierigkeiten, okay?«

Ich nehme seine verletzte Hand. Er hält inne, zieht sie aber nicht zurück. »Geht's dir gut?«, frage ich.

Er neigt langsam den Kopf. »Ja, alles okay.«

Ich sehe ihn an. »Du hättest mir nicht helfen brauchen«, sage ich. »Das hätte ich auch allein geschafft.«

»Ja.« Er nickt, aber sein Blick verhärtet sich. »Das hättest du. Aber was wir jetzt brauchen, ist, dass du möglichst unter dem Radar ...« Er stockt und schüttelt den Kopf. »Aber dazu ist es sowieso schon zu spät.« »Richtig«, stimme ich ihm zu.

»Hast du Schluss?« Er schaut kurz in Richtung Ausgang. »Soll Amadeus dich mitnehmen?«

»Nein«, sage ich und lasse seine Hand wieder los. »Ich muss auf Lilly warten, sie hat noch eine Stunde und wollte nach der Schule mit zu mir kommen.«

Wenig begeistert lässt er den Blick über den Schulflur gleiten.

»Ihr habt doch jetzt Training«, sage ich. »Da wird mir schon niemand begegnen.«

Er nickt und fährt sich mit der Hand über den Nacken. »Haltet euch erst mal von den Footballspielern fern, okay?«

»Keine Angst«, sage ich und zwinkere ihm scherzhaft zu. »Der einzige Spieler, mit dem ich freiwillig spreche, bist du.«

Mason hebt argwöhnisch eine Braue. »In Ordnung«, sage ich etwas ernster. »Ich gehe den anderen aus dem Weg.«

***

Lilly hat noch eine Stunde Unterricht und ich habe frei. Es sind kaum noch Schüler auf dem Gang und in der Mädchentoilette bin ich die Einzige.

Ich hasse Schultoiletten. Erst nachdem ich die dritte Tür einer Kabine aufgestoßen habe, finde ich ein halbwegs passables Klo, von dem lediglich der halbe Klodeckel mit Edding vollgekritzelt ist.

Ich hänge meine Tasche an die Türklinke und genau in dem Moment stößt ein transparenter Kopf durch die Tür. Ich schreie. Nein, ich kreische. Klar, ich kenne Geister und es ist nicht der erste, der mir begegnet. Aber sie haben mich noch nie auf diese Weise belästigt. In einem intimen Moment.

»Du?«, sagt Coles Geist mit der gleichen abfälligen Stimme, wie zu seinen Lebzeiten. »*Du* kannst mich sehen?« Jetzt klingt er ungläubig.

»Würdest du bitte deinen Kopf aus der Tür ziehen?« Es gab schon viele unangenehme Situationen in meinem Leben, aber diese zählt definitiv zu den unangenehmsten. Er braucht einen Moment, als müsste er realisieren, dass er gerade mit seinem Kopf in der Toilettentür hängt, und zieht sich zurück.

Ich sammle mich, starre einige Sekunden auf die bekritzelte Tür, schließe sie dann auf und gehe in den fast leeren Waschraum. Coles Geist lehnt mit verschränkten Armen an einem Waschbecken und sieht mich triumphierend an. Es sieht aus, als würde an seiner Geisterschläfe Blut kleben und auch sein Pullover wirkt zerfetzt. So wie im Moment seines Todes. »Du kannst mich sehen«, erinnert er mich unnötigerweise.

»Was machst du hier?«, frage ich und wasche mir die Hände. »Das ist die Mädchentoilette, du darfst hier überhaupt nicht rein.«

»Ich wusste ja nicht, dass du mich sehen kannst«, erwidert er und dehnt das Wort *Sehen*, als wollte er damit bezwecken, dass ich endlich darauf reagiere.

»Wirklich?«, frage ich ungläubig und resigniert zugleich. »Du wirst zu einem Geist und der beste Ort, der dir einfällt, um dein Unwesen zu treiben, ist die Mädchentoilette?«

»In der Jungentoilette war ich auch schon«, verteidigt er sich und ich weiß nicht, ob das die Sache besser macht. »Kannst du dir vorstellen, wie es ist, wenn dich von einem Tag auf den anderen keiner mehr sehen oder hören kann? Nicht mal dein bester Freund?«

Für einen kurzen Moment regt sich Mitgefühl in mir, das aber genauso schnell wieder verfliegt, wie es gekommen ist. »Ich habe versucht mit Jeff zu sprechen, aber der Wichser hat einfach durch mich durchgepisst, als wäre ich Luft.«

»Er hat dich nicht gesehen«, erinnere ich ihn.

»Weißt du, wie sich das anfühlt, wenn jemand durch dich durchpisst?«

»Konntest du das etwa spüren?« Ich mustere ihn interessiert, bis jetzt war ich mit meinem Laienwissen davon ausgegangen, dass Geister keine Schmerzen, Berührungen oder sonst was spüren können.

»Emotional«, bestätigt Cole meine laienhafte Annahme, während er sich ans Herz fasst und mich mit einem mitleiderregenden Hundeblick ansieht. »Ich weiß«, sagt er dann, »zwischen uns beiden hat die Chemie nie gestimmt, aber da du die Einzige bist, die mich sehen kann, musst du mir helfen und wenn du es nicht machst, weiche ich dir nicht mehr von der Seite.«

Warum überrascht es mich nicht? »Ob Mensch oder Geist, Drohungen auszusprechen scheint dir in die Wiege gelegt worden zu sein«, seufze ich.

»Tja, wie es aussieht, bist du nun mal die Einzige, die mir helfen kann«, wiederholt er das Offensichtliche, als würde es sein Verhalten rechtfertigen, und es klingt weder flehend noch hilfesuchend. Sondern schlicht nach Cole. Fordernd eben.

Die Legende der Desert Ridge Eagles bewahrheitet sich, das Footballteam hat mich zur Erzfeindin auserwählt und jetzt habe ich auch noch Coles Geist an der Backe. Großartig!

»Aber nur, wenn du dich nicht mehr in der Mädchentoilette herumtreibst«, fordere ich halbherzig.

Cole verzieht sein Gesicht, als würde er darüber nachdenken. »Deal«, sagt er dann selbstgefällig grinsend.

Ich verschränke die Arme und betrachte ihn genauer. »Ich könnte jetzt so was sagen wie: *Glaubst du mir jetzt, dass die Legende wahr ist?*, aber ich lasse es lieber.«

»Du hast es doch gerade eben gesagt.« Cole verschränkt ebenfalls die Arme.

»Warum wolltest du, dass ich aufhöre Nachforschungen anzustellen?«, frage ich. »Hat dein Uropa dich darauf angesetzt?«

Er mustert mich mit dem üblich arroganten Cole-Blick. »Warum sollte er? Ich sehe ihn nur sonntags und das Einzige, was ihn interessiert, sind die Siege der Desert Ridge Eagles und wie viele Touch Downs ich gemacht habe. Wir haben nie über diese bescheuerte Legende gesprochen.«

»Also glaubst du nicht, dass er etwas damit zu tun hat?«

»Du ...« Er öffnet ungläubig den Mund und schließt ihn wieder, »du glaubst doch nicht wirklich, mein Urgroßvater hätte mich irgendwem geopfert. Niemals«, sagt er mit Nachdruck. »O Mann! Ich bin tot.« Er fährt sich mit den transparenten Händen übers Gesicht. »Wie konnte das nur passieren? Warum ich? Hätte es nicht einen weniger gut aussehenden und talentierten Spieler treffen können? Jake zum Beispiel? Der hat die letzte Zeit nur noch rumgeheult. Er hätte es verdient. Nicht ich!« Dann sieht er mich an, als hätte er einen Geistesblitz. »Kann man das wieder rückgängig machen?«

»*Rückgängig* machen?«

Er verdreht die Augen. »Ja, du blöde Kuh. Kannst du mich wieder lebendig machen? Zurück in einen Menschen verwandeln? Ich meine, warum kannst du mich denn sehen?«

Mein Geduldsfaden wird dünner. Lange halte ich seine Gegenwart nicht mehr aus. »Nein, man kann das nicht rückgängig machen«, sage ich. »Und ich kann dich sehen, weil meine Grandma mir diese Gabe«, ich zeichne Anführungszeichen in die Luft, »vererbt hat. Ich soll Geistern helfen den Weg ins Licht zu finden, wenn sie es nicht allein hinbekommen.«

Er starrt mich an. »Ich will aber nicht ins Licht. Ich will hierbleiben, kapiert?«

»Du bist ja noch hier«, sage ich.

»Ich will, dass du mich wieder lebendig machst.« Er kommt auf mich zu, als würde er mir drohen wollen. Aber er ist nun mal ein Geist und weil er mir gerade unheimlich auf die Nerven geht und ich mich provoziert fühle, sage ich: »Spar dir dein Imponiergehabe«, und laufe durch ihn hindurch, was ich noch im selben Moment bereue. Es fühlt sich an, als würde ich durch kalte, schleimige Luft waten, was mir für einen Moment den Atem abschnürt.

»Bist du gerade durch mich hindurchgelaufen?« Cole dreht sich langsam um. Wenn sich sein Geistergesicht rot färben könnte, wäre das seinem Gesichtsausdruck nach zu urteilen jetzt wohl der Fall.

»Cole«, sage ich und versuche gar nicht erst den genervten Unterton zu unterdrücken. »Ich kann dich weder von den Toten auferwecken noch ins Licht führen. Solange euer Fluch nicht aufgehoben ist, sind alle Geister in dieser Zwischenrealität oder was das hier ist gefangen. Das Einzige, was du jetzt machen solltest, ist, dich vor dem Dämon in Acht zu nehmen, der eure Seelen verschlingen will. Das ist nämlich der Preis für den Erfolg der Mannschaft.«

In Blitzgeschwindigkeit gleitet er zu mir, bleibt Millimeter vor meinem Gesicht stehen und sagt: »Das ist eine Lüge.« Dann löst er sich in Luft auf.

Verschlungene Seelen

Mom wirkt erleichtert, als ich nach der Schule gemeinsam mit Lilly nach Hause komme. Vielleicht denkt sie, ich würde ihren Rat beherzigen und Mason aus dem Weg gehen. Ich lasse sie in dem Glauben. Vorerst.

»Schaut mal hier.« Sie führt uns in die Küche und präsentiert uns verschiedenste Halloweendesserts. »Und?« Erwartungsvoll reißt sie ihre Augen auf und klatscht in die Hände. »Was sagt ihr?«

»Das sieht wirklich toll aus!«, meint Lilly. »Was ist das denn alles?« Mom fängt vorn an und deutet als Erstes auf ein Blech mit kleinen Hexenhüten. »Hexenhüte aus *Oreo*-Keksen, Nougat und mit Zartbitterschokolade überzogen. Und keine Angst, die Lebensmittelfarbe für den grünen Verschluss ist essbar und ohne E-Stoffe. Das hier sind Spinnenweben aus Salzstangen und Zartbitterschokolade, mein Favorit«, fügt sie mit einem Augenzwinkern hinzu. »Geister- und Kürbiskekse, das erklärt sich von selbst, denke ich.«

Die Kekse sind niedlich, mit weißem oder orangenfarbenem Zuckerguss verziert, und haben entweder die Form eines Geistes oder eines Kürbisses.

»Aber«, sagt sie schnell, »ich weiß ja, ihr seid keine kleinen Kinder mehr, deshalb habe ich hier blutige Muffins für die High-School-Schüler.«

Mom stellt einen Teller mit Muffins vor uns, die mit einer weißen Glasur überzogen und an drei Stellen aufgeritzt sind, sodass eine rote, blutähnliche Flüssigkeit herausquillt.

»Die sehen lecker aus.« Lilly leckt sich über die Lippen, als würde sie am liebsten hineinbeißen.

»Du bist echt morbide«, stelle ich fest.

»Ich weiß«, lacht Lilly.

»Und hier habe ich eine Ladung Fledermauskekse.« Mom stellt noch ein Tablett mit schokoladenüberzogenen Fledermausfiguren auf den Tisch. »Noch ein paar schöne Fotos und der Blogartikel für mein Halloweenspecial ist fertig. Und«, sie zückt ihr Handy und schießt ein Bild, »jetzt gibt es schon mal ein kleines Insta-Update, damit die Vorfreude auf die Rezepte steigt.« Sie tippt schnell etwas in ihr Handy und steckt es wieder weg. »Für die Halloweenfeier in Daisys Kindergarten werde ich wohl die Fledermaus- und Geisterkekse backen. Und ihr«, sie stellt uns Teller vor die Nase, »dürft jetzt vorkosten und mir dann sagen, was ich für euren Halloweenball backen soll.«

Innerlich klopfe ich mir auf die Schulter, dass ich mich beim Vorbereitungskomitee fürs Catering eingetragen habe. Ich musste es nur in einem Nebensatz erwähnen und Mom hat mich mit unzähligen Dessertideen übergossen. Lilly und ich packen uns die Teller voll und verschwinden damit auf mein Zimmer.

»Der Muffin ist der Hammer«, schmatzt Lilly, deren Lippen von der roten Lebensmittelfarbe blutverschmiert wirken.

»Ich habe uns übrigens Kostüme bei *Frill & Thrill* besorgt!«, ruft Mom die Treppe hinauf.

»Deine Mom kommt auch zum Ball?«, fragt Lilly erstaunt.

Ich nicke. »Sie liebt Halloween und hat sich für die Ausgabe beim Buffet eingetragen. Kommen deine Eltern nicht?«

Lilly schüttelt den Kopf. »Müssen arbeiten. Ärzte eben, die haben nie frei.«

Ihre Eltern sind Chirurgen. Vielleicht kommt daher ihre morbide Ader. Ich biete ihr einen Platz an und gehe zum Schreibtisch, um das Jahrbuch zu holen, aber es ist nicht da. Ich durchsuche die Schublade und das Schränkchen, kann es jedoch nirgends finden. Das glaube ich jetzt nicht. Mom hat es wirklich gewagt, an meine Sachen zu gehen? Ich reiße die Zimmertür auf und brülle, noch während ich die Treppe hinunterrenne: »Mom! Wo ist das Jahrbuch?«

Erschrocken steckt sie ihren Kopf durch die Küchentür. »Welches Jahrbuch?«

»Tu nicht so«, sage ich. »Ich weiß genau, dass du es aus meinem Zimmer geholt hast.«

Ihr klappt die Kinnlade herunter. »Das würde ich nie tun, Holly.«

»Meinst du das hier?« Onkel Harry steht plötzlich im Flur, die Lesebrille auf die Nasenspitze gezogen, und hält das Jahrbuch in der Hand.

»Warum hast du das?«, frage ich und nehme es wieder an mich.

»Das lag heute Morgen im Wohnzimmer.«

»Das hab *ich* aber nicht da hingelegt«, knurre ich.

Er zuckt die Schultern. »Grace hätte es gut gebrauchen können«, sagt er im Hinausgehen.

Ich zögere. »Wie meinst du das?«, rufe ich ihm dann hinterher. Weil ich keine Antwort bekomme, gehe ich zu ihm. »Was meinst du mit: *Grace hätte es gebrauchen können?«*

»Es hätte ihr eine Menge Recherchearbeit ersparen können.« Er deutet auf das Jahrbuch. »Die letzten Wochen vor ihrem Tod hat sie ständig von diesen Footballspielern geredet, die, die damals gestorben sind. Sie meinte, sie hätte es verhindern können, und sie wird nicht zulassen, dass es sich noch mal wiederholt.«

Ich starre Harry an. Mom ebenfalls.

»Hat sie dir irgendwas gesagt oder weißt du, ob sie noch mehr herausgefunden hat?«

»Du meinst, ob sie die Geister der Footballspieler gesehen hat?«, fragt Onkel Harry und mir klappt die Kinnlade herunter. »Ja«, sagt er. »Ich weiß davon. Und ich weiß, dass eine von euch beiden ihre Fähigkeit nun übernommen hat. Grace hat vermutet, dass du es sein wirst.« Er deutet auf mich, geht zu der alten Vitrine und holt seinen Schlüsselbund heraus. Mit zwei Drehungen schließt er die oberste Schublade auf, packt einen Stapel mit Bildern und anderen Notizen und reicht ihn mir. Dann schließt er eine weitere Schublade auf und holt eine Holzkiste heraus. »Sie sagte, ich solle sie dir geben, wenn du so weit bist.«

Ich nehme die Kiste mit einer Hand entgegen und sie rutscht mir beinahe weg, weil ich ihr Gewicht unterschätzt habe. Gerade noch rechtzeitig klemme ich sie mir unter den Arm und gehe damit zurück in mein Zimmer, bevor Mom auf die Idee kommen kann, die Sachen an sich zu reißen.

»Alles in Ordnung?« Lilly steckt sich gerade einen Fledermauskeks in den Mund.

Ich nicke und stelle gedankenverloren Kiste und Notizen auf dem Schreibtisch ab. Onkel Harry weiß Bescheid? Ich versuche mich zu sammeln. Um das, was er mir gerade gesagt und gegeben hat, kümmere ich mich, wenn Lilly weg ist. Das Jahrbuch halte ich immer noch in der Hand und setze mich zu ihr.

Wir überfliegen die Seiten und bleiben an einem Foto des Lehrerkollegiums hängen.

»Schau mal.« Sie zeigt auf einen Lehrer im Karohemd. »Mr Wilson. Er sieht fast so aus wie heute. Nur seine Gesichtszüge sind noch nicht so eingefallen.«

»Stimmt«, sage ich. »Es könnte sogar sein, dass es das gleiche Karohemd ist, das er jetzt noch trägt.«

»Oh«, sagt sie und zeigt auf einen etwas kleineren Lehrer mit einer Hornbrille. »Mr Turner war damals auch schon an der High School.«

»Und schau mal hier.« Ich zeige auf einen anderen Lehrer und fahre mit dem Finger die Namensliste direkt unter dem Foto entlang, bis ich bei einem Namen innehalte. »Mr Valentine«, sage ich und wir sehen uns an. »Noch als Lehrer und nicht als Direktor. Das bedeutet, alle drei müssen von den damaligen Unfällen der Footballspieler wissen«, schlussfolgere ich – *genauso wie meine Mom.*

»Merkwürdig, dass keiner von ihnen etwas zu den Vorfällen sagt.« Lilly nimmt sich noch einen Keks.

»Vielleicht weil sie noch keiner darauf angesprochen hat«, überlege ich.

»Dann sollte das schnell nachgeholt werden«, sagt sie. »Ich frage Mr Turner.«

Ich bezweifle, dass Mr Wilson oder Direktor Valentine mir etwas über die Unfälle erzählen werden, aber wenn Lilly bei Mr Turner etwas herausfinden kann, wäre das schon mal ein großer Fortschritt.

***

Beim Abendessen haben Mom und ich uns angeschwiegen und ich bin direkt danach in meinem Zimmer verschwunden. Jetzt sitze ich auf dem Boden und habe die Kiste und die Papiere, die Onkel Harry mir gegeben hat, um mich herum verteilt, in der Hoffnung, mir dadurch einen Überblick verschaffen zu können.

In der Kiste finde ich hauptsächlich Gegenstände wie eine Decke mit einem aufgemalten Kreis, Weihwasser, Steine, Friedhofserde und noch ein paar Dinge, die ich nicht so recht zuordnen kann. Opopanax und Mastix sind sogar auch dabei. Das ist gut, denn mein neu gekauftes Räucherharz hat den Tauchgang im Müllcontainer leider nicht überstanden und ich musste es wegschmeißen. Ich erinnere mich vage an die Liste von Dingen in Grandmas Buch, die aufdringliche Wesen wie Poltergeister oder Dämonen vertreiben sollen. Was genau wofür ist, muss ich dann noch mal nachlesen.

Interessanter sind die Papiere. Es sind Bilder und Namen der Spieler, die vor fünfundzwanzig Jahren verstorben sind. Laut dieser Notizen war damals noch Dorian O'Brien der Manager des Teams und hat den Posten erst vor fünfzehn Jahren an Rex Silverman übergeben.

Es klopft und Mom steckt den Kopf durch die Tür. »Darf ich reinkommen?«

Ich nicke. Sie schließt die Tür leise hinter sich, setzt sich im Schneidersitz zu mir auf den Boden und betrachtet die Porträts der verstorbenen Spieler. Dann nimmt sie eins von ihnen in die Hand. »Gayle Jefferson«, sagt sie. »Er war richtig gut. Alle Mädchen aus meinem Jahrgang haben für ihn geschwärmt.«

»Du auch?«, frage ich.

Sie legt das Bild zurück und schüttelt den Kopf. »Ich hatte einen Freund.«

»Rex Silverman«, sage ich.

Sie nickt. »Es ist lange her. Ich habe ihn seit Ewigkeiten nicht mehr gesprochen.« Sie hält inne. »Seit ich nach L. A. gezogen bin, wenn ich genauer drüber nachdenke. Kurz darauf ist unser Kontakt abgebrochen«, sagt sie und holt tief Luft. »Es tut mir leid, dass ich dir nicht erzählt habe, dass ich auch auf deiner High School war. Es hat zu viele schlechte Erinnerungen geweckt und eigentlich wollte ich gar nicht, dass du auf diese Schule gehst.« Sie sieht mich kurz an. »Aber es war die einzige, die dich so kurzfristig aufgenommen hat … mit deiner Akte.«

»Vielleicht wäre da genau der richtige Zeitpunkt gewesen«, sage ich und streiche die umgeknickte Ecke eines Fotos glatt.

»Ja«, seufzt sie. »Ich hatte gehofft, dass es kein Thema werden wird.«

»So wie die Tatsache, dass Grandma eine Himmelshüterin war und diese Gabe an mich vererbt hat?« Ich kann nicht mal mehr sauer auf Mom sein. Ich habe resigniert.

»Ich glaube nicht, dass du diesem Schicksal vollkommen ausgeliefert bist«, sagt sie und presst die Lippen zusammen. »Ich werde einen Weg finden, wie du *das*«, sie fuchtelt mit der Hand vor meinem Gesicht herum, »wieder loswirst.«

»Das?« Ich mache ihre Geste nach. »Du meinst, dass ich Geister sehe?« Ihr Blick verfinstert sich. »Wie willst du das bitte abstellen? Grandma hat es mir vererbt.« Ich räume die Sachen zusammen und stehe auf. »Weißt du«, sage ich, »ich könnte jetzt eine Mutter gebrauchen, die zu mir steht und mir hilft mit der neuen Situation klarzukommen.«

»Du glaubst, dass du deinem Schicksal ausgeliefert bist ... nur wegen dieser Höllenhüter Mason und William, oder?«, fragt sie und steht ebenfalls auf. »Das stimmt aber nicht. Sie reden es dir nur ein, weil sie dich brauchen. Es gibt immer einen Weg.«

Ich schüttle nur den Kopf und wechsle das Thema. »Was weißt du über die Legende der Desert Ridge Eagles?«, frage ich. »Oder vielleicht sollte ich besser fragen: Willst du mir etwas über die Legende erzählen oder behältst du dein Wissen lieber für dich, weil du hoffst, dass sich all das von allein auflöst? Was ja in den letzten fünfundsiebzig Jahren so super funktioniert hat.«

Sie funkelt mich an. »Nicht viel«, sagt sie dann. »Als ich in der High School war, sind fünf Spieler der Mannschaft durch tragische Unfälle gestorben. Damals hat deine Grandma angefangen Nachforschungen anzustellen, weil sie fand, dass es merkwürdige Zufälle waren.« Sie geht zur Tür. »Wenn du mehr darüber herausfinden willst, redest du am besten mit den ehemaligen Spielern aus der Zeit. Soweit ich weiß, kommen ein paar von ihnen diese Woche nach Flagstaff, wegen der Beerdigung von Cole O'Brien.« Sie hält inne, als wollte sie noch was sagen, verlässt dann aber mit einem knappen »Gute Nacht« mein Zimmer.

Misstrauen

Das Footballspiel am Freitag habe ich mir nicht angesehen, aber in Lillys Blogbeitrag habe ich gelesen, dass die Eagles wieder einmal gewonnen haben. In der Einleitung des Artikels hieß es: *Obwohl drei der besten Spieler der Mannschaft fehlten, siegten die Desert Ridge Eagles haushoch über die Riverside Bulldogs. Unsere Gedanken sind bei Dylan, Sean und Cole.*

Am Samstagmorgen treffe ich mich mit Lilly, um mit ihr gemeinsam für die bevorstehenden Klausuren zu lernen. Weil ich anschließend mit Mason direkt zu Coles Beerdigung fahre, habe ich mir ein schwarzes Kleid und einen schwarzen Mantel angezogen.

Als ich bei Lilly ankomme und ihr Haus betrete, schaue ich mich fasziniert um. Sie wohnt in einem dieser modernen Designer-Neubauten. Aber ich bin nicht davon ausgegangen, dass es von innen so riesig ist.

»Du hast gar nicht erzählt, dass du in einem Modern Art Museum wohnst«, scherze ich.

»Sehr witzig.« Lilly rollt die Augen, lächelt aber dabei und geht die Wendeltreppe mit hängendem Metallgeländer hoch.

Die Wände zieren Fotos von Lilly, Jasmin und ihren Eltern. Ihre Mom sieht aus wie eine ältere Version von Natalie Portman und ihr Vater, als wäre er einem *Tiger & Dragon*-Film entsprungen. Er könnte ein japanisches Model sein. Auf jeden Fall ein hübsches Paar. Ich laufe an Porträts, akkuraten Familienfotos aus dem Studio und Urlaubsbildern vorbei. Vor dem Bild eines riesigen Wasserfalls, neben dem sich Lilly, Jasmin und ihre Mom in Pose geworfen haben, halte ich inne. Lilly, ich vermute mal, sie ist auf dem Foto etwa neun Jahre alt, steht mit nassen Haaren und unglücklichem Gesicht neben ihrer stolz lächelnden Mutter.

»Ein traumatisches Kindheitserlebnis«, sagt Lilly, die oben auf der Treppe stehen geblieben ist und das Foto ebenfalls betrachtet. »Meine Mom hat mich den Wasserfall runtergeschubst, weil ich mich nicht getraut hab zu springen. Zehn Meter. Und als ich dann voller Todesangst wieder aus dem See gepaddelt bin wie ein Hund, der sich vor dem Ertrinken rettet, war sie superstolz.« Lilly schüttelt sich bei dem Gedanken. »Sie sagt, man muss hart im Nehmen sein, sonst hat man keine Chancen im Leben. Keine Ahnung, woher sie diese Weisheit hat. Vielleicht von ihren Chirurgenkollegen.«

In ihrem Zimmer angekommen klappt mir die Kinnlade herunter, aber nicht vor Staunen, sondern vor Entsetzen. Wie kann ein einzelner Mensch so unordentlich sein? Ihr Zimmer sieht aus, als würde sie jedes Mal, wenn sie nach Hause kommt, ihre Schultasche nehmen und sie über Kopf ausschütten. Ihre Anziehsachen finden auch nicht den Weg in den Schrank. Frisch gefaltete Wäsche stapelt sich auf der Couch und getragene Hosen und Shirts liegen um den überfüllten Wäschekorb herum.

»Sorry für die Unordnung. Unsere Haushaltshilfe weigert sich in meinem Zimmer aufzuräumen«, sagt sie und hebt entschuldigend die Schultern. »Sie meint, es mache keinen Sinn, weil es eine Stunde später wieder genauso aussehe wie vorher. Aber das ist total übertrieben. Ich schaffe es, mindestens zwei Tage Ordnung zu halten.« Sie betrachtet ihr Zimmer, als suche sie nach einem Platz, wo wir es uns gemütlich machen können, dann schnappt sie sich ihre Schulsachen und bedeutet mir wieder rauszugehen. »Setzen wir uns ins Esszimmer.«

Der Esstisch glänzt so sauber, dass sich nicht mal ein Staubkorn getraut hätte sich niederzulassen. Zum Lernen ist er perfekt: so riesig, dass wir alle Hefte und Bücher aufgeschlagen darauf verteilen können.

Übernächste Woche stehen die ersten Klausuren an und es tut mir gut, dass wir uns heute mal nicht mit Geistern, Dämonen oder düsteren Legenden beschäftigen, sondern mit so normalen Themen wie Mathe, Englisch und Geschichte. Ich muss die Prüfungen nur bestehen. Mit Lilly gemeinsam bin ich zumindest gezwungen mich über die Schulbücher zu lehnen und die Matheaufgaben durchzurechnen. Es ist wirklich viel Stoff und nach einer Stunde verliere ich die Konzentration, zwinge mich aber weiterzumachen.

»Du hast wirklich viel mit Mason und Amadeus zu tun, was?«, fragt Lilly, ohne von ihrem Heft aufzusehen.

Dankbar für die Ablenkung lehne ich mich zurück und trinke einen

Schluck Wasser. »Es hat sich irgendwie so ergeben«, sage ich dann und stelle das Glas wieder auf dem Fleece-Untersetzer ab. »Was läuft da eigentlich zwischen dir und Amadeus?«, frage ich dann vorsichtig. »Es macht den Eindruck, dass er total verliebt in dich ist, aber bist du das auch?«

Sie legt den Stift weg und sieht mich mit großen Augen an. »Ja«, sagt sie dann und ihre Augen füllen sich mit Tränen. »Ich mag ihn auch. Sehr sogar.« Eine dicke Träne kullert über ihre Wange und ich weiß nicht, wie ich mich verhalten soll.

Überfordert von ihrer Reaktion beginne ich meine Hände zu kneten. »Aber was ist denn dann das Problem?«, frage ich und ärgere mich im selben Moment, dass meine Worte so unsensibel klingen. »Könnt ihr nicht einfach zusammen sein?«

Sie presst die Lippen aufeinander und schüttelt den Kopf. »Ich habe Mist gebaut«, gesteht sie leise. »Amadeus hat mir geholfen und mich gedeckt, aber jetzt denkt meine Schwester, er …« Sie schluchzt und muss kurz um Fassung ringen. »Ich musste sie anflehen unseren Eltern nichts zu erzählen, aber sie hat zur Bedingung gemacht, dass ich den Kontakt zu Amadeus abbreche.«

»Obwohl er eigentlich gar nichts gemacht hat?«, hake ich noch mal nach, um sicherzugehen, dass ich es richtig verstanden habe. Sie nickt und beißt sich auf die Lippe. »Und wenn du ihr einfach die Wahrheit sagst?«, frage ich.

»Ich habe es probiert, aber sie will mir nicht glauben«, sagt Lilly kaum hörbar.

Nachdenklich drehe ich das Glas. »Was ist denn passiert?«

»Etwas, das ich dir nicht erzählen kann«, sagt sie und beginnt nervös ihre Stifte zu sortieren.

»Verstehe«, sage ich. Und das tue ich wirklich. Momentan gibt es so viele Dinge in meinem Leben, über die ich nicht reden darf, obwohl ich es am liebsten tun würde.

»Du bist von deiner alten Schule geflogen, oder?«, fragt sie mich plötzlich.

Ich nicke langsam. »Ja, woher weißt du das?«

»Von Amadeus«, sagt sie.

»Na ja«, seufze ich. »Es war nur eine Frage der Zeit, bis sich das herumspricht, schätze ich.«

»Wenn ich dir erzähle, was passiert ist, versprichst du mir, es für dich zu behalten?«, fragt sie und betrachtet mich prüfend, als wolle sie sich absichern, ob sie mir trauen kann.

»Ja«, sage ich und halte ihrem Blick stand. »Ich verspreche es.«

Sie betrachtet ihre in verschiedenen Pastelltönen lackierten Nägel und zieht die Ärmel tiefer, bis sie ihre ganze Hand bedecken. »Ich ... also wir ... Amadeus und ich«, beginnt sie, »... wir waren aus. Ich bin mit dem Auto meiner Eltern gefahren, verbotenerweise, obwohl Amadeus selbst angeboten hatte zu fahren. Ich habe aber darauf bestanden, weil er immer fährt. Und meine Eltern waren übers Wochenende verreist, also haben sie es auch nicht mitbekommen.« Ihre Augen gleiten durch den Raum, als würde sie etwas suchen, das ihr Halt gibt. »Wir haben uns unterhalten – es war lustig und dann habe ich ... eine rote Ampel überfahren. Es war zum Glück Nacht und niemand war auf der Straße außer einem Obdachlosen.«

Entsetzt schlage ich mir die Hände vor den Mund, aber Lilly ruft schnell: »Nein, ihm ist nichts passiert!« Sie schluckt schwer. »Ich bin in letzter Sekunde ausgewichen und ins Schleudern geraten und dann bin ich in einen Stromkasten gefahren und kurz darauf ist die gesamte Beleuchtung in der Straße ausgefallen. Am nächsten Tag habe ich in der Zeitung gelesen, dass die Anwohner stundenlang keinen Strom hatten.«

Sie schlägt sich die Hände vor den Kopf und schluchzt.

»Hey«, sage ich vorsichtig. »Das ist zwar echt eine blöde Sache, aber es ist niemand dabei gestorben.«

Aber sie hört gar nicht mehr auf zu weinen und ich hole schnell ein paar Taschentücher aus meinem Rucksack.

»Danke«, sagt sie und tupft sich damit die Tränen aus dem Gesicht. »Das ist aber noch nicht alles«, gesteht sie dann kleinlaut. »Ich habe es nicht gemeldet. Ich bin einfach weggefahren.«

Ich nicke und versuche dabei verständnisvoll zu wirken.

»Ich habe Fahrerflucht begangen«, sagt sie mit bebender Stimme. »Verstehst du? Ich bin kriminell.« Sie holt tief Luft und drückt sich ein neues Taschentuch auf die Augen. »Und am nächsten Morgen hat Jasmin den Wagen gesehen und erst mal einen Schock bekommen. Ich habe ihr die Sache erklärt, aber nicht sofort gesagt, dass ich gefahren bin. Irgendwie bin ich davon ausgegangen, dass das klar ist. Aber dann hat Jasmin einfach daraus geschlossen, dass Amadeus gefahren ist, und ich konnte sie nicht mehr von dieser Idee abbringen. Jedes Mal, wenn ich gesagt habe, dass es nicht stimmt und dass ich gefahren bin, hat sie gemeint, dass ich das nur sage, um ihn in Schutz zu nehmen. Sie wollte mir einfach nicht glauben.«

»Und warum deckt sie ihn dann?«, frage ich. »Eure Eltern wissen doch nicht, was passiert ist, oder?«

»Unsere Eltern sind ziemlich rigoros.« Sie hebt die Schultern. »Und ich glaube, so sauer könnte sie auf mich und auf Amadeus gar nicht sein, dass sie riskiert, dass ich bestraft werde und Fahrverbot bekomme.« Abwesend beginnt sie ein Taschentuch zu zerreißen. »Vielleicht auch ein bisschen aus Eigennutz, weil ich sie oft vom Cheerleadertraining abhole oder wenn sie sonst mal Hilfe braucht. Wir haben es eigentlich schon immer so gemacht, dass wir uns gegenseitig gedeckt haben, wenn eine von uns Mist gebaut hat.«

Die Geschwisterliebe zwischen den beiden scheint doch größer zu sein, als ich angenommen habe. »Und wie habt ihr es dann vor euren Eltern geheim gehalten?«

»Jasmin ist am nächsten Morgen mit mir zu einer Hinterhofwerkstatt gefahren, die weiter außerhalb liegt und wo wir die Reparatur bar bezahlen konnten. Ich stottere ihr das Geld dafür immer noch ab«, sagt Lilly und verzieht bei dem Gedanken das Gesicht. »Sie haben uns den Wagen richtig schnell repariert. Er musste zum Glück nur ausgebeult und neu lackiert werden und er war fertig, bevor meine Eltern zurückkamen.«

»Puh«, sage ich und atme lange aus. »Da hast du wirklich noch mal Glück gehabt.«

»Ja, schon.« Lilly neigt unschlüssig den Kopf. »Aber das Schlimmste an der ganzen Sache ist, dass Jasmin mir nur unter der Bedingung geholfen hat, dass ich mit Amadeus Schluss mache und den Kontakt abbreche.«

»Das klingt ziemlich übertrieben.«

»Ja«, sagt Lilly nachdenklich. »Sie ist fest davon überzeugt, dass er mich fast umgebracht hätte, und sie hält ihn für vollkommen verantwortungslos. Und weißt du, was die Sache noch beschissener macht?« Sie sieht mich fragend an und ich schüttele den Kopf. »Mason kann mich genauso wenig ausstehen wie Jasmin Amadeus«, beantwortet sie ihre Frage selbst. »Aber im Gegensatz zu Jasmin kennt Mason die Wahrheit.« Sie schlägt sich wieder die Hände vor die Augen und beginnt erneut zu weinen.

»Hey«, sage ich tröstend und lege ihr den Arm um die Schultern. »Ich habe Mason noch nie schlecht über dich reden hören«, versuche ich sie zu beruhigen.

»Nein?«, fragt sie und hört wieder auf zu weinen.

»Nein«, sage ich und schüttle den Kopf. »Ich kann mir vorstellen, dass er sich da ganz bewusst raushält.«

»Wow«, sagt Lilly erschöpft. »Das war jetzt richtig befreiend, dir das alles zu erzählen.«

»Das glaube ich dir«, sage ich und meine es auch so. Es kann unglaublich erdrückend sein, Geheimnisse mit sich herumtragen zu müssen.

»Mason holt mich gleich ab«, sage ich mit einem Blick auf die Uhr.

»Oh«, macht Lilly überrascht und tupft sich schnell über die geröteten Augen. »Warum?«

Augenblicklich überkommt mich ein schlechtes Gewissen, ich hätte sie schon früher darüber informieren sollen, aber ich habe es einfach vergessen. »Er nimmt mich mit zu Coles Beerdigung.«

»Oh«, macht Lilly erneut und wechselt dann das Thema. »Ich habe Mr Turner übrigens auf die Unfälle vor fünfundzwanzig Jahren angesprochen«, sagt sie. »Er kann sich tatsächlich an sie erinnern, aber er beteuert, dass es Unfälle waren, und er findet es ganz schrecklich, dass jetzt wieder so schlimme Dinge passieren. Er hat sogar vermutet, dass es ein ganz böser Racheakt ist. Als würde sich ein ehemaliger Spieler oder jemand, der neidisch ist, an der Mannschaft vergehen oder so ähnlich.« Sie schaut mich ratlos an. »Weil er sich ansonsten nicht erklären kann, warum sich das gleiche Muster wiederholt.«

»Klingt nach *Criminal Minds.*«

»Na ja«, Lilly zuckt die Schultern. »Die Erklärung ist auf jeden Fall logischer als eine düstere Legende, durch die auf übernatürliche Weise immer wieder Footballer sterben.«

Da muss ich ihr zustimmen. Es ist schon faszinierend, wie sehr das menschliche Gehirn nach logischen Erklärungen sucht, wenn unerklärliche Dinge geschehen. »Mal schauen, ob ich heute bei Coles Beerdigung mehr herausfinden kann«, sage ich und trinke noch einen Schluck Wasser.

»Willst du da wirklich hingehen?« Lilly verzieht skeptisch das Gesicht.

Ich nicke. »Das ist die einzige Gelegenheit, um mit den ehemaligen Spielern zu sprechen.« Ich schiebe den Stuhl zurück und streiche den schwarzen Stoff meines Kleides glatt. »Wann hat man schon mal die Möglichkeit, einen Footballstar persönlich zu treffen? Vor allem einen, der mir vielleicht dabei helfen kann, eine dunkle Legende aufzulösen.«

»Da hast du recht«, stimmt sie mir zu und blickt auf die Uhr. »Wann wollte Mason dich denn abholen?«

Genau in dem Moment klingelt es an der Tür. Lilly springt auf und kommt einen Moment später zurück. »Wenn man vom Teufel spricht«, sagt sie grinsend. »Mason wartet im Auto auf dich.«

***

Es regnet in Bindfäden, als wir den Friedhof betreten. Mason ist so wie ich komplett in Schwarz gekleidet und wir laufen schweigend mit aufgespannten Schirmen über den feuchten Weg an den Gräbern vorbei.

Coles Mannschaftskollegen haben mir in den letzten Tagen in den Schulfluren sehr deutlich gemacht, was sie von mir und Lilly halten. Pure Verachtung. Deshalb haben Mason, Jake und Jason auch ihre Bedenken geäußert, als ich ihnen erklärt habe, dass ich zu Coles Beerdigung komme. Es ist beinahe schon ein glücklicher Zufall, dass es so stark regnet, weswegen ich mich unter meinem schwarzen Schirm vor Coles Freunden verstecken kann.

Den Gottesdienst in der Kapelle haben Mason und ich ausgelassen und gehen nur mit zum Grab, weil ich hoffe, dort einen der ehemaligen Spieler abpassen zu können.

Vorn beim Sarg steht Dorian O'Brien neben einem Mann in schwarzem Anzug, der wie eine ältere Kopie von Cole aussieht, und eine Frau, vor deren Gesicht ein schwarzer Schleier hängt. Vermutlich Coles Eltern. Daneben entdecke ich Direktor Valentine, Rex Silverman, Coach Carter, Jeff, Bradley und dahinter die restliche Mannschaft. Als der Sarg langsam in die Erde gelassen wird, entweicht Coles Mom ein lautes Schluchzen. Nach und nach treten Leute an das Grab, werfen eine Blume oder etwas Erde hinein, drücken Dorian O'Brien und Coles Eltern ihr Bedauern aus und entfernen sich langsam.

Als sich die Trauergemeinde auflöst, sehe ich Dorian O'Brien mit Direktor Valentine etwas abseits hitzig, aber leise miteinander diskutieren und ich versuche mich unauffällig in ihre Nähe zu stellen.

»Was willst du denn hier?« Bradley stellt sich mir in den Weg.

»Ich …« Ich hätte mir besser vorher eine gute Ausrede überlegen sollen.

»Sie ist mit mir hier«, sagt Mason und stellt sich neben mich.

Bradleys Lippen zucken, doch er spricht nicht aus, was ihm auf der Zunge liegt. Sein Blick huscht in meine Richtung. »Sorg dafür, dass sie hier verschwindet.«

Ich atme aus, als er sich abwendet und über den vom Regen matschigen Gehweg in Richtung Ausgang stapft.

Mason kommentiert das Ganze lediglich, indem er die Augenbrauen hebt. »Was ist dein Plan?«

»Ich muss mit einem der ehemaligen Spieler sprechen«, sage ich und überfliege die auseinanderströmende Trauergemeinschaft. Bevor wir hergekommen sind, habe ich mir im Internet aktuelle Fotos der ehemaligen Spieler rausgesucht, aber in der Menge habe ich noch keinen von ihnen entdeckt. Mason nickt zu zwei Männern hinüber, die unter einer dicken Eiche Schutz vor dem Regen gesucht haben.

»Ich stell dich vor«, sagt er, nimmt meine Hand und geht mit mir zu ihnen.

»Hallo, Billy«, sagt er zu einem Mann mit langen schwarzen Haaren und sonnengebräunter Haut und reicht ihm die Hand, danach begrüßt er einen kleineren, breit gebauten Kerl. »Mick.« Mason deutet auf mich. »Das ist Holly.«

»Hallo«, sage ich und lächle. »Sie haben vor Ihrer großen Footballkarriere auch mal bei den Desert Ridge Eagles gespielt, richtig?«, versuche ich sofort mit dem wichtigen Gesprächsthema zu starten. Beide nicken. »Genau vor fünfundzwanzig Jahren«, sagt Mick und presst die Lippen zu einem schmalen Strich zusammen.

»Da war meine Mom auch auf der Desert Ridge High«, sage ich und versuche es beiläufig klingen zu lassen. »Sie hat erzählt, dass es damals in der Mannschaft auch ein paar tragische Unfälle gegeben hat.«

Billy nickt und wechselt flüchtig einen Blick mit Mick. »Ein hoher Preis für den Erfolg«, sagt er.

Ich kann ihn kaum verstehen, da der Regen so laut auf meinen Schirm prasselt. »Man erzählt sich, dass eine dunkle Legende schuld daran sei.« Wieder wechseln die beiden einen vielsagenden Blick miteinander und ich ergreife die Gelegenheit, um noch weiter zu bohren: »Haben Sie schon mal von diesem Gerücht gehört?«

Billy nickt. »Ja«, seufzt er und vergräbt die Hände in den Hosentaschen. »Das Gerücht kursierte schon durch die Schulflure, als wir noch auf der Desert Ridge High waren.«

»Mick und Billy«, knurrt plötzlich eine mir bekannte Stimme und hält mich davon ab, eine weitere Frage zu stellen. »Schön euch zu sehen.«

»Coach O'Brien.« Billy sieht ehrfürchtig in seine Richtung. Dorian O'Brien tritt vor uns und wendet sich dann langsam zu mir. »Was machst du hier?«

»Mich von Cole verabschieden«, leiere ich meine Ausrede herunter, denn es entspricht nicht im Entferntesten der Wahrheit. Ich habe die dunkle Vorahnung, dass Coles Geist mir noch eine ganze Weile auf die Nerven gehen wird.

Dorian O'Brien durchbohrt mich mit seinen blauen Augen und es fühlt sich an, als wollte er mich mit seinem Blick am liebsten in Flammen aufgehen lassen.

Vorsichtig mache ich einen Schritt rückwärts. »Zeit für mich zu gehen«, flüstere ich Mason zu. In dem Moment kommen wie aus dem Nichts zwei

Reporter samt Kameramännern auf Dorian O'Brien zugelaufen. Einer hält ihm das Mikro unter die Nase und schreit ihm Fragen durch den Regen entgegen.

Direktor Valentine, Coach Carter und Rex Silverman sind fast genauso schnell bei Dorian O'Brien wie die Reporter und helfen ihm vom Friedhof zu seinem Wagen zu flüchten. Wortfetzen wie »Cole ermordet?« oder »Das Ende der Eagles?« werden von lauten Rufen wie »Verschwinden Sie?«, »Privatsphäre!« oder »Sie sollten sich schämen ...« übertönt.

Als wir den Friedhof verlassen, parken mindestens fünf Ü-Wagen am Straßenrand. Vor einem steht Jake und wird gerade von Shannon Doherta, heute in rotem Blazer, interviewt. »Kannst du uns mehr über die Legende der Desert Ridge Eagles erzählen?«, fragt sie ihn gerade und ich beobachte, wie er tief Luft holt, bevor er mit nervöser Stimme antwortet.

Plötzlich habe auch ich ein Mikro mit blauem Schaumstoffaufsatz vor meinem Gesicht schweben. »Bist du nicht Holly Gilbert? Sag uns, ist an den Gerüchten was dran? Hast du was mit den mysteriösen Unfällen der Sportler zu tun?«

»Reden Sie nicht so einen Mist!« Mason schiebt den Reporter weg, legt mir die Hand auf den Rücken, eskortiert mich schützend zum Wagen und fährt mit quietschenden Reifen vom Parkplatz. Die Fahrt über erwische ich mich dabei, wie ich immer wieder in den Seitenspiegel schaue, um zu prüfen, dass uns kein storygeiler Reporter verfolgt.

Erst als wir bei mir in die Straße biegen, scheinen wir beide uns etwas zu entspannen.

»Tja«, Mason schaltet den Wagen aus, »war wohl nicht so erfolgreich heute.« Er lehnt den Kopf zurück und schließt die Augen.

»Ich finde, es war sogar sehr aufschlussreich«, erwidere ich.

»Ach ja?« Er öffnet die Augen wieder und runzelt fragend die Stirn.

»Erinnerst du dich, was Billy gesagt hat?« Zur Antwort hebt er eine Braue. *»Ein hoher Preis für den Erfolg«*, hole ich die Erinnerung für ihn zurück.

Mason neigt den Kopf. »Aber das würde bedeuten, dass sie es wussten und diesen Preis in Kauf genommen haben.«

»Oder sie haben es nur vermutet«, überlege ich. »So wie Jake. Und vielleicht haben sie ja damals auch versucht aus der Mannschaft auszutreten und es ist ihnen nicht gelungen.«

Gedankenverloren betrachtet er die regennasse Straße vor uns. »Möglich«, sagt er dann.

»Es fehlen noch zwei Spieler, bis der Dämon seine fünf Seelen hat«, sage ich vorsichtig. »Wir müssen ihn stoppen, bevor noch einer stirbt.«

Mason reibt sich mit Daumen und Zeigefinger über die Augen und nickt. »Du hast recht, wir sollten uns beeilen.«

Halte dich fern von dunklen Schulfluren

Am Montag wirken die anderen Schüler aufgekratzt, was wohl mit dem Halloweenball zusammenhängt. Zwei Schüler rennen in Ghostface-Masken aus den *Scream*-Filmen an uns vorbei und erschrecken alle, die sich erschrecken lassen, bis sie von einem Lehrer ermahnt und zu Direktor Valentine geschickt werden.

Delilah ist während der Vorbereitungen unerträglich. Wir besprechen gerade unsere Kostüme und die Playlist für den DJ, als Delilah Mason und mich ankreischt, wo denn bitte die Sticker für die Fenster sind.

»Ich schau im Lager nach«, sage ich.

»Ich komme mit«, versucht Mason ebenfalls einen Fluchtversuch, aber Delilah stellt sich ihm mit verschränkten Armen in den Weg. »Nein, *dich* brauche ich hier. Schau dir mal bitte das Desaster an.« Sie deutet auf zwei Jungs, die versuchen ein Gruselkabinett aufzubauen und unter den Gewichten fast zusammenbrechen. »Wir brauchen dort drüben Muskeln.« Sie fächert ihn in die Richtung. »Na los, bevor sich noch einer von den beiden verletzt.«

Halb amüsiert, halb genervt lässt Mason seinen Bizeps spielen und ich schenke ihm ein mitleidiges Lächeln, als er hinübergeht, bis Delilah mich anfährt. »Was machst du denn noch hier? Wir haben nicht den ganzen Tag Zeit!«

***

Im Flur ist es dunkel und still. Kein Wunder um halb sechs am Montagabend. Das Lager für die Kostüme befindet sich im Keller und ich bin die Einzige, die durch die kalten Schulgemäuer schleicht.

Ich ziehe den Reißverschluss meiner Sweatjacke bis zum Anschlag hoch und klemme mir dabei die Haut unter dem Kinn ein, woraufhin mir ein schmerzhaftes Wimmern entweicht.

Ein kühler Wind weht durch den Gang und lässt eine Tür weiter hinten knarzen. Ich sehe mich um und im selben Moment flackern die Glühbirnen auf und erlöschen, sodass nur noch die Notausgangsleuchten mir mit schwachem Licht den Weg weisen. Großartig. Mehrmals drücke ich auf einen Schalter neben einer geschlossenen Metalltür und versuche das Licht wieder anzuknipsen, aber es passiert nichts. Ich sehe mich um und scanne den Flur. »Ist da jemand?«

Meine Worte werden von der Leere verschluckt und ich bekomme keine Antwort. Mit angehaltenem Atem lausche ich in die Dunkelheit hinein. Aber ich höre nichts, es bleibt vollkommen still. Mit etwas schnelleren Schritte laufe ich zum Lager.

»Wolltest du mir nicht helfen?«, zischt plötzlich eine Stimme hinter mir.

Ich erstarre und drehe mich in die Richtung, aus der sie gekommen ist.

Wie aus dem Nichts steigt Nebel am Ende des finsteren Flurs auf und kommt wie eine bedrohliche Flutwelle auf mich zu.

Keine Einbildung, sage ich mir selbst. Wer oder was ist das? Kein Geist. Nein, definitiv nicht. Geister machen so was nicht. Ohne groß nachzudenken, renne ich los. Mein Herz hämmert mir bis zum Hals und ich bete, dass meine Beine nicht unter meinen immer weicher werdenden Knien nachgeben. Ich strecke die Arme aus, um die Glastür am Ende des Gangs aufzudrücken, und pralle schmerzhaft dagegen. Abgeschlossen. Ist das ein schlechter Scherz? In rasender Geschwindigkeit kommt die Nebelflut näher. Ich spanne meinen ganzen Körper an und springe gegen die Tür. Immer wieder, den stärker werdenden Schmerz an meiner Schulter ignorierend. »Geh auf, du bescheuertes Ding!«

Als hätte mich jemand gehört, wird sie von der anderen Seite aufgeschlossen. In letzter Sekunde stürze ich durch die geöffnete Tür, schmeiße sie sofort wieder zu und bete, dass der Nebel dahinter bleibt. Es funktioniert. Er zieht sich langsam wieder zurück. Rücklings lehne ich mich gegen die Glasscheibe und schnappe nach Luft.

»Was machst du denn noch hier?«, krächzt eine alte Frau in Putzkleidung. »Ich dachte, alle Schüler wären schon gegangen.« Die arme Dame ist so alt, dass sie eigentlich gar nicht mehr hätte arbeiten dürfen. Dass die Schule so etwas zulässt, ist unglaublich. Ihre braunen Augen wandern über meine Haare. »Du hast sehr schöne Locken«, sagt sie dann. »Wie ein Engel.«

»Danke.« Endlich finde ich meine Stimme wieder. »Danke, dass Sie mir die Tür geöffnet haben.«

Die alte Frau lächelt, dann wird ihre Haut plötzlich dünner, als würde sie vor meinen Augen verwesen. Was ist das? Ich weiche zurück, aber stoße nur gegen die Tür hinter mich. Ein Zombie? Die halb verweste Frau wird transparent. Ein Geist? Ich atme erleichtert aus. Gott sei Dank. Kein Zombie.

»Hilf mir!«, flüstert sie. »Hilf mir, hilf mir!« Sie streckt ihre Geisterarme aus und kommt auf mich zu.

»Warten Sie«, versuche ich sie zu stoppen, aber da ist es schon zu spät. Wie in einem kalten Schauer legt sie ihre Hände um meinen Hals und plötzlich dringt eisige Kälte in meinen Körper, als würde ich innerlich erfrieren. Ich will mich ihrem Griff entwenden, durch sie hindurchgehen, aber ich rühre mich keinen Millimeter. Ich bin wie erstarrt.

»Hilf mir!«, zischt sie, öffnet den Mund und erbricht sich mir direkt ins Gesicht. Kalt streift ihr Mageninhalt über meine Haut und ich wische mir angewidert durchs Gesicht, aber da sind keine Überreste, auch wenn es sich so anfühlt.

Die Frau fängt an zu grinsen, ihr Grinsen wird immer breiter, langsam bildet sich ihre Geisterhaut zurück und sie nimmt das Gesicht und die Gestalt eines Jungen an.

Cole.

»Geisterkotze?«, frage ich. »Echt jetzt, Cole?«

Er zuckt die Schultern. »Warum nicht?«

Vorsichtig taste ich meinen Hals ab.

Was auch immer da gerade geschehen ist, ich verstehe es nicht. Irgendwas stimmt nicht mit ihm. Die Geister, die mir bisher begegnet sind, konnten mich weder berühren noch vollkotzen, geschweige denn ihre Gestalt verändern, außer … der Poltergeist in L. A. Der war gefährlich. Auch für Menschen.

Ich weiche vor ihm zurück. »Was willst du, Cole?«

»Ich will, dass du mir hilfst.«

»Wobei?«

»Wobei?« Er kommt auf mich zu. »Erinnerst du dich nicht mehr, dass du mir ein Versprechen gegeben hast? Du wolltest mir helfen mich wieder zurück in einen Menschen zu verwandeln.«

Ich schlucke. Das ist jetzt gerade kein guter Moment, um mit ihm darüber zu diskutieren, dass das nicht möglich ist. »Okay«, sage ich und gehe noch einen Schritt zurück. »Ich schaue, was ich tun kann.«

»Gut«, sagt er und es klingt bedrohlich. »Beeil dich, kapiert? Ich hab nicht ewig Zeit.«

Ich ignoriere die Ironie seiner Worte, nicke und gehe. Darauf bedacht, nicht ins Rennen zu verfallen, haste ich zurück in die Aula und suche nach Mason.

»Wo sind die Sticker?«, brüllt mich Delilah an, als ich an ihr vorbeigehe, aber ich reagiere nicht und steuere direkt auf Mason zu.

»Cole ist mir gerade begegnet«, flüstere ich eindringlich. Er blickt von der Lade auf, in die er gerade einen Nagel haut.

»Was wollte er?«

»Mason«, sage ich. »Irgendwas stimmt nicht mit ihm. Er hat sich komisch verhalten.« Er steht auf, verschränkt die Arme und mustert mich eingehend. »Wie meinst du das?«

»Er war irgendwie«, ich suche nach dem richtigen Wort, »Böse.«

Argwöhnisch hebt sich seine Braue. »Böse?«

»Er hat mich angekotzt«, sage ich.

Belustigt verzieht sich sein Mund. »Davon sieht man aber nichts.«

»Es war ja auch Geisterkotze«, erwidere ich genervt, »und bevor du jetzt noch was sagst, es war trotzdem ekelig.«

Er schürzt die Lippen, schweigt aber.

»Cole ist anders«, sage ich. »Er hat seine Gestalt verändert und er hat mich gewürgt.« Ich zeige ihm meinem Hals, auch wenn ich nicht weiß, ob man was sehen kann.

Überrascht beugt Mason sich vor und mustert ihn genauer. »Bist du okay?«

Ich nicke. »Er will, dass ich ihm helfe sich wieder in einen Menschen zu verwandeln«, sage ich, während Mason immer noch meinen Hals begutachtet.

Sein Blick verfinstert sich, die Muskeln an seinen Armen spannen sich angestrengt an und ich habe das Gefühl, dass er mir nicht mehr richtig zuhört. »Wenn Cole kein Geist wäre, würde ich ihm jetzt eine reinhauen«, knurrt er.

»Ich weiß nicht, ob das möglich ist, aber irgendwie wirkt er wie ...« Ich beiße mir auf die Lippe, weil ich mir unsicher bin.

»Wie was?«, fragt Mason ungeduldig.

»Wie ein Poltergeist«, sage ich leise. Er mustert mich einen nervenzehrenden Moment, bevor er reagiert. »Dann haben wir ein großes Problem.«

»Warum?«, will ich wissen.

»Weil Poltergeister darauf aus sind, Schaden anzurichten.« »Und ist es möglich, dass Cole sich in einen Poltergeist verwandelt hat?«, frage ich.

»Ja.« Mason nickt langsam. »Jeder Poltergeist war zuvor ein normaler Geist. Sie verwandeln sich meist, wenn ihre menschlichen Charaktere schon eine gehässige Seite hatten und wenn sie das Leben nicht loslassen können.«

»Beides trifft auf Cole zu, würde ich sagen.«

Zwischen Masons Brauen bilden sich nachdenkliche Falten. »Um die anderen Geister in den Himmel zu schicken, brauchen wir deinen Himmelsöffner«, denkt er laut. »Falls sie nicht sowieso durch den dämonischen Bann an die Erde gebunden sind. Aber vielleicht funktioniert bei Cole auch was anderes.« Er deutet auf den Höllenöffner unter seinem Shirt. Überrascht reiße ich die Augen auf. »In die Hölle«, forme ich tonlos mit meinen Lippen. Mason hebt die Schultern. »Die Entscheidung liegt nicht bei uns, aber wir sollten es zumindest ausprobieren.«

Er sieht mich eindringlich an, als würde er versuchen meine Gedanken zu lesen. »Glaubst du, du könntest ihm heute noch mal gegenübertreten?«

***

Um sieben Uhr sind wir endlich mit dem Schmücken der Aula fertig und sie sieht sogar richtig gut aus. Auch wenn ich es kaum zugeben möchte, ist Delilah mit ihrer pedantischen Art ein wahres Organisationstalent und perfekt in ihrer Rolle als Komiteeleitung.

Zwanzig Minuten später sind auch die letzten Schüler verschwunden, der Schulhof ist totenstill und Mason und ich sind allein.

»Und nun?«, frage ich. »Bis jetzt ist Cole immer zufällig aufgetaucht. Im Gebäude.« Ich deute auf die abgeschlossenen Schultüren.

Mason hebt die Brauen. »Er kann sich auf dem ganzen Schulgelände aufhalten«, bemerkt er und geht mit mir in Richtung Footballfeld. »Ich würde sagen, wir rufen ihn einfach.«

Allmählich verschwindet die Sonne am Horizont, färbt die wenigen Wolken am Himmel orange-violett und nur das dämmrige Abendlicht erhellt den Footballplatz, als wir ihn betreten.

»Falls der Höllenöffner bei ihm anspringen sollte, ist das Footballfeld der perfekte Platz dafür«, sagt Mason und lehnt sich gegen das Geländer am Spielfeldrand. »Ruf du ihn, mir ist er bis jetzt noch nicht begegnet.«

»Als ob das einen Unterschied macht.« Ich sehe ihn genervt an und er unterdrückt ein Grinsen. »Cole!«, rufe ich ins Nichts und blicke über den Platz. »Ähm.« Ich räuspere mich. »Cole, Mason und ich wollen mit dir reden.« Ich sehe Mason an und zucke die Schultern. »Was Besseres fällt mir nicht ein.«

Er bedeutet mir mit dem Daumen nach oben, dass es reichen müsste. Ich gehe zu ihm und will mich gerade ans Geländer lehnen, um auf Coles Geist zu warten, da wird es plötzlich dunkler und kühler und der Wind wirbelt mir die Haare durchs Gesicht.

Beim Ausatmen spüre ich, wie mein Atem eisig wird und einen Moment später steigt aus der Mitte des Feldes eine dunkle Wolke auf, aus der Coles Geist in Armageddon-Zeitlupentempo auf uns zu läuft.

»Was für ein dramatischer Auftritt«, begrüße ich ihn, als er vor uns steht.

»Ihr wolltet mich sprechen?«

»Hi, Cole«, sagt Mason, drückt sich vom Geländer ab und tritt neben mich. »Scheiße, was dir passiert ist.«

Cole legt den Kopf schief. »Kann Mason mich auch sehen?«, fragt er erstaunt in meine Richtung.

»Ich kann dich sehen und hören«, antwortet Mason und vergräbt die Hände in den Taschen seiner Jacke.

Cole mustert ihn, zeigt dann auf mich und dann auf Mason. »Habt ihr beide diese Fähigkeit, Geister zu sehen?«

Mason nickt langsam. »Holly hat mir gesagt, dass du sie um Hilfe gebeten hast.«

Cole starrt ihn einen Moment an. »Richtig«, sagt er dann. »Sie soll mich wieder in einen Menschen verwandeln.«

Wieder nickt Mason und mustert ihn dabei vorsichtig. »Ich kann dir nichts versprechen, aber wir wollen etwas ausprobieren.« Fast wie nebenbei greift er am Rande seines Halses unter sein Shirt und zieht den Höllenöffner hervor.

»Dafür ist das Teil also«, sagt Cole. »Ich hab mich echt gefragt, warum du so ein Gothic-Amulett mit dir rumträgst, Mase. Dachte, es wäre ein Glücksbringer oder so was. Passt gar nicht zu deinem restlichen Stil.«

»Hab ich von meiner Mom geerbt«, erklärt Mason knapp, hält den Höllenöffner vor sich, murmelt unverständliche Worte und im nächsten Moment leuchtet der schwarze Stein rot auf. Ich schnappe nach Luft und sehe zu Cole. Hinter ihm bildet sich ein dunkles Loch in der Erde, das immer größer wird.

»Und wie genau läuft das jetzt ab?«, fragt dieser. »Brauchst du nicht Katzenblut oder so was, um mich zurückzuverwandeln?«

Das Loch wird größer und in der Mitte entsteht ein rotes Leuchten, so rot wie das an Masons Amulett. Plötzlich ertönt aus den Tiefen ein schmerzerfülltes Schreien, das Coles Aufmerksamkeit auf sich zieht.

»Was zur Hölle?« Er stockt, sieht von dem Loch zu Masons Anhänger und stürmt auf ihn zu. »Du wagst es, mich zu täuschen?«

Cole holt aus und schlägt Mason den Höllenöffner aus der Hand, der einmal um dessen Hals kreist.

»Fuck!« Mason weicht Cole aus, dessen Geist nun zu einem Riesen heranwächst, und lässt den Höllenöffner wieder unter seinem Shirt verschwinden. Ohne zu zögern, schiebt er mich vom Feld und schreit: »Lauf!«

Genau in dem Moment brettert eine riesige Faust auf uns nieder und sprengt das Geländer zur Seite. Wir rennen, so schnell wir können, während Eisenstangen und Stühle neben uns vorbeifliegen. Einer verfehlt nur knapp meinen Kopf. Mason greift meine Hand und ich muss mit ihm Schritt halten. Ich glaube, so schnell bin ich in meinem ganzen Leben noch nicht gerannt.

Wir verlassen den Schulhof und als Mason stehen bleibt und mich dadurch auch stoppt, wehre ich mich nicht. Ich drehe mich um und sehe, wie Coles Geist an der unsichtbaren Grenze des Schulgeländes zurückprallt und einen markerschütternden Fluch ausstößt.

Nach Luft ringend stütze ich mich auf meinen Knien ab und betrachte die Trümmer auf dem Footballfeld. »Das ist doch nicht normal? Cole hätte uns umbringen können!«

»Er ist bösartiger, als ich dachte«, sagt Mason außer Atem, packt mich an den Schultern und sieht mich prüfend an. »Alles in Ordnung?« Ich nicke immer noch nach Atem ringend. Erleichtert drückt er mich an sich und ich schmiege mich an seine vom Rennen noch bebende Brust. Eine gefühlte Ewigkeit stehen wir einfach nur so da, aneinandergeschmiegt, uns gegenseitig Halt gebend und wartend, bis unser Atem sich im Gleichklang wieder beruhigt. Sanft streicht Mason mir über den Rücken und ein angenehmer Schauer fährt meine Wirbelsäule entlang.

»Wir sind in Sicherheit«, flüstert er und nimmt etwas Abstand, sodass wir uns ansehen können. Seine Wangen sind von der Kälte und vom Rennen leicht gerötet und ihm hängen ein paar Strähnen seiner braunen Haare vor den Augen. Ich muss schmunzeln und streiche sie ihm vorsichtig aus dem Gesicht. Wachsam beobachtet er jede meiner Bewegungen. Ich rücke ein Stück näher und für einen Moment scheint die Zeit stillzustehen.

»Was machen Sie denn hier?«

Erschrocken weiche ich zurück und entdecke Direktor Valentine. »Um Gottes willen!« Mit Entsetzen im Gesicht starrt er auf das chaotische Footballfeld. »Was haben Sie angestellt?«

»Das waren wir nicht«, verteidige ich uns, als ich mich von dem kurzen Schockmoment seines plötzlichen Auftritts erholt habe. »Wie sollen zwei

Schüler bitte einen gesamten Absperrzaun zertrümmern und Stühle von der Tribüne reißen?«, rede ich mich in Rage.

Direktor Valentine ist ein Heuchler. Er kann noch so unwissend tun, irgendwas weiß er, wenn er nicht sogar in der ganzen Sache mit drinhängt.

»Und wie erklären Sie mir das?« Sein Kopf nimmt die Farbe einer Kirsche an, als er auf den Footballplatz deutet.

»Das«, sage ich und deute ebenfalls auf den Platz, »war Cole O'Brien.«

Mason bedeutet mir mit einer eindrücklichen Geste nicht weiterzureden, aber ich lasse mich von Direktor Valentine nicht mehr täuschen.

»Cole O'Brien?«, fragt der Direktor, als hätte ich den Verstand verloren.

»Ja«, entgegne ich trotzig. »Sein Geist. Tun Sie nicht so. Sie wissen doch genau, dass die Legende der Desert Ridge Eagles wahr ist. Seit wann sind Sie hier an der Schule?«

Ihm klappt die Kinnlade herunter, aber er findet seine Fassung schnell wieder. »Länger als Sie«, erwidert er. »Und wenn Sie so weitermachen, schreiben Sie Geschichte, als die Schülerin, die am kürzesten auf dieser High School war.«

Ich schlucke. Das würde er doch nicht wagen?

»Wir wissen nicht genau, was passiert ist«, beginnt Mason diplomatisch. »Wir waren gerade noch beim Vorbereitungskomitee und haben den Weg über den Sportplatz zurück genommen, weil Amadeus uns hier auf dem Parkplatz abholen wollte.«

Misstrauisch verschränkt Direktor Valentine die Arme vor der Brust.

»Der Sportplatz war schon verwüstet und irgendwer, den wir nicht sehen konnten, hat Stühle und Eisenstangen nach uns geworfen. Deshalb haben wir gedacht, es könnte der wütende Geist von Cole gewesen sein.« »Es gibt keine Geister«, erwidert Direktor Valentine bissig.

»Sie beide sind bis zum Ende der Woche von der Schule suspendiert und für den verursachten Schaden kommen Ihre Eltern und ... Ihr Onkel auf. Und der Halloweenball ist für Sie auch gestrichen.«

»Was?«, entweicht es mir schockiert. »Das können Sie nicht machen! Wir sind doch im Vorbereitungskomitee.«

»Glauben Sie mir, Holly, ich kann noch viel mehr machen. Und wenn Sie beide nicht sofort hier verschwinden, verpasse ich Ihnen noch eine Anzeige wegen Hausfriedensbruch.«

Mit ausgestrecktem Arm scheucht er uns vom Parkplatz.

Mason nimmt meine Hand und zieht mich mit sich, als befürchtete er, dass ich noch mehr Dinge sagen könnte, die Direktor Valentine aus der Fassung bringen würden. »Mason Baker!«, ruft Valentine uns hinterher und Mason dreht sich um. »Zum Training erscheinen Sie selbstverständlich. Ich will nicht, dass die Mannschaft unter Ihrem Fehlverhalten leidet.«

»Okay«, antwortet er knapp und zieht mich mit sich, während ich Direktor Valentine nur ungläubig anstarren kann.

»Valentine weiß mehr, als er vorgibt«, zische ich Mason leise zu.

»Den Eindruck habe ich auch.« Sein Kiefer spannt sich an. »Aber wir sollten uns nicht unnötig in Gefahr bringen. Wir müssen vorsichtig sein und ihn im Auge behalten.«

»Glaub mir, das Letzte, was ich will, ist ihn weiter zu provozieren, aber das, was er macht, ist einfach ungerecht.«

Als wir an der Straße ankommen, raufe ich mir die Haare. »Und jetzt?«, frage ich. »Wie kommen wir nach Hause?«

Mason zückt sein Handy.

»Amadeus ist in zehn Minuten da«, sagt er einen Moment später.

»Meine Eltern rasten aus. Was meinst du, was das kosten wird?« Resigniert lasse ich den Kopf hängen.

Unter einer Straßenlaterne bleiben wir stehen und warten.

»Also«, beginne ich, um mich zu sammeln und noch einmal alles, was bisher passiert ist, zu sortieren. »Wir wurden von der Schule suspendiert und dürfen nicht am Halloweenball teilnehmen. Der Dämon will die Seelen der verstorbenen Footballspieler und es fehlen ihm noch zwei, bevor er sich über sein Dinner hermachen kann. Und Cole?«, überlege ich, weil ich ihn nur schlecht einschätzen kann.

»Cole hat Angst und mutiert deshalb gerade zum Poltergeist«, sagt Mason nachdenklich.

Ich schlucke und sehe ihn an. »Denkst du das Gleiche wie ich?«, frage ich.

»Dass er auf dem Ball wieder zuschlägt?«, fragt er.

Ich nicke langsam.

»Ja«, überlegt er. »Die Halloweenfeier könnte gefährlich werden.«

»Und wir dürfen nicht hin«, sage ich.

Er blickt kurz in meine Richtung. »Ich werde trotzdem hingehen.«

»Aber.« Ich stocke. »Wir wurden suspendiert.«

»Richtig«, stimmt er mir zu.

»Was hätte es denn für Konsequenzen, wenn wir trotzdem hingehen?«, will ich wissen.

»Wir könnten von der Schule fliegen.« Er zuckt mit den Schultern.

»Was?« Ich sehe ihn schockiert an. »Das ... Ich kann nicht innerhalb eines Jahres von zwei Schulen fliegen. Das geht einfach nicht.« Ich schlage mir die Hände vors Gesicht. »Meine Zukunft ist ruiniert.«

»Holly«, sagt er mit beruhigender Stimme. »Erstens: Ich habe nicht gesagt, dass du mitkommen sollst. Und zweitens: Es ist Halloween. Alle werden Kostüme tragen. Ich glaube, es gibt keinen besseren Abend, unentdeckt auf einer Party aufzukreuzen, als diesen.«

Langsam nehme ich die Hände vom Gesicht. »Das ist alles so schrecklich. Ich habe das Gefühl, alles, was ich an der letzten Schule erlebt habe, wiederholt sich hier, nur viel schlimmer.«

»Du kommst nicht mit, in Ordnung?«, sagt er. »Ich mach das allein.«

»Auf keinen Fall«, widerspreche ich resigniert. »Bei mir hängt nur meine schulische Laufbahn davon ab, du riskierst dein Leben. Dieser Dämon hat es auf Footballspieler abgesehen, schon vergessen?«

»Holly, das ist nicht das erste Mal, dass ich gegen einen Dämon kämpfe.« Er verzieht amüsiert den Mund, aber ich lasse mich davon nicht überzeugen.

»Oder *du* gehst gar nicht erst hin«, erwidere ich. »Du spielst auch in der Mannschaft, du könntest der Nächste sein.«

»Das bezweifle ich«, sagt er, holt den Höllenöffner heraus und betrachtet ihn nachdenklich. »Das Höllentor hat sich für Cole geöffnet, aber er wurde nicht hinuntergesogen.« Er lässt den Höllenöffner wieder unter dem Shirt verschwinden. »Das bedeutet, Coles Geist wird genauso wie die anderen auf der Erde festgehalten. Wenn ich nur wüsste, wie ich den Dämon zurück in die Hölle befördern kann.« Nachdenklich beißt er sich auf die Unterlippe und sein Blick gleitet in die Ferne.

»Seit wann weißt du, dass du ein Höllenhüter bist?«

»Seit dem Tod meiner Eltern«, antwortet er und blickt auf die unbefahrene Straße.

»Und«, forsche ich weiter, »du konntest schon als Kind Geister sehen?«

»Hauptsächlich Dämonen«, sagt er. »Hat mir viele schlaflose Nächte beschert. Mir begegnen meist die Wesen, die in die Hölle gehören, während dir eher die Geister begegnen werden, die den Weg in den Himmel suchen.«
»Bedeutet das«, ich runzle nachdenklich die Stirn, »du kannst die Geister, die ich wahrnehme, überhaupt nicht sehen?«

»Doch, genauso, wie du auch Dämonen sehen kannst. Sie begegnen mir nur nicht so oft und vor allem nicht freiwillig. Du hast das schwarze Schattenwesen doch auch gesehen, oder nicht?«, fragt er und lächelt träge.

»Ja«, sage ich nachdenklich. »Ich kann es auch spüren und ich weiß, dass es erst seit ein paar Wochen hier ist, seit es den ersten Toten gab. Als wäre es aus einem langen Winterschlaf erwacht. Aber«, ich mustere ihn nachdenklich, »was bedeutet das für Coles Geist … wenn er mir ständig begegnet, aber du für ihn das Höllentor öffnen konntest?«

Mason fährt sich flüchtig durch die Haare. »Ich vermute mal, dass es noch nicht ganz feststeht, ob er in den Himmel oder in die Hölle kommt.«

»Das kann sich noch *nach* dem Tod entscheiden?«, frage ich überrascht.

Er hebt die Schultern. »Ich vermute schon. Es hängt wohl von seinen weiteren Entscheidungen ab. Außer natürlich er hat Pech und wird vorher von dem Dämon verschlungen.«

Ich schlucke schwer. Auch wenn ich Cole nicht ausstehen kann, finde ich diese Vorstellung grausam. »Was genau ist das für ein Dämon?«

Aus der Innenseite seiner Jacke zieht er Grandmas Notizbuch und blättert eine Seite auf. »Wenn ich es richtig einordne, ist es ein *Successio,* ein Siegesdämon. Er muss von einem starken Schwarzen Magier heraufbeschworen werden.« Er reicht mir das Buch. »Genau so ein Magier, wie der, der auch Amadeus verflucht hat.«

»Aber was würde es diesem Magier bringen? Was für einen Gewinn hätte ein Magier von dem Erfolg einer High-School-Footballmannschaft?«, überlege ich und betrachte das Bild des Dämons, das in dem Notizbuch abgebildet ist.

»Vielleicht hat ihn jemand dafür bezahlt«, sagt Mason. »Schwarze Magier sind käuflich. Oder jemand hier an der Schule beherrscht selbst die Kunst der Schwarzen Magie.«

»Aber so einen Magier kannst du nicht in die Hölle schicken, oder?«

»Nein«, sagt er. »Erst nach seinem Tod.«

»Und bis dahin kann er sein Unwesen treiben?«, frage ich und warte gar nicht erst auf seine Antwort. »Hat diese Himmels- oder Höllenhüter-Sache auch irgendwelche Vorteile?« Genervt betrachte ich die Abbildung im Notizbuch, klappe es dann zu und stecke es in meine Tasche. »Ich meine, ich habe keine Superkräfte und meine einzige Fähigkeit besteht darin, verlorenen Seelen ihren Weg ins Licht zu weisen. Ach nein, selbst das nicht, weil mir der Himmelsöffner dafür fehlt. Und trotzdem riskiere ich es, von der Schule zu fliegen. Meine Leistungen bleiben sowieso auf der Strecke, später mit Sicherheit auch mein Job, so wie bei meiner Grandma offensichtlich die Familie zu kurz gekommen ist.«

Bei der Erwähnung von Grandma blickt Mason kurz in meine Richtung.

»Ich meine, warum das Ganze? Das sollte mir doch irgendwas bringen.« Genervt schiebe ich mit dem Fuß ein paar herbstlich gelbe Blätter zur Seite und stoße gegen Mason. Anstatt zurückzuweichen, bleibt er mir nahe und sein Mund verzieht sich zu seinem finsteren und zugleich äußerst attraktiven Lächeln. »Ich denke nicht«, raunt er. »Es ist einfach deine Bestimmung.«

»Toll«, sage ich, aber es ist mehr ein Hauchen. »Mein Leben ist ruiniert.«

Er lächelt. »So schlimm ist es nicht«, sagt er überraschend einfühlsam. »Man gewöhnt sich dran und irgendwie macht es sogar Spaß. Außerdem tust du was Gutes.«

»Ach ja?«, frage ich und halte mich an seiner Jacke fest, weil ich ins Straucheln gerate, aber nicht zurückweichen will. »Meinst du, ich sammle ein paar Bonuspunkte auf meinem kosmischen Karma-Konto?«

»Wer weiß?« Um mir Halt zu geben, legt er seine Arme um mich. Der leichte Druck seiner Berührung auf meinem Rücken lässt mich angenehm schaudern und ich genieße das Gefühl der Sicherheit, das mir seine Nähe gibt. Ich sehe in seine Augen, seine Pupillen wirken größer als sonst und sein Mund ist leicht geöffnet. Ein frischer Windstoß weht mir die Locken um den Kopf und als unsere Gesichter sich langsam nähern und meine Lippen bereits die Wärme der seinen spüren, reißen uns quietschende Reifen aus unserer Trance.

»Na, ihr zwei Turteltauben?« Amadeus' Arm liegt auf der runtergelassenen Fensterscheibe und aus dem Inneren des Wagens tönt ein alter Rocksong.

Ohne mir meine Enttäuschung über die Unterbrechung anmerken zu lassen, löse ich mich von Mason.

»Warte«, sagt er, als ich mich in Richtung Wagen wende, und holt einen kleinen Stoffbeutel aus seiner Jackentasche. »Dass Cole dich heute angreifen konnte, hat mir ganz und gar nicht gefallen.« Mason drückt mir das Stoffteil in die Hand. »Wenn es noch mal passieren sollte, dann streu ihm das hier ins Gesicht.«

»Was ist das?« Ich taste das Säckchen vorsichtig ab und versuche zu erahnen, was darin sein könnte. Es fühlt sich kalt und weich an.

»Friedhofserde«, antwortet er und lächelt diabolisch.

Trick or Treat

Als Amadeus mich zu Hause absetzt, steht Mom mit verschränkten Armen in der Tür. »Mit den Baker-Brüdern wirst du dich nicht mehr abgeben«, sagt sie zur Begrüßung. »Direktor Valentine hat gerade angerufen.«

»Es lag nicht an ihnen, sondern an einem Poltergeist«, erwidere ich.

»Psssssst«, zischt sie, blickt panisch zum Nachbargarten, zieht mich ins Haus und schiebt mich ins Wohnzimmer, wo Dad und Onkel Harry sitzen.

»Hallo, Holly«, sagt Dad, regelrecht entspannt im Vergleich zu Mom, schaut kurz von der *Men's Health* in seinen Händen auf, bevor er die Seite umblättert und weiterliest.

»Du bist für eine Woche von der Schule suspendiert!«, schimpft Mom jetzt etwas lauter, »Direktor Valentine sagt, Mason Baker und du ... ihr habt einen Schaden angerichtet, der uns Tausende Dollar kosten könnte ... und dass Masons Onkel und wir dafür verantwortlich gemacht werden.« Ihre Unterlippe bebt.

»Mom«, sage ich. »Wir waren das nicht. Direktor Valentine sucht nur Schuldige, denen er es in die Schuhe schieben kann«, verteidige ich mich und flüstere dann, sodass Dad es nicht hören kann: »An der Schule spuken nicht nur die Geister der verstorbenen Footballspieler, sondern auch ein Dämon, und Cole O'Briens Geist hat sich in einen Poltergeist verwandelt. Er hat das Footballfeld zerlegt.«

Sie schnappt nach Luft und ringt um Fassung. Ich weiß, dass sie mir am liebsten sagen würde, ich solle nicht darüber reden. Aber wir beide wissen, dass ich es nicht mehr vor ihr verleugnen werde.

»Gut« sagt sie und reckt ihr Kinn, wie sie es immer macht, wenn sie über ein Thema nicht mehr sprechen möchte. »Suspendiert zu werden ist nicht so schlimm, wie es klingt. Du kannst die Zeit nutzen, um den Stoff nachzuholen. Stehen nicht bald Klausuren an?«

Ich nicke zur Bestätigung.

»Und am Halloweenball musst du dann eben ein paar Fragen deiner Mitschüler ertragen, aber nach ein paar Tagen werden sie es auch vergessen haben.«

»Mom«, sage ich. »Direktor Valentine hat uns auch verboten zum Ball zu kommen.«

»Was?« Sie wird blass. »Aber du bist doch im Vorbereitungskomitee.«

Fahrig fährt sie sich mit den Fingerspitzen durchs Haar und fängt an leise vor sich hinredend im Wohnzimmer auf und ab zu laufen, als würde es ihr helfen, eine Lösung zu finden. »Das kann dieser Direktor nicht machen!« – »Ich habe mir solche Mühe mit der Auswahl der Halloweendesserts gegeben!« – »Was werden die anderen Eltern von mir denken?« – »Die schönen Kostüme ... Viel zu teuer und wofür das Ganze?«

Abrupt bleibt sie stehen und sieht mich an. »Ich werde trotzdem hingehen«, sagt sie. »Du bist zwar suspendiert, aber das bedeutet nicht, dass *ich* nicht hingehen darf.«

»Aber«, versuche ich zu widersprechen, doch mir fällt kein passendes Argument ein, um sie vom Gegenteil zu überzeugen. »Ja«, sage ich dann. »Du hast recht. Geh ruhig hin! Es wird bestimmt schön.«

Sie hat sich sowieso mehr darauf gefreut als ich. Außerdem bedeutet es, dass ich mich so leichter aus dem Haus schleichen kann, wenn ich mich gemeinsam mit Mason heimlich dort einschleuse. Einen Moment zögert sie, als hätte sie ein schlechtes Gewissen, aber ich sage schnell: »Bitte geh hin! Du weißt doch, dass ich sowieso keine große Lust darauf hatte.«

»Ja«, murmelt sie, »das stimmt. Aber schau dir mal dieses schöne Hexenkostüm an, das ich für dich ausgeliehen habe.« Sie zieht das Kostüm aus einem Kleiderschutz. »Das kannst du dann anziehen, wenn du mit Daisy für *Trick or Treat* um die Häuser ziehst.« »Oh«, entweicht es mir, das hatte ich völlig vergessen. »Ja, das mache ich. Das Kostüm ist wirklich schön. Und als was gehst du?«

Stolz holt sie auch ihr Kostüm und hält es sich vor den Körper. »Ich gehe als Leichenbraut von Frankensteins Monster«, sagt sie. »Die Haare toupiere ich mir und färbe sie dann mit einem Spray schwarz-weiß ein.«

»Aber fehlt dir dann nicht Frankensteins Monster an deiner Seite?« Vorsichtig sehe ich zu Dad.

»Dein Vater begleitet mich natürlich.«

Mit unglücklicher Miene blickt er hinter der Zeitschrift auf.

»Ich wusste gar nicht, dass du auch zum Halloweenball gehst«, sage ich.

»Deine Mom zwingt mich«, erwidert er. »Mir graut jetzt schon vor der grünen Farbe im Gesicht. Ich hoffe, das Zeug juckt nicht.«

»Wir gehen nach dem Ball noch zu der Party von den McMillers«, betont Mom, woraufhin Dad ein Seufzen entweicht. »Wir müssen wenigstens so tun, als wollten wir ihren Kostümwettbewerb gewinnen.«

»Schön«, sage ich und hoffe, ich klinge nicht zu erleichtert darüber, dass meine Eltern nicht zu Hause sein werden. Es ist perfekt.

»Und da du zu Hause bleibst, kannst du auch auf Daisy aufpassen«, sagt Mom und zerstört damit meine lautlos geschmiedeten Pläne.

»Ich wollte mich aber mit Mas … ein paar Freunden treffen«, entgegne ich schwach.

»Harry kann doch auf Daisy aufpassen«, schlägt Dad vor.

»Nachdem Holly heute für eine Woche von der Schule suspendiert wurde und einen Schaden von mehreren Tausend Dollar angerichtet hat, soll sie feiern gehen dürfen?«, fragt Mom ungläubig.

»Wenn sie sagt, sie war es nicht, dann glaube ich ihr«, verteidigt Dad mich. »Diesen Direktor kann ich nicht ausstehen.«

»Bestimmt war es einer von den Footballspielern«, knurrt Onkel Harry und schaltet den Fernseher ein. »Die dürfen sich alles erlauben.«

»Genau«, sagt Dad. »Und jetzt will er es Holly in die Schuhe schieben, nur weil sie in der Vergangenheit einmal Mist gebaut hat.«

Ich widerspreche keinem von beiden. Das ist definitiv eine glückliche Fügung.

»Die Schule bekommt keinen Cent von uns«, sagt Dad und schaut wieder in seine Zeitschrift.

Mom blinzelt irritiert. »In Ordnung«, sagt sie. »Darum kannst du dich dann kümmern.«

Wie in Trance gehe ich in mein Zimmer. Heute ist zu viel geschehen und ich muss mich erst einmal sortieren, um wieder einen klaren Gedanken fassen zu können. Erst jetzt, da ich etwas zur Ruhe komme, realisiere ich, was mir heute im Schulkeller zugestoßen ist. Ich bin von einem Geist angegriffen worden. Es ist, als würde durch den hohen Adrenalinpegel, der mir durch den restlichen Tag geholfen hat, langsam die Erkenntnis sickern, dass ich richtig Glück hatte, dass heute nichts Schlimmeres passiert ist.

Mit zittrigen Fingern ziehe ich den Reißverschluss meiner Sweatjacke herunter, stelle mich vor den Spiegel und prüfe vorsichtig meinen Hals. Es sind nur noch leichte rote Spuren der Fingerabdrücke zu sehen.

Alles ist gut, sage ich mir in Gedanken. Aber es fühlt sich nicht so an. Ich war Coles Geist heute ausgeliefert. Ich hatte keine Ahnung, wie ich mich gegen ihn hätte zur Wehr setzen können – und das macht mir am meisten Angst. Das nächste Mal muss ich auf eine solche Situation vorbereitet sein und das kann ich nur, wenn ich mehr über die Geister und ihre Kräfte erfahre und wie ich mich gegen sie wehren kann. Ich befolge Masons Rat, nehme Grandmas Notizbuch aus der Tasche und lege mich damit aufs Bett.

Nach einer Stunde kenne ich sechs Methoden, wie ich Coles Geist hätte vertreiben können. Mit einem geweihten Gegenstand wie zum Beispiel einem Kreuz, mit Salbeiräucherungen oder mit Friedhofserde. Außerdem mag ein Poltergeist keinen Zitronenduft, keine Glockenklänge und keine Katzen. Allerdings kann man ihn mit diesen Dingen nur für wenige Stunden vertreiben, dann taucht er meist wieder auf. Um ihn vollends loszuwerden, muss ein Himmels- oder Höllenhüter ihn in seine Ebene überführen.

Ich packe Masons Beutel mit Friedhofserde in meinen Rucksack. In der Kiste, die Onkel Harry mir gegeben hat, finde ich noch mehr davon, genauso wie Zitronenöl, eine geweihte Halskette, zumindest ist sie so beschriftet, und eine kleine Glocke. Sollte Cole mich noch mal angreifen, werde ich gewappnet sein.

***

Die Woche zu Hause zieht sich zäh wie Kaugummi, mir fällt es schwer, mich aufs Lernen zu konzentrieren, weil ich in Gedanken die ganze Zeit bei den Footballspielern bin. Immer noch schweben zwei von ihnen in der Gefahr, die nächsten Opfer des Dämons zu werden.

Einen Tag vor Halloween besuchen mich Lilly und Ludy. Mom hat immer noch Schwierigkeiten, meine Freundschaft zu Mason und Amadeus zu akzeptieren, und im Moment will ich ihre Nerven nicht überstrapazieren.

Lilly reicht mir einen Zettel, auf dem Hausaufgaben fürs Wochenende aufgelistet sind, und sobald Mom uns mit einer Ladung Kekse und Muffins allein gelassen hat, fangen beide an über merkwürdige Vorfälle in der Schule zu berichten, wobei es heute, einen Tag vor Halloween, wohl am extremsten war. Ich spüre, wie sich mein ganzer Körper aus Angst vor einer erneuten Schreckensnachricht anspannt. Es ist zwar hirnrissig, weil es mir bei den letzten drei Unglücksfällen auch nicht gelungen ist, aber ich habe das Gefühl, Schlimmes verhindern zu können, wenn ich an der Schule wäre. Allerdings ist bis jetzt nichts passiert. Sie berichten nur von merkwürdigen Vorfällen auf den Schulfluren, die momentan als üble Halloweenstreiche gehandelt werden.

»Eine ganze Reihe von Spinden, aus denen Blut strömt, wenn die Schüler sie öffnen«, sagt Lilly. »Bälle, die beim Spielen explodieren, Schüler, die in den Klassenräumen plötzlich wie aus dem Nichts gegen die Wände geschleudert werden …«

Sie nimmt sich einen von Moms frisch gebackenen blutigen Muffins und beißt hinein.

»Die High School ist gerade das reinste Horrorkabinett. Direktor Valentine hat sogar eine Belohnung für denjenigen ausgesetzt, der ihm verrät, wer hinter den Streichen steckt«, kommentiert Ludy amüsiert.

»Das würde ich auch gern mal wissen«, sagt Lilly, ohne zu merken, dass der Muffin ihre Lippen blutrot gefärbt hat. »Mit demjenigen würde ich mal ein Interview führen wollen und erfahren, wie man solche krassen Tricks macht«, sagt sie. »Ich meine, wie kann man bitte Leute ohne irgendeine Berührung gegen Wände schleudern?« Sie hält inne und denkt über ihre Frage nach. »Vielleicht mit einem Magneten oder etwas in der Art?«

Ich bin mir sicher, dass hinter den Streichen Cole steckt, und Ludys Blick nach zu urteilen, habe ich damit wohl recht. Mit welchen Tricks sollten Schüler so was anstellen? Das bekommt nur ein Poltergeist hin.

»Einige haben auch schon gefordert den Halloweenball abzusagen, aber das sehen Direktor Valentine und das Vorbereitungskomitee nicht ein«, sagt Ludy. »›Wegen dieser paar Streiche‹, heißt es dann auf einmal.«

Lilly wischt sich mit dem Handrücken die rote Lebensmittelfarbe von den Lippen und seufzt. »Na ja, manchmal sind die Toten auch ein bisschen zu beneiden.«

»Ach ja?« Ludy runzelt irritiert die Stirn.

Lilly zuckt die Schultern. »Na, sie haben keine Probleme mehr, keinen Stress, müssen sich nicht mit nervigen Schulaufgaben oder Arschlöchern wie Cole herumschlagen.« Sie stockt, als wäre ihr erst jetzt wieder eingefallen, dass er gestorben ist.

»Wenn du wüsstest«, murmele ich und beiße mir im nächsten Moment auf die Lippe, weil ich den Gedanken ausgesprochen habe.

Ihre Stirn legt sich fragend in Falten, aber sie hakt nicht weiter nach und greift sich noch einen Muffin.

***

In dieser Nacht schlafe ich sehr schlecht und als ich am Halloweenmorgen erschöpft aufwache, muss ich augenblicklich an den bevorstehenden Abend denken. Zwar haben Mason und ich uns fest vorgenommen den Ball ungesehen zu besuchen, nur habe ich keine Ahnung, wie genau wir das anstellen wollen.

Ich habe ein paar meiner alten Kostüme rausgesucht, die mir zwar nicht mehr wirklich passen, aber den Zweck erfüllen könnten. Eine Perücke oder eine Maske wären perfekt gewesen, aber die einzige Perücke, die ich finden konnte, war eine pink glitzernde, die ich mal zu einem Meerjungfrauenkostüm angezogen habe. Mom würde mich sofort erkennen, wenn ich damit auf dem Ball auftauchen würde.

Genervt von unserem nicht vorhandenen Plan kippe ich mir in der Küche Müsli in eine Schüssel, höre, wie Mom die Tür aufschließt und einen Moment später außer Atem zwei große Einkaufstüten auf dem Küchentisch abstellt. »Ich muss noch mal alles neu backen«, jammert sie und räumt die Tüten aus.

»Die Muffins sind zu trocken geworden und die Salzstangenspinnweben sind durchgeweicht, weil ich sie falsch gelagert habe. Zum Glück bist du heute da. Ich wüsste nicht, wie ich es sonst schaffen sollte.«

***

»Hier.« Mom legt mir das Hexenkostüm hin, das sie extra für mich bei *Frill & Thrill* besorgt hat, und lässt sich die Enttäuschung kaum anmerken, dass ich es nur für den *Trick or Treat*-Spaziergang mit Daisy tragen werde. »Zieh dich schon mal um, ich hole Daisy ab und dann könnt ihr gleich durch die Nachbarschaft laufen.«

Das Kostüm gefällt mir, auch wenn es etwas eng sitzt. Ich trage eine rot-schwarze Ringelstrumpfhose, die extra durchlöchert ist, einen A-förmigen High-Waist-Rock, eine schwarze Bluse und einen spitzen Hut. Es ist zum Glück keines dieser Wicked-Hexenkostüme mit den grünen Gesichtern, die finde ich nämlich schrecklich. Das hier sieht stilvoll aus.

Als Mom mit Daisy nach Hause kommt, rennt meine kleine Schwester kreischend auf mich zu.

»Woah, toll siehst du aus!« Sie starrt mich mit großen Augen an. »Und du siehst ganz schön gruselig aus«, necke ich sie und sie grinst verschmitzt.

»Ich weiß, ich bin ja auch ein Skelett.«

»Und was für eins«, sage ich und reiche ihr eine Tasche in der Form eines kleinen Kürbisses, in der sie ihre Bonbons sammeln kann. Mom wird sie zwar wegschließen und nach einem halben Jahr vermutlich wegschmeißen, weil sie dann nicht mehr schmecken, aber es geht ja nicht wirklich um die Bonbons, sondern um den Spaß.

»Bist du bereit unsere neuen Nachbarn das Gruseln zu lehren?«

»Jaaa«, ruft sie fröhlich, greift sich die Tasche, nimmt meine Hand und geht mit mir zur Tür.

»Viel Spaß!«, ruft Mom, die mit ihrem Kostüm die Treppen hinaufläuft, und ich weiß jetzt schon, dass ich von ihr noch einige Fotos schießen darf, wenn ich mit Daisy wieder zurück bin.

Ein milder Oktoberwind weht uns rote Blätter vor die Füße, während wir von Haus zu Haus ziehen und unsere Nachbarn Daisy Bonbons, Schokolade, eine Zahnbürste, Gebäck oder ein paar Münzen schenken.

»Das ist die letzte Tür, an der wir klingeln«, sage ich, weil es mittlerweile angefangen hat zu dämmern. Das schwarz gestrichene Haus, auf das wir zulaufen, wird gerade von einer Gruppe Kinder verlassen, die fröhlich in ihre Taschen gucken.

»Mal schauen, was du hier bekommst.« Wir warten, bis die Kinder an uns vorbei sind, und gehen dann, Daisy fröhlich hüpfend, die Verandatreppen hinauf. Abrupt wird die Haustür aufgerissen, noch bevor ich die Klingel drücken kann.

Graf Dracula baut sich mit seinem Umhang vor uns auf und ruft: »Wer wagt es, mich zu stören?« Er verharrt in der Position und stutzt. »Holly?«, fragt er dann in einer mir vertrauten Tonlage.

»Amadeus?« Meine Mundwinkel zucken amüsiert. Ich wusste, dass Amadeus und Mason in der Nähe wohnen, aber nicht genau wo. Das hätte ich dann spätestens heute Abend erfahren.

»Süßes, sonst gibt's Saures«, quietscht Daisy dazwischen und hält ihm ihren Kürbis hin.

Er wendet sich ihr zu. »Na, wer bist du unheimliches Geschöpf denn?«, fragt er und holt einen Teller mit gruselig aussehenden Gummiwesen hervor.

»Ein Skelett«, antwortet sie stolz.

»Das gefällt mir, ich glaube, du bist das tollste Skelett, das mir heute begegnet ist.«

»Danke.« Mit großen Augen blickt Daisy auf den Teller, wo sich wabbelige Gummispinnen, Gummifinger und Gummiaugen tummeln.

»Appetitlich«, sage ich lachend.

Amadeus hebt entschuldigend die Schultern. »Man muss den Kids ja was bieten.« Dann hockt er sich hinunter zu Daisy. »Weißt du was?«, fragt er. »Du darfst dir so viele nehmen, wie du möchtest, weil du das coolste Skelett des Tages bist.«

Glücklich stopft sie eine Handvoll Gummigruselzeugs in den Kürbis.

»Hast du das Kostüm für sie ausgesucht?«, will er wissen. Ich muss lachen, als Daisy selbst antwortet. »Nein, das habe ich selbst ausgesucht.«

»Du hast einen guten Geschmack.«

»Ich weiß«, antwortet sie.

»Gehst du heute zum Halloweenball?«, frage ich.

Amadeus nickt. »Mason hat mich in euren Plan eingeweiht«, sagt er.

Wobei von einem *Plan* ja nicht wirklich die Rede sein kann.

Ich lege schnell den Finger an meine Lippe, um ihm zu deuten nicht weiter darüber zu sprechen. Auch wenn ich bezweifle, dass Daisy versteht, worüber wir reden, könnte sie trotzdem vor meinen Eltern etwas sagen, was mich in Schwierigkeiten brächte.

Er beugt sich noch mal hinunter zu Daisy und gibt ihr ein High Five. »Monster müssen zusammenhalten, oder?«

»Ich komme später zu euch«, flüstere ich, als das kleine Skelett schon wieder in Richtung Straße unterwegs ist, und eile Daisy hinterher. Amadeus nickt nur und schließt mit einer winkenden Handbewegung die Tür.

***

Von der Zeitplanung passt alles super. Meine Eltern wollen um halb sechs los, weil sie noch beim Aufbau des Caterings helfen. Mom ist perfekt gestylt und ich habe bereits unzählige Fotos für ihren Blog und Instagram gemacht, die sie schnell hochlädt, bevor sie sich um Dads Kostüm kümmert, der versucht sich um die grüne Schminke im Gesicht zu drücken. Erfolglos.

Als er fertig ist, schaut er wie ein trauriges Frankenstein-Monster aus.

Ich muss lachen und knipse ein paar Fotos von den beiden, bevor sie sich auf den Weg zur Schule machen.

Daisy darf noch ihre Kindersendung zu Ende schauen, bevor ich sie ins Bett bringe. Als sie endlich eingeschlafen ist, gehe ich leise in mein Zimmer, greife die Tasche mit den Kostümen, verabschiede mich von Onkel Harry, der heute den Babysitterjob bekommen hat und gerade irgendeinen Miss-Marple-Film im Fernsehen anschaut, und breche gegen sieben zu Mason und Amadeus auf.

Vereinzelt laufen noch ein paar verkleidete Kinder durch die dunklen

Straßen. Als ich bei Mason und Amadeus klingle, erwarte ich, dass Amadeus mir wieder als Vampir verkleidet die Tür öffnet. Aber es ist ein hochgewachsener Mann Anfang fünfzig mit kurz geschorenen Haaren und Schnauzer, der mich ins Haus lässt.

»Du bist bestimmt Holly«, begrüßt er mich. »Ich bin William, Mason und Amadeus' Onkel.«

»Schön Sie kennenzulernen«, sage ich. Bisher habe ich nur von ihm gehört, als wäre er so etwas wie ein Phantom. Ich versuche ihn nicht zu auffällig zu mustern und sehe mich stattdessen im Flur um. Trotz der dunklen Möbel wirkt das Haus bis jetzt sehr gemütlich.

»Die Jungs sind oben in Masons Zimmer«, sagt William und deutet auf die Treppe.

»Okay, danke.« Ich betrete die hölzernen Stufen und komme einfach nicht drum herum, mir vorzustellen, dass er und meine Grandma so gut befreundet waren und sie sich fast täglich gesehen haben – und Mom ihm die Schuld gibt, dass Grandma kaum Zeit für uns hatte.

Aus einem der Zimmer im ersten Stock dringt leise Rockmusik. Ich vermute, es ist das Zimmer von Amadeus oder Mason, und klopfe an, wodurch sich die angelehnte Tür von selbst öffnet. Auf dem Bett fläzt sich ein Vampir, der verschiedene DVDs durchsieht.

»Holly«, begrüßt mich Amadeus. »Du bist früh dran.«

»Soll ich noch mal gehen?«, frage ich scherzhaft.

»Quatsch, setz dich.« Er springt auf und räumt mir einen Sessel leer, auf dem sich Klamotten türmen.

»Wo ist Mason?«, frage ich und lasse meine Tasche gerade auf den Boden sinken, als sich plötzlich Arme um meine Taille schlingen.

»Süßes, sonst gibt's Saures«, sagt Mason in federleichtem Tonfall, der nach einer bittersüßen Liebeserklärung klingt. Lächelnd drehe ich mich um und einen Moment lang steht die Zeit still. Sein Gesicht ist meinem so nahe, dass ich glaube, er würde mich gleich küssen. Dann wird er nach hinten gezogen und jemand stülpt ihm ein weißes Bettlaken über den Kopf. »Eure Kostüme«, sagt Ludy feierlich.

Dort, wo sich Masons Augen befinden, sind zwei Löcher ins Laken geschnitten. Das war's.

»Ist das ein Scherz?«, frage ich.

»Nein.« Ludy, der als Zombie verkleidet ist, drückt mir ein zweites Bettlaken in die Hand. »Es ist perfekt. Ihr seht harmlos aus und niemand wird euch darunter vermuten. Außerdem passt es zum Motto des Abends: Geister.«

Ich mustere das Bettlaken. Meine Begeisterung hält sich in Grenzen und ich spüre, dass sich in mir eine Abwehr breitmacht, schon aus Prinzip nicht als Geist gehen zu wollen. Aber ich muss Ludy recht geben. Das Kostüm ist die perfekte Lösung. Ich ziehe es mir ebenfalls über und richte es, bis die Löcher vor meine Augen treten und ich hindurchblicken kann.

»Ich nenne es das schnellste Halloweenkostüm der Welt«, sagt Amadeus begeistert und steht auf. »Die Party kann beginnen.«

***

Zwei Straßen vor der High School lässt Amadeus Mason und mich raus und wir laufen das letzte Stück. Es wäre zu auffällig, wenn wir gemeinsam mit Amadeus und Ludy vorfahren und aus dem Auto steigen würden. Würde uns jemand beobachten, könnten sie vermuten, dass Mason und ich unter den Geisterkostümen stecken. Als wir an der Schule ankommen, stehen bereits Ü-Wagen am Straßenrand, die Reporter filmbereit davor, als lauerten sie auf die nächste spektakuläre Story.

»Die sind wohl schon die ganze Woche hier«, flüstert Mason mir zu. »Amadeus meinte, sie seien hellauf begeistert von den Halloweenstreichen.«

»Du meinst den Poltergeist-Streichen?«, frage ich.

Auch wenn ich sein Gesicht wegen des Kostüms nicht sehen kann, glaube ich, dass er die Brauen grimmig zusammenzieht, so wie immer, wenn er sich ärgert. »Tja, fließendes Blut aus Schulspinden und Schüler, die wie von Zauberhand durch die Gegend geschmissen werden, sorgen wohl für genügend Einschaltquoten.«

Ich schnaube. »Als würden sie sich wünschen, dass wieder etwas Schlimmes passiert.«

Immerhin gehen wir mit unseren Kostümen in der Masse unter, denn wir sind nicht die Einzigen, die sich vom Motto des Abends haben inspirieren lassen. Von allen Seiten strömen verkleidete Monster auf die Schulaula zu und unter ihnen sind mindestens fünfzehn Geister, die sich genau wie wir nur mit weißen Tüchern verkleidet haben.

Mason greift meine Hand. »Wir können es uns nicht erlauben, uns zu verlieren«, flüstert er und ich lächle über diese Geste, wohlwissend, dass er es nicht sieht. Da hat er vollkommen recht.

Ausnahmsweise dürfen Autos auf dem Schulhof parken, dicht gedrängt stehen dort Kleinwagen, Limousinen und ein paar Motorräder. Über dem Eingang der Aula prangt ein orange-schwarzes Banner mit der Aufschrift *Halloweenball*. Delilah, verkleidet als stylische Fledermaus, empfängt die Gäste am Eingang. In der Hand hält sie einen Becher mit grünem Halloweenpunch, bewegt ihren Kopf leicht im Takt zu *Highway to Hell* von AC/DC und beobachtet zufrieden die heranströmenden Monster.

»Es ist wunderbar«, höre ich Delilah noch sagen, da sind wir schon im Inneren.

Wir quetschen uns an Amber und ihrer Mädchenclique vorbei, die als blutige Hofdamen verkleidet sind und aus einem Flachmann Alkohol in ihre Pappbecher füllen. Ein Pärchen geht gerade Arm in Arm ins Horrorkabinett und das Mädchen klammert sich ängstlich an ihren Werwolf, als sie hinter der Tür in der Dunkelheit verschwinden. Hinter den Friedhofssteinen aus Pappmaschee am großen Buffet entdecke ich Mom, wie sie angeregt mit einer Mumie redet und nicht mitbekommt, dass zwei Hexen etwas fragen wollen.

»Komm!« Mason zieht mich mit sich nach oben, wo wir uns ans Geländer stellen und die tanzenden Monster im Saal im Blick haben.

***

Nach etwa einer Stunde sitzen wir gelangweilt auf einem alten Sofa. Mein weißes Bettlaken hat grüne Flecken, weil ein Ghostbuster mir aus Versehen Halloweenpunsch darübergekippt hat, und ich versuche unter meinem

Geisterkostüm ein paar Schoko-Salzstangen-Spinnweben, die Amadeus uns netterweise vom Buffet besorgt hat, zu essen.

»Meinst du wirklich, heute passiert noch was?«, frage ich, nachdem eine weitere Stunde vergangen ist.

Direktor Valentine hat bereits seine Rede gehalten, alle haben applaudiert und die Party ist weitergegangen.

»Ich weiß nicht, aber ...«, Mason seufzt, »mein Gefühl sagt mir, wir sollten noch bleiben.«

»Okay«, sage ich und balanciere den Becher Punsch, den Amadeus uns ebenfalls gebracht hat, unters Laken. »Dann bleiben wir.«

Vorsichtig darauf bedacht, nichts zu verschütten, probiere ich einen Schluck der grünen Flüssigkeit. »Schmeckt«, sage ich. »Aber ich glaube, es ist Alkohol drin.«

»Wie jedes Jahr.« Mason zuckt mit den Schultern. »Irgendwer mischt immer was rein.«

Plötzlich nehme ich zwischen dem ganzen Kunstdampf, der für eine spooky Atmosphäre sorgen soll, etwas wahr, was nicht hierhergehört. »Schau mal«, sage ich und deute an den Rand der Tanzfläche.

Mason folgt meiner ausgestreckten Hand mit seinem Blick und beugt sich dann vor. »Cole«, knurrt er. »Er hat sich echt Zeit gelassen.«

Geschickt greift Mason an die Stelle unter seinem Kostüm, wo sich sein Hals befindet, und kurz darauf sehe ich unter dem Bettlaken seinen Höllenöffner rot aufleuchten.

»Was soll das denn sein?« Ein sichtlich angetrunkener Gangster in Nadelstreifenanzug mit verschmierter schwarzer Schminke im Gesicht torkelt an uns vorbei und deutet auf das rote Leuchten unter Masons Kostüm. »Ein Geist mit Herz?« Er kichert.

»Mist«, höre ich Mason leise fluchen. »Geh weiter, Zac«, scheucht er den Gangster dann weg, der dies sogar macht.

»Ist es schlimm, dass er ihn gesehen hat?«, frage ich und deute auf den Öffner.

»Gut ist es nicht«, sagt Mason und legt seine Hand darauf, was das Leuchten von außen dimmt. »Normalerweise verstecke ich ihn besser, damit niemand mitbekommt, wenn er sich aktiviert, aber jetzt gerade brauche ich ihn.«

»Warum leuchtet er?«, frage ich. »Wegen Cole oder ist der Dämon hier?«

»Beides ist möglich«, antwortet er und geht zum Geländer.

Ich folge ihm, lege meine Hände auf die Metallabsperrung und behalte Cole im Auge. »Er sieht wütend aus, findest du nicht?»

»Ist er wahrscheinlich auch«, bemerkt Mason. »Der Halloweenball war eine seiner liebsten Veranstaltungen.«

Plötzlich kreischt hinter uns jemand auf. Ein Mädchen springt auf und wirft einen von Moms Horrormuffins weg. Ihr Mund ist blutverschmiert und aus dem Inneren des Muffins quillt eine Flüssigkeit, die mehr an Blut erinnert als an Lebensmittelfarbe.

Auf meinem Teller liegen plötzlich keine Snacks mehr, sondern es kleben Spinnenweben daran, und der grüne Punsch hat sich in einen glibberigen Schleim verwandelt.

Mason sieht sich um. »Das ist Coles Werk«, sagt er.

»Gut erkannt.« Cole steht plötzlich hinter uns. »Wenn ich schon nicht mitfeiern kann, dann genieße ich den Abend eben auf meine Weise. Das ist mein neues Lebensmotto!« Er hält inne, weil er offenbar selbst merkt, dass die Wortwahl etwas merkwürdig klingt. »Wenn ich mich nicht auf die übliche Art amüsieren kann, dann finde ich eben andere Wege«, korrigiert er sich.

»Cole, die ganze Sache hier ist kein Witz mehr«, sagt Mason mit ruhiger, aber eindringlicher Stimme.

»Ach nein?« Cole fährt mit seiner transparenten Hand durchs Geländer. »Das sehe ich anders.«

Dann verzieht er gespielt nachdenklich das Gesicht. »Hat Direktor Valentine euch beide nicht suspendiert?«

Er zuckt mit der Hand und im nächsten Moment zieht es uns die Geisterkostüme über die Köpfe. Ich springe hoch und schaffe es im letzten Moment, sie an den Zipfeln zu packen. »Spinnst du, Cole?«, rufe ich. »Wir sind hier, um euch zu helfen.« »Indem ihr auf dem Sofa rumsitzt?«, spottet er.

Die Musik geht aus, das Licht wird eingeschaltet, Schüler kreischen auf und die tanzende Menge stiebt auseinander. Der Boden beginnt sich zu bewegen und die, die sich nicht zu den Seiten retten konnten, werden mehr und mehr von ihm verschluckt.

»Mach es wieder rückgängig«, befiehlt Mason Cole.

»Warum sollte ich?«, fragt dieser und grinst selbstgefällig.

»Weil wir die Einzigen sind, die dir helfen können.«

»Woher weiß ich, dass ich euch trauen kann?« Cole verschränkt misstrauisch die Arme vor der Brust. »Auf dem Footballfeld wolltet ihr mich in eine Falle locken.«

»Cole«, sagt Mason, »hast du schon mit Sean und Dylan gesprochen?« Cole schürzt die Lippen. »Hier ist ein Dämon, der eure Seelen fressen will. Und wenn das passiert, dann ist es vorbei, endgültig. Eure Seelen geben ihm Lebenskraft. Dann kannst du weder in den Himmel noch in die Hölle oder dich zurück in einen Menschen verwandeln. Dann bist du einfach nur noch Dämonenfutter.«

Cole sieht Mason prüfend an, er zögert, dann hebt er eine Hand, schnippt mit den Fingern und alles ist wieder wie vorher. Die Schüler, die von der Tanzfläche verschluckt wurden, sitzen mit erschrockenen Gesichtern auf dem Boden, das Kreischen verstummt allmählich und langsam tritt wieder Ordnung ins Chaos.

Auch die Musik ertönt wieder, das grelle Licht erlischt und bunte Partylichter erfüllen die Aula.

»Zufrieden?«, fragt Coles Geist gelangweilt.

»Fast«, sagt Mason. »Schalte die Musik wieder aus.«

»Warum?«, fragt Cole irritiert.

Das würde ich auch gern wissen. Ich hoffe, Mason hat einen guten Plan.

»Du willst, dass die Party vorzeitig beendet wird, stimmt's?«, fragt Cole langsam. »Nur über meine Leiche.« Er stockt, zuckt die Schultern und redet weiter. »Ich lasse mir von euch doch nicht den ganzen Spaß verderben. Ich darf niemanden zu Tode erschrecken und soll dann auch noch die Party beenden, damit nichts Schlimmes mehr passiert, während ich von einem Dämon gefressen werden könnte? Wenn ihr Spaß habt, dann will ich auch

Spaß haben, und wenn ich leide, dann sollt ihr auch leiden.« Mit den Worten löst sich Cole in Luft auf und verschwindet.

Ich sehe zu Mason, gebe ihm sein Geisterkostüm zurück und ziehe mir meins schnell über den Kopf, bevor einer der Lehrer oder Direktor Valentine uns entdeckt.

Gerade als ich die Löcher vor meinen Augen gerichtet habe, damit ich hindurchsehen kann, greift Mason nach meiner Hand. »Ich spüre ihn«, sagt er. »Der Dämon, er kommt.«

Mein Herz schlägt schneller und ich blicke hinunter auf die Tanzfläche. »Und jetzt?«, frage ich. »Was sollen wir tun?«

»Was könnte am ehesten einen Unfall auslösen?«, fragt Mason.

»Und wo sind die Footballspieler?«, frage ich. »*Sie* sind in Gefahr. Die anderen weniger.«

»Ein paar stehen dort bei den Boxen«, sagt er. »Das wäre eine mögliche Gefahr. Eine Box könnte runterfallen …« »Oder Feuer fangen …«, überlege ich.

Wir sehen uns an und ohne miteinander zu sprechen, wissen wir, dass wir so schnell wie möglich hinunter auf die Tanzfläche müssen, um die Spieler dort wegzulocken. Am besten nach draußen und runter vom Schulgelände.

Die Meute ist wieder am Tanzen, als hätten sie Coles gruselige Poltergeistaktion von einer Sekunde auf die nächste einfach vergessen.

»Was ist los?«, fragt Amadeus, der zu uns geeilt ist.

»*Er* ist hier«, ruft Mason uns durch die laute Musik zu.

Und dann offenbart er sich. Ein schwarzer Schatten schwebt über der Tanzfläche neben dem Kronleuchter.

»Jason!« Ich zeige auf ihn und Jasmin, die direkt darunter tanzen.

Und dann passiert alles fast gleichzeitig.

Mason kämpft sich durch die Menge zu ihnen.

Der Kronleuchter löst sich. Es dauert nur einen Wimpernschlag und er kracht herunter. In letzter Sekunde wirft sich Amadeus auf Jasmin und Jason und sie stürzen zur Seite, bevor der Kronleuchter an der Stelle auf den Boden kracht, wo sie zuvor gestanden haben und seine Lampen samt Kristallglas auf Amadeus zersplittern.

Wie gelähmt starre ich auf das Spektakel, unfähig mich zu bewegen. Es bildet sich eine Traube aus Monstern, die aufgehört haben zu tanzen und sich verwirrt umblicken und vor Schreck erstarren oder anfangen zu kreischen.

»Amadeus!« Lilly stürzt sich auf den reglos unter dem Kronleuchter liegenden Vampir. Aber das kann nicht sein. Er ist doch ein Lebendtoter, es muss ihm gut gehen.

Gemeinsam mit Jason und ein paar Footballern hieven sie den riesigen Kronleuchter von ihm herunter. »O Gott.« Wimmernd beugt Lilly sich über ihn und ist völlig irritiert, als er sich aufsetzt. »Bleib liegen«, sagt sie und will ihn zurück auf den Boden drücken. »Wenn du dir was gebrochen hast, dann ...«

Aber er nimmt ihre Hand, wartet einen Moment und steht dann auf. »Mir geht es gut«, sagt er. »Wirklich.«

Nur flüchtig sieht er mit einem schuldbewussten Blick in meine Richtung und ich atme erleichtert aus. Plötzlich kehrt das Gefühl zurück in meinen Körper und ich kann mich wieder bewegen. Allen geht es gut. Es ist nichts passiert. Trotzdem beobachte ich überrascht, dass Jasmin zu ihm geht, Jason dicht hinter ihr, der ihr aufmunternd zunickt.

»Danke, Amadeus, du warst«, sie ringt um Worte, »wirklich mutig.«

»War doch gar nicht so schwer«, sagt Jason mit einem schiefen Lächeln, küsst sie auf die Wange und bedankt sich mit einem Handschlag bei Amadeus. »Das war echt knapp, Mann«, sagt er. »Zum Glück ist dir nichts passiert.«

Ich entdecke Mason etwas abseits. Ich erkenne ihn an dem roten Leuchten unter seinem Geisterkostüm. Vorsichtig sehe ich nach oben, in die Richtung, die Mason plötzlich fixiert. Der Dämon schwebt über uns wie ein Damoklesschwert und ich habe keine Ahnung, was ich dagegen tun kann.

Als Nächstes sehe ich, wie der schwarze Schatten auf einen Stehtisch zubraust, an dem sich ein paar angetrunkene Typen abstützen. Einer der Jungs stolpert, ich renne hin, so schnell ich kann. Keine Ahnung, was für einen Unfall der Dämon auslösen will, aber selbst, wenn der Typ jetzt auf den Stehtisch knallt, kann er sich mit viel Pech das Genick brechen. Ich greife nach seinem grünen Jackett, bevor er weiter über seine eigenen Füße stolpert.

Dann entdecke ich einen vertrauten Zombie.

»Ludy!«, rufe ich. »Bring alle Footballspieler nach draußen, runter vom Schulgelände!«

Er zögert nur für den Bruchteil einer Sekunde, rennt auf die Bühne, greift sich das Mikro des DJs und brüllt hinein, sodass ein lautes Piepen durch den Saal schießt und sich sämtliche Partygäste die Ohren zuhalten: »Alle Spieler der Desert Ridge Eagles sollen sich am Walmart-Parkplatz versammeln. Sofort. Das ist ein Befehl von Coach Carter.«

Ich sehe, wie Direktor Valentine verstört zur Bühne läuft, den Kronleuchter in der Mitte der Tanzfläche ignorierend. »Na los!«, ruft Ludy und fuchtelt wild mit den Händen durch die Luft. »Worauf wartet ihr?«

Mason hat mittlerweile seinen Höllenöffner gezückt, dessen rotes Leuchten grell erstrahlt. Ein paar Leute um ihn herum betrachten das Amulett irritiert, scheinen es aber für eine Halloweenrequisite zu halten, denn nach kurzem Zögern verlieren sie schon wieder das Interesse. Ich sehe, wie sich vor ihm ein schwarzer Wirbel in der Erde auftut, und plötzlich ertönt ein markerschütterndes Kreischen. Weil nur ich mir die Hände auf die Ohren drücke, weiß ich, dass es für die anderen nicht zu hören ist und vermutlich auch nicht zu sehen, weil keiner hinschaut außer Mason und mir.

Plötzlich landet der schwarze Schatten vor Mason, wirbelt um sich selbst und nimmt die Silhouette einer menschenähnlichen schwarzen Gestalt an, dessen Augen rot leuchten.

»Ich bin an die Erde gebunden, du verdammter Höllenhüter«, zischt die Gestalt. »Schließ das Tor zur Hölle lieber, bevor ich noch ein paar meiner Freunde hochhole.« »Dann hör auf Spieler zu töten und ihre Seelen zu verschlingen«, erwidert Mason.

Die Gestalt macht ein merkwürdiges Geräusch und ich glaube, sie lacht. Aber es ist so fern von einem menschlichen Lachen, dass es mir einfach nur Angst einjagt.

»Ich töte hier niemanden«, sagt er und verzieht das Gesicht zu einer Fratze.

»Ich versuche nur zu fressen, was mir serviert wird. Deine Seele würde mir auch schmecken.« Mit einer viel zu langen schwarzen Zunge leckt er sich über die dunklen Lippen. »Das ist der Deal. Wer mich heraufbeschwört, muss einhalten, was er verspricht, oder er bezahlt selbst mit seinem Leben.« Seine Stimme klingt, als wäre sie nicht von dieser Welt. Zischend, röchelnd und bedrohlich. »Fünf Seelen wurden mir versprochen und ich habe noch keine von ihnen bekommen.«

»Wer hat den Pakt mit dir geschlossen?«, fragt Mason.

»Ihr alle. Jeder aus der Mannschaft«, zischt der Dämon und seine Lippen formen sich zu einem breiten Grinsen, das viel zu viele spitze Zähne entblößt.

Mason beginnt wieder in seiner kryptischen Sprache zu murmeln, wie er es schon auf dem Sportplatz getan hat, als er das letzte Mal das Höllentor geöffnet hat. Der Dämon stößt ein wütendes Kreischen aus und löst sich einen Moment darauf in Luft auf.

»Ist er in der Hölle?«, frage ich und blicke überrascht auf das Loch in der Erde, das sich wieder schließt. »Nein«, knurrt Mason. »Ich konnte ihm nur ein bisschen Angst einjagen.«

Es wird ruhig und hell um uns herum. Ich atme erleichtert aus.

»Was war das?«, höre ich plötzlich eine vertraute Stimme neben mir. Ich blicke zur Seite und sehe Jason, der Mason und mich schockiert ansieht.

»O nein«, keuche ich.

Jason schimmert transparent.

Im nächsten Moment schreit jemand auf und als ich mich umsehe, entdecke ich Jasmin, die über Jasons leblosem Körper kniet. Ihre Hände sind blutverschmiert und in Jasons Brust steckt ein Messer.

»Hilfe! Jemand muss ihm helfen!«

Sie beugt sich über ihn, schreit und schluchzt. Wie in Trance blickt sein Geist zu der Szene. »Was ist passiert?«

»Jason«, sage ich atemlos und versuche einen klaren Kopf zu behalten. »Du«, ich stocke, »du bist gestorben.«

Er sieht mich an, als würde er meine Worte nicht verstehen, dann geht er langsam zu Jasmin, kniet sich zu ihr und sagt: »Alles ist gut, ich bin doch bei dir.«

Aber sie beachtet ihn nicht und wimmert leise.

»Jason«, sage ich und auch wenn ich ihm nicht gefolgt bin, weiß ich, dass er mich hören kann. »Du musst dich verstecken.«

Jasons Geist zögert und kommt zu uns zurück.

»Vor dem schwarzen Wesen?«, fragt er.

Ich nicke. »Ja«, sage ich. »Es ist ein Dämon, der deine Seele haben will.«

Mason steht neben mir und sagt nichts, als würde er unter Schock stehen.

»Wir werden ihn aufhalten«, beteuere ich, »und dann wirst du in den Himmel gehen können. Aber bis dahin musst du dich verstecken. Hier in der Schule. Verstanden?«

Er blickt noch einmal zu Jasmin und nickt dann.

Schockzustand

Die halbe Footballmannschaft ist nach Ludys Aufruf aus der Aula gestürmt, um sich auf dem Walmart-Parkplatz am anderen Ende der Straße zu versammeln. Die restlichen Spieler stehen mit den anderen Schülern bei Jason und Jasmin, die sich schluchzend an seinen leblosen Körper klammert. Ein Reporter hat es tatsächlich geschafft, sich in die Aula zu schleichen, und ist dreist genug Fotos zu schießen. Das Blitzlicht zieht die Aufmerksamkeit einiger Lehrer auf sich, die ihn sofort aus dem Gebäude drängen.

Ich glaube, Jason hat noch nicht wirklich realisiert, was passiert ist. Dafür ist es noch zu frisch. Aber er hält sich an das, was ich ihm gesagt habe, und verschwindet.

Direktor Valentine beugt sich mit ein paar anderen Lehrern und Eltern über Jasons Körper und jemand versucht Jasmin zu beruhigen, während Rex Silverman die gaffende Meute auseinandertreibt. Als der Direktor wieder aufsteht, rauft er sich die Haare, sieht sich um und sein Blick bleibt an uns haften.

»SIE BEIDE!«, schmettert er uns entgegen.

Wir haben noch unsere Geisterkostüme an. Er kann uns nicht erkennen, höchstens vermuten, dass wir unter den Tüchern stecken. Ich greife Masons Hand, der wie eine versteinerte Statue dasteht und sich nicht von der Stelle rührt. Seit Jasons Geist uns erschienen ist, hat er sich nicht mehr geregt. Erst als unsere Hände sich berühren, sieht er in meine Richtung, als hätte ich ihn aus einer Trance zurück ins Geschehen geholt.

»Komm«, sage ich und ziehe ihn in Richtung Ausgang. »Wir müssen hier weg.«

Ich warte nicht, renne los und ziehe ihn mit mir, weg von Direktor Valentine, der in großen Schritten auf uns zusteuert.

Erst als wir drei Straßen von der High School entfernt sind, verlangsamen wir unsere Schritte und ich ringe nach Luft.

Niemand ist uns gefolgt. Weder der Direktor noch Eltern, Lehrer oder

Schüler. Erschöpft ziehen wir unsere Kostüme vom Kopf und lehnen uns gegen eine Hauswand, die vom trüben Schein einer Straßenlaterne angestrahlt wird.

»Wie konnte das passieren?« Masons Stimme klingt brüchig. »Jason, er …«

»Er hatte ein Messer in der Brust«, sage ich, weil ich mir nicht sicher bin, ob Mason es gesehen hat. »Er wurde ermordet.«

Paralysiert starrt er auf die Straße. »Von wem?« Immer wieder schüttelt er den Kopf, bis er sagt: »Der Sheriff hat recht. Es ist Mord. Irgendwer ermordet nach und nach die Spieler des Teams, um ihre Seelen dem Dämon zum Fraß vorzuwerfen.« Langsam lässt er sich mit dem Rücken an der Fassade heruntergleiten und setzt sich auf den kalten Stein des Gehwegs.

»Mason«, sage ich vorsichtig und setze mich zu ihm. »Es ist nicht deine Schu …«

Sein Telefon klingelt und ich halte inne.

»Willst du nicht drangehen?«

Aber er reagiert nicht.

Dann fängt meins an zu vibrieren. Es ist Amadeus.

»Wo seid ihr?«, fragt er, als ich abnehme.

»In Sicherheit!«, sage ich.

»Ist Mason bei dir?«

Ich nicke und sage schnell »Ja«, als mir klar wird, dass Amadeus es nicht sehen kann. »Sag ihm, dass Jason nicht tot ist. Er lebt noch.«

»Was?« Ich schreie es fast. »Aber ich habe seinen Geist gesehen.«

»Die Rettungskräfte und der Notarzt konnten ihn wiederbeleben. Er liegt im Koma. Sie bringen ihn ins Krankenhaus. Er steht auf der Kippe, aber er lebt.«

Ich lege auf. »Jason lebt.« Mason hebt den Kopf und starrt mich an. »Amadeus sagt, er liegt im Koma.« Ich zögere und stehe auf, weil mir kalt auf dem Boden geworden ist. »Kann er noch gerettet werden?«

»Ich«, Mason erhebt sich ebenfalls, »ich denke schon. Sein Geist darf nur nicht von dem Dämon gefressen werden. Wenn er aus dem Koma erwacht, ist er gerettet.«

Er legt den Kopf in den Nacken und schließt für einen Moment die Augen. »Das sind gute Nachrichten.« Es ist, als würde seine Energie zurückkehren. Kurz reibt er sich das Gesicht und deutet dann in Richtung Stadt. »Wollen wir ein Stück laufen oder soll ich Amadeus anrufen, dass er uns abholt?«

Den Kopf freizubekommen ist genau das, was ich jetzt brauche. »Laufen klingt gut«, sage ich.

Die Häuser sind mit Kürbissen, Spinnweben und Geistern dekoriert. In einem Vorgarten hat sich irgendwer einen dummen Scherz erlaubt und den Baum mit Klopapier geschmückt.

Je mehr wir uns der Innenstadt nähern, desto mehr vermischen sich Ampeln, Laternen vor den Restaurants, Reklametafeln und Autoscheinwerfer zu einem bunten Lichtermeer. Vor dem Monte Vista Hotel steht ein Schild mit der Aufschrift: *Hier spukt es im 2. Stock.*

»Sind sie wahr?«, frage ich und bleibe vor dem Schild stehen. »All diese Geistergeschichten?«

»Welche meinst du?«, fragt Mason und wirkt, als hätte ich ihn aus den Gedanken gerissen.

»Spukt es hier wirklich oder ist es nur eine Touristenattraktion?«

»Teils, teils«, antwortet er. »In diesem Hotel sind einige Menschen gestorben. Soweit ich weiß, hat Grace den meisten von ihnen den Weg in den Himmel gewiesen. Aber manche Geister wollen noch nicht gehen. Ich glaube, zwei spuken immer noch hier herum, aber die sind harmlos.«

»Sie sind also keine Poltergeister wie Cole?«, hake ich nach.

Mason schüttelt den Kopf. »Nein«, sagt er und grinst. »Dann hätte das Hotel mit Sicherheit Schwierigkeiten, die Gäste zu halten.«

Ich grinse und zucke dann vor einem Regentropfen zurück, der mir auf die Stirn fällt. Fast im gleichen Moment brechen die Wolken über uns auf, als hätte Thor mit seinem Hammer darauf geschlagen und das angestaute Wasser befreit. Innerhalb von Sekunden werden wir nass bis auf die Haut.

Mason sieht sich um, rennt zum Eingang des Motels und greift sich einen Schirm aus dem Schirmständer, der neben der Flügeltür steht. Eigentlich ist es sinnlos, weil wir längst so nass sind, dass es keine Rolle mehr spielt, ob sich noch etwas mehr Regen über uns ergießt. Trotzdem spannt er ihn auf, schmunzelt herausfordernd und fragt: »Willst du da stehen bleiben?«

Ich mache einen Schritt auf ihn zu. »Möchtest du mir den Schirm nicht geben?«

Er reicht ihn mir, grinst und kommt näher, so nah, dass ich seine nächsten Worte verstehe, obwohl er flüstert: »Ich kann dir noch viel mehr geben …«

Ich mustere sein mit Regen überzogenes Gesicht, nur wenige Zentimeter von meinem entfernt, und muss lächeln.

Sein Ausdruck wird ernst. »Ich mag dich, Holly.«

Ich stocke und rücke noch mehr zu ihm. »Ich mag dich auch«, sage ich leise und lasse den Schirm zur Seite sinken. Unsere Oberkörper schmiegen sich aneinander und durch die durchnässte Kleidung spüre ich seine Wärme. Sein Blick streift mein Gesicht entlang, verweilt an meinen Lippen, wandert wieder hoch zu meinen Augen. Langsam beugt er sich vor und als seine Lippen meine berühren, schließe ich die Lider. Sanft dringt er mit seiner Zunge in meinen Mund ein, seine Lippen sind warm und sein Duft vermischt sich mit dem der kühlen Herbstluft und dem Geschmack von Regen, der unablässig über unsere Haut rinnt.

Take my hand

Am Sonntagmorgen werde ich nicht vom Wecker geweckt, sondern von Daisy. »Warum ist hier alles nass?« Mit Quinny, ihrem Stoffwaschbär, im Arm steht sie vor meinem Bett und betrachtet mich aus großen Augen.

Ich streiche mir die Locken aus dem Gesicht und sehe mich um.

Auf dem Boden liegt ein feuchter Kleiderhaufen, um den sich eine kleine Pfütze gebildet hat. Ich bin gestern Abend zu müde gewesen, habe mich umgezogen und alles hingeworfen, anstatt die Sachen sofort in die Waschmaschine zu stopfen.

Mir entweicht ein genervtes Stöhnen bei dem Gedanken, alles gleich sauber machen zu müssen. Ich setze mich auf und lasse Daisy in mein Bett krabbeln. Als sie sich genau so hinsetzt wie ich muss ich schmunzeln. Sie kann die Großen schon ziemlich gut imitieren.

»Ich hab mit Granny gesprochen«, sagt sie und hält mir ihr Kuscheltier hin. »Sie findet Quinny toll.«

Ich reibe mir über die Augen und mustere meine kleine Schwester genauer. »Wann hast du denn mit ihr gesprochen?«

»Heute Morgen«, sagt sie und holt aus der kleinen Tasche, die Quinny praktischerweise am Rücken hat, den Spiegel heraus, den Grandma ihr vererbt hat. »Sie ist aus dem Spiegel gekommen und hat mich besucht.« Daisy legt den Kopf schief und sieht mich aus ihren großen blauen Augen an. »Du brauchst nicht traurig sein«, sagt sie dann und gibt mir den Spiegel. »Dich will sie auch noch besuchen.«

Ich weiß nicht, was ich davon halten soll, aber ich kann mir nicht vorstellen, dass Daisy sich das ausdenkt. Entweder sie hat es geträumt oder Grandmas Geist ist ihr erschienen. Was bedeuten würde, dass Daisy auch Geister sehen kann. »Und wann will sie mich besuchen?«, frage ich vorsichtig.

Daisy betrachtet den Waschbären und krault ihm den Bauch. »Heute.«

***

Mom steht an der Küchentheke und betrachtet die unangerührte Tasse Kaffee vor sich, als ich herunterkomme. Anders als sonst sind ihre Haare nicht gemacht, unter ihren Augen bilden sich dunkle Ringe und sie sieht aus, als hätte sie die ganze Nacht nicht geschlafen. Als ich zu ihr trete, sieht sie mich mit einem Blick an, der nichts Gutes verheißt.

»Was ist los?«, frage ich.

»Deine Schule«, sagt sie. »Ich habe gerade mit Direktor Valentine telefoniert. Gestern auf dem Halloweenball ist einer deiner Mitschüler angegriffen worden und du«, sie beißt sich auf die Lippen, »du wirst verdächtigt etwas mit den Ermordungen der Footballspieler zu tun zu haben.«

»Was?« Ich muss beinahe lachen, wenn es nicht so absurd wäre. Valentine scheint mich wirklich als Bedrohung zu sehen.

»Holly, bitte sag mir die Wahrheit. Hast du diesen Schüler angegriffen?«

»Mom«, sage ich. »An der Schule rennt ein Mörder rum, der es auf die Footballspieler abgesehen hat. Er opfert ihre Seelen einem Dämon.« Ich warte darauf, dass sie mich unterbricht wie sonst, wenn ich über solche Dinge rede, aber heute hört sie mir zu. »Das Einzige, was ich damit zu tun habe, ist, dass ich versuche ihre Seelen vor dem Dämonen zu retten.«

»Ich kann dich von der Schule nehmen«, sagt sie. »Ich habe morgen einen Termin bei deinem Direktor.« Sie schiebt mir eine Liste hin. »Hier sind noch drei andere Schulen, bei denen du dich vorstellen kannst. Du musst morgen gar nicht mehr zur Desert Ridge High gehen.«

»Doch«, sage ich. »Das muss ich, weil ich den Geistern helfen will.«

Sie sieht mich an und in ihren Augen bilden sich Tränen.

»Ich bin nicht in Gefahr«, sage ich. »Der Mörder hat es auf Mason und die anderen Spieler abgesehen.«

Ihr Blick ist gläsern, als würde sie durch mich hindurchsehen, als wäre sie mit ihren Gedanken ganz woanders als hier in der Küche.

»Am besten, du isst erst mal was.« Fahrig stellt sie eine Pfanne auf den Herd. Doch bevor sie die Platte erhitzt, klingelt es. Mechanisch geht sie zur Tür und kommt einen Moment später mit Sheriff Wellington zurück.

»Der Sheriff hat ein paar Fragen an dich.« Jetzt ist sie richtig blass. »Möchten Sie etwas trinken?«, fragt Mom.

Sheriff Wellington nickt. »Gern. Einen Kaffee«, sagt er und wendet sich dann an mich. »Hallo, Holly.« Aus seiner Brusttasche zieht er einen Schreibblock samt Stift und legt ihn auf den Küchentresen. »Es sind nur ein paar Routinefragen«, sagt er, vielleicht, um die Nervosität zu mildern, die den Raum erfüllt, seitdem er ihn betreten hat.

Ich nicke. »In Ordnung.«

Mit zittrigen Händen stellt Mom dem Sheriff eine Tasse Kaffee vor die Nase und schiebt Milch und Zucker zu ihm hinüber. Nur ganz kurz sieht sie mich mit einem Blick an, von dem ich genau weiß, was sie denkt. *Bitte erzähl dem Sheriff nichts von Geistern und Dämonen.*

Das werde ich natürlich nicht machen. Auch wenn es vielleicht gar nicht schlecht wäre, wenn er an meiner geistigen Zurechnungsfähigkeit zweifeln würde.

»Wo waren Sie am Samstag zwischen 21 und 24 Uhr?«

Ich schlucke. Ich könnte versuchen zu flunkern, aber er ist der Sheriff und er ist darauf geschult, Lügen zu erkennen. Er wird es mir sofort ansehen und dass wird mich verdächtig aussehen lassen. Ich beiße mir auf die Unterlippe. »Ich war bei Mason Baker.«

Er sieht mich einen langen Moment an, während Mom neben mir nach Luft schnappt.

»Ich habe vorhin mit Mason gesprochen«, sagt er langsam. »Was er erzählt hat, bestätigt Ihre Aussage.«

Ich atme erleichtert aus und hoffe im selben Moment, dass es ihm nicht auffällt.

Der Sheriff kritzelt etwas auf seinen Block. »Was haben Sie gemacht?«

Ich schlucke. Nicht lügen. Die Wahrheit zurückhalten und irgendwie erraten, was Mason geantwortet hat. »Wir ... haben viel geredet.«

Der Sheriff löst seinen Blick vom Notizblock und sieht mich scharf an. »Sie haben vermutlich schon mitbekommen, dass es gestern auf dem Halloweenball einen Mordanschlag auf einen Ihrer Mitschüler gab«, sagt er und ich nicke.

»Jason«, sage ich. »Er ist ein Freund von Lilly und Mason.«

»Direktor Valentine verdächtigt Mason und Sie, etwas damit zu tun zu haben. Haben Sie eine Idee, warum er das denkt?«

Ja, ich habe eine Menge Ideen, aber die kann ich ihm leider nicht sagen. »Auf meiner alten Schule gab es einen Vorfall«, gestehe ich und ich bin mir sicher, dass es keine Neuigkeit für ihn ist. »Ich habe die Schulaula mit Wasser geflutet und bin daraufhin von der Schule geflogen.« Ich versuche es so klingen zu lassen, als würde ich mich deswegen schlecht fühlen, was mittlerweile nicht mehr der Fall ist. »Und seitdem ich auf der Desert Ridge High bin, verdächtigt Direktor Valentine mich bei allen Dingen, die dort passieren.«

Der Sheriff nickt langsam, klappt den Notizblock zu und steckt ihn zurück in seine Brusttasche. »Bitte melden Sie sich bei mir, wenn Ihnen noch etwas Wichtiges einfällt.« Er trinkt seinen Kaffee in einem Zug aus und verabschiedet sich.

Mom bringt ihn zur Tür und als sie wiederkommt, sehen wir uns an. »Er hat nicht gesagt, dass ich verdächtigt werde«, stelle ich fest.

Sie nickt. »Direktor Valentine scheint es wirklich auf dich abgesehen zu haben. Was hast du gemacht, dass er dich so schnell loswerden will?«

»Vielleicht will er ja was ganz anderes«, erwidere ich. »Etwas geheim halten zum Beispiel.«

Sie gibt ein Brummen von sich und beginnt zerstreut das Frühstück zu machen. Anstatt French Toast brät sie Orangenscheiben, ohne es zu merken, legt sie mir auf den Teller und stellt mir ein Glas Marmelade daneben. Ich esse sie, ohne etwas zu sagen, um sie nicht noch mehr zu verwirren – und es schmeckt gar nicht mal so schlecht.

***

Am Abend steht Lilly plötzlich unangekündigt vor der Haustür. »Ich muss mit dir reden«, sagt sie zur Begrüßung und steuert zielstrebig auf mein Zimmer zu. Mit schlechtem Gefühl im Magen folge ich ihr. Anstatt sich hinzusetzen, beginnt sie auf und ab zu laufen, bleibt dann stehen, rauft sich die Haare und sieht mich an, als würde sie mich nicht kennen.

»Hast du was damit zu tun, was gestern passiert ist?«, kommt sie endlich mit der Sprache raus.

Zuerst will ich Nein sagen, aber es fühlt sich falsch an. Ich versuche den Kloß hinunterzuschlucken, der sich in meinem Hals gebildet hat. »Was genau meinst du?«, frage ich dann.

Tränen bilden sich in ihren Augen. »Haben Mason und du versucht Jason zu töten?«

»NEIN!«, sage ich lauter als nötig. Wie kann sie so etwas nur denken?

Lilly atmet erleichtert aus, fängt dann aber wieder an durch mein Zimmer zu tigern, als würde es ihr dabei helfen, Antworten zu finden.

»Wie geht es ihm?«, frage ich vorsichtig.

Ihre Lippen beginnen zu beben und sie presst sie schnell aufeinander. »Er lebt«, sagt sie dann. »Aber er liegt noch im Koma.« Nachdenklich zupft sie an ihrem Ärmel und lässt sich langsam auf den Schreibtischstuhl sinken. »Jasmin hat gesagt, dass Mason und du verdächtigt werden, etwas mit der Sache zu tun zu haben. Ich habe ihr von der Legende erzählt, aber sie wollte nichts davon hören. Sie meint, es würde einfach ein ekliger Killer in der Schule herumlaufen, der es auf Footballspieler abgesehen hat. Die Polizei ist offenbar auch der Meinung, weil sie vor Jasons Zimmer im Krankenhaus einen Wachmann positioniert hat, der kontrolliert, wer rein- und rausgeht. Was mich ehrlich gesagt beruhigt.«

»Mason und ich glauben auch, dass ein Mörder die Footballspieler tötet«, bestätige ich Jasmins Annahme und Lilly runzelt skeptisch die Stirn.

»Also glaubt ihr nicht mehr an die Legende?«, hakt sie nach.

»Doch«, sage ich schnell und atme dann tief ein. »Das ist kompliziert.« Ich setze mich ihr gegenüber im Schneidersitz aufs Bett. »Wir vermuten, dass irgendwer die Spieler tötet und auf diese Weise ihre Seelen opfert.«

Misstrauisch kneift sie die Augen zusammen. »Und wem werden die Seelen geopfert? Diesem Erfolgsgott, wie Jake es erzählt hat?«

»So was in der Art.« Ich vergesse immer wieder, dass Lilly nichts von den Geistern und dem Dämon weiß und am liebsten würde ich sie in die ganze

Sache einweihen, aber ich bezweifle, dass das eine gute Idee ist. Weder für Lilly noch für uns.

»Jasmin glaubt wie die meisten, dass Mason und du was damit zu tun haben«, sagt sie und lässt den Kopf hängen. »Ich hoffe, Jason kommt bald wieder zu sich. Wenn er es nicht schafft …« Ihre Lippe zittert. »Das gestern auf dem Ball war so, als hätte es der Mörder richtig auf Jason abgesehen. Erst der Kronleuchter, dann das Messer.« Sie schüttelt den Kopf, als wollte sie die Erinnerungen vertreiben, und lehnt sich zurück gegen die Stuhllehne. »Weißt du, ich habe Jasmin daran erinnert, dass Amadeus Jason und sie vor dem Kronleuchter gerettet hat, aber davon wollte sie gar nichts wissen, obwohl Amadeus sich dabei selbst in Gefahr gebracht hat.« Sie sieht mich an und senkt den Blick schnell wieder, als läge ihr eine Frage auf der Zunge, die sie sich nicht traut auszusprechen. »Ich würde so gern mit Amadeus sprechen, nach allem, was gestern passiert ist, aber«, sie dreht sich auf dem Schreibtischstuhl zum Fenster, »Jasmin würde ausrasten, wenn sie mitbekommen würde, dass ich zu Mason und Amadeus nach Hause fahre.« Sie verdreht nervös ihre Finger. »Überhaupt wenn ich mich mit Amadeus treffen würde … Deshalb wollte ich dich um einen Gefallen bitten.« Sie traut sich nicht mich anzusehen, während sie spricht.

»Was für ein Gefallen?«, frage ich.

»Könntest du Amadeus anrufen und fragen, ob er hierherkommt? Nur damit ich mit ihm reden kann?«

Ich lächle. Auch wenn Mom nicht besonders begeistert von den Baker-Brüdern ist, erfülle ich Lilly diesen Wunsch nur zu gern.

Schon nach dem ersten Klingeln nimmt Amadeus ab und als ich ihm sage, dass Lilly bei mir ist und mit ihm reden will, hört es sich an, als wäre er schon losgerannt.

Nur wenige Minuten später steht er bei mir im Zimmer und die beiden sehen sich schweigend an, was besonders für mich unangenehm ist. »Ich koche uns mal einen Tee«, sage ich und lasse sie allein.

In der Küche nehme ich mir extra viel Zeit, staple Tassen auf einem Tablett, packe ein paar Kekse auf einen Teller, koche Tee und erst als ich nach etwa einer Viertelstunde mit allem fertig bin, gehe ich mit dem Tablett wieder hoch. Als ich eintrete, stelle ich erleichtert fest, dass die beiden endlich miteinander reden. Bis ich bemerke worüber.

»Wie meinst du das?«, fragt Lilly gerade. »Warst du schon mal tot?«

Mir fällt fast das Tablett aus der Hand und ich stelle es schnell auf dem Schreibtisch ab.

Amadeus öffnet den Mund und schließt ihn wieder, woraufhin Lilly die Augen aufreißt. »Du warst schon mal tot?«, wiederholt sie.

Hilfe suchend huschen seine Augen in meine Richtung. Ich setze mich auf die Fensterbank und beobachte, wie Amadeus sich unbeholfen das Haar aus dem Gesicht streicht, während sich draußen am Nachthimmel gerade eine dunkle Wolke zur Seite schiebt und den Vollmond wie eine Silberscheibe am Himmel erstrahlen lässt.

So viel Zeit, wie wir mit Lilly verbringen, wäre es mit Sicherheit von Vorteil, wenn sie über uns Bescheid wüsste – so wie Ludy. Vielleicht wünsche ich mir auch einfach eine Freundin zu haben, die mein Geheimnis kennt. Die Frage ist nur: Könnte sie es verkraften? Genau dasselbe scheint Amadeus gerade durch den Kopf zu gehen.

»Ich bin ...« Amadeus dehnt die Worte, als würde er überlegen, ob er es wirklich aussprechen sollte, dann blickt er wieder in meine Richtung und seufzt schwer. »Tot.«

Lilly starrt ihn einfach nur an. Ein paar Sekunden vergehen und es wird still. So still, dass man eine Stecknadel fallen hören könnte.

Dann prustet sie unerwartet los und ich zucke vor dem überraschenden Geräusch zusammen.

»Das ist echt zu viel für mich!« Sie wischt sich eine Lachträne aus den Augenwinkeln und küsst ihn auf die Wange. »Du schaffst es trotz dieser schlimmen Situation, mich aufzumuntern. Ich liebe deinen Humor.«

Ich glaube ihn so etwas murmeln zu hören wie: »Und ich liebe dich.«

Erst als sie merkt, dass weder Amadeus noch ich mit in ihr Lachen einfallen, wird sie langsam wieder ruhiger. »Warum lacht ihr nicht?«, fragt sie. »Das war doch ein Scherz, oder nicht?«

Amadeus blickt hilflos in meine Richtung.

»Ehrlich gesagt, Lilly, ist Amadeus wirklich tot«, sage ich leise.

»Lebendtot«, korrigiert mich Amadeus. »Und Holly und Mason können Geister sehen.«

Lilly blickt von Amadeus zu mir und wieder zurück. »Klar«, sagt sie und verdreht die Augen. »Und ich verwandle mich bei Vollmond in einen Werwolf.«

»Amadeus kann es dir beweisen«, sage ich.

»Beweisen?« Ihre Augen formen sich zu schmalen Schlitzen. »Wie?«

»Na ja.« Amadeus reibt sich verlegen über den Hinterkopf. »Als ich Jason vor dem Kronleuchter gerettet habe und dieser stattdessen auf mich gestürzt ist, war es gar nicht so mutig, weil ich … einfach nicht sterben *kann*.«

Seine Worte machen sie nachdenklich. »Du hättest dich wirklich schlimmer verletzen müssen, aber du kannst auch einfach Glück gehabt haben.«

»Er kann es dir beweisen«, sage ich und ermutige ihn mit einem auffordernden Winken. Amadeus scheint die Vorstellung kein Stück zu gefallen, trotzdem erhebt er sich langsam, während Lilly jede seiner Bewegungen beobachtet.

Abwartend tippt sie mit den Fingern auf ihren Oberschenkel, aber Amadeus hält inne und sieht zu mir. »Was, wenn Lilly mich danach nicht mehr ansehen will?«

»Warum?«, fragt sie. »Verwandelst du dich?«

»Ja«, antworte ich für ihn.

»Ist es sehr gruselig?«, will sie wissen.

Ich neige den Kopf. »Schon«, sage ich.

Sie atmet tief und schwer ein. »Zeig es mir, Amadeus.«

Plötzlich bin ich mir unsicher, ob es die richtige Entscheidung war, Lilly einzuweihen, aber jetzt weiß sie sowieso schon zu viel. Es gibt kein Zurück mehr.

»Du brauchst keine Angst zu haben«, sagt sie plötzlich etwas einfühlsamer. »Du weißt doch, ich liebe Horrorfilme und ich liebe dich.«

»Das klingt irgendwie schräg, wenn du das beides kombinierst«, bemerkt er.

»Meine Eltern sind Chirurgen«, ermuntert sie ihn und macht eine antreibende Geste. »Es wurde mir sozusagen in die Wiege gelegt, mich *nicht* zu gruseln.«

Amadeus atmet tief ein und wieder aus. »Ich hoffe, das stimmt.« Langsam stellt er sich in die Mitte des Raumes, reibt sich noch mal durchs Gesicht, schüttelt kurz den Kopf, als würde er sich fragen, was er hier eigentlich tut, und dann beginnt es. Ich habe es zwar schon einmal gesehen, aber es wäre gelogen, wenn ich sagen würde, ich hätte mich bereits an diesen Anblick gewöhnt. Wie von Zauberhand entfernt sich das Fleisch von seinen Knochen und vor uns steht ein Skelett in Skaterkleidung und mit einer Cap nach hinten.

Mit offenem Mund starrt Lilly ihn an. Dann geht sie zu ihm und berührt ihn. »Wow. Das ist echt«, staunt sie. »Das passiert hier gerade wirklich.«

Amadeus tritt etwas zurück in den Schatten des Zimmers und im nächsten Moment hat er wieder seine gewohnte Gestalt angenommen und beobachtet Lilly wachsam, die ihn umkreist und von oben bis unten mustert.

»Das ist unglaublich«, sagt sie atemlos. »Und Geister und Dämonen könnt ihr ... wirklich sehen?«

»Das ist mehr Masons und Hollys Bereich«, antwortet Amadeus, offenbar froh darüber, ihre Aufmerksamkeit auf ein anderes Thema lenken zu können.

Lilly wendet sich mir zu. »Hast du deshalb sofort an diese Legende geglaubt?«

Ich neige den Kopf. »Sagen wir so, Seans und Dylans Geister haben mir ein paar Hinweise gegeben.«

Sie schnappt nach Luft und verschluckt sich beinahe dabei. »Ihre ... Geister?«

Ich nicke langsam.

»Und«, fragt sie vorsichtig, »was ist mit Jason?«

Ich spüre, wie sich wieder ein Kloß in meinem Hals bildet. »Seinen Geist habe ich auch gesehen«, sage ich und fast zeitgleich entweicht ihr ein ersticker Laut.

»Aber«, sage ich schnell, »Mason und ich glauben, dass wir ihn retten können. Wir müssen es nur vorher schaffen, den Dämon zurück in die Hölle zu schicken und den Mörder zu finden, damit er nicht noch mehr Spieler umbringen kann.«

Kopfschüttelnd lässt sie sich aufs Bett sinken. »Das ist alles so unglaublich schrecklich. Ich weiß gar nicht mehr, was ich denken soll, und am liebsten würde ich etwas tun, aber ich weiß einfach nicht was.«

Erst um elf Uhr gehen die beiden. Wir haben ihr alles, wirklich alles erzählt. Sie weiß jetzt von dem Dämonen, den Geistern, dass Mason und ich Himmels- und Höllenhüter sind und dass Cole gerade zum Poltergeist mutiert und vermutlich hinter den merkwürdigen Vorfällen in der Schule steckt. Letzteres findet sie überhaupt nicht lustig. »Das ist doch echt nicht zu fassen, der nervt uns auch noch nach seinem Tod.« Aber zwischen ihr und Amadeus scheint sich nichts verändert zu haben. Nur dass sie nun noch vertrauter miteinander wirken als vorher, als ob sie das Geheimnis zusammengeschweißt hätte.

»Sehen wir uns morgen in der Schule?«, fragt sie, als wir uns an der Tür verabschieden.

»Vermutlich«, antworte ich. »Valentine hat mich nur für eine Woche suspendiert und morgen soll ich eigentlich zur Bioklausur kommen.« Ich zucke die Schultern. »Wenn ich nicht vorher von der Schule geschmissen werde, muss ich die Klausur wohl oder übel schreiben«, seufze ich und Lilly lacht.

»Dann bis morgen«, sagt sie, zögert kurz, nimmt dann Amadeus' Hand und geht mit ihm hinaus in die mittlerweile bewölkte Nacht.

Wieder in meinem Zimmer setze ich mich an den Schreibtisch und inspiziere Grandmas Spiegel, den Daisy mir gegeben hat. Auch wenn die letzten Tage so viel passiert ist und ich mich am besten einfach ins Bett legen und schlafen sollte, habe ich das Bedürfnis, ihn zu benutzen und mit Grandma zu sprechen. Es ist, als würde mir die Zeit davonrennen, und sie ist gerade meine einzige Hoffnung, mir eine Lösung für die ganze verfahrene Situation aufzuzeigen. Nachdenklich drehe ich den Spiegel zwischen meinen Fingern. Muss ich etwas Bestimmtes machen? Oder hat Daisy es sich doch nur eingebildet?

Ich betrachte mein eigenes Spiegelbild und flüstere: »Grandma?«

Überraschend steigt dünner Nebel aus der Mitte des Spiegels auf. Ich lege ihn schnell auf den Boden und beobachte, wie ihr Geist vor mir erscheint.

»Hallo, Holly.« Sie lächelt.

Es wirkt, als sei sie eine Art Teleportation aus einem Science-Fiction-Film.

»Wie ist das möglich?«, frage ich misstrauisch und erstaunt zugleich. Grandma ist nicht zu Hause gestorben, sie wurde nach ihrem Herzinfarkt tot in der Stadt aufgefunden. »Geister sind normalerweise an den Ort ihres Todes gebunden.«

»Weil ich das wusste, habe ich ein paar Vorbereitungen getroffen und einen kleinen Zauber gewirkt, der meinen Geist an diesen Spiegel bindet. Damit ich im Fall meines Todes bei euch sein kann.«

Ich schlucke und muss die Tränen unterdrücken. Es tut gut, nach so langer Zeit mit ihr zu reden. »Warum kann Daisy dich sehen?«, frage ich sie dann. »Ist sie auch eine Himmelshüterin?«

Grandma lächelt und schüttelt den Kopf. »Nein«, sagt sie. »Daisy konnte mich sehen, weil ich es wollte und weil besonders kleine Kinder noch sehr hellsichtig sind. So war es für mich einfacher, den Kontakt zu ihr herzustellen. Aber nein, sie ist keine Himmelshüterin und sie wird auch nicht wie du von Geistern aufgesucht werden.«

»Also muss ich mir keine Sorgen um Daisy machen?«

»Nein«, sagt Grandma, lächelt und wird dann ernst. »Holly«, sagt sie. »Ich habe nicht viel Zeit. Ich bin hier, um dich und Mason zu warnen. Es ist nicht der Dämon, vor dem ihr euch in Acht nehmen müsst, sondern es sind die Menschen.«

»Welche Menschen?«, hake ich nach.

Ihr Geist flackert, es ist so, als wollte sie antworten, aber sie schafft es nicht. »Trage den Spiegel bei dir«, sagt sie stattdessen und ihr Geist wird blasser.

Ein leises Klopfen am Erkerfenster lenkt meine Aufmerksamkeit ab. Als ich wieder zu Grandma blicke, ist sie verschwunden.

Es klopft erneut und ich gehe zum Fenster. In der Dunkelheit entdecke ich Mason und augenblicklich erhöht sich mein Puls. »Meine Eltern sollten dich hier besser nicht sehen«, flüstere ich, als ich ihn hereinlasse.

»Deshalb komme ich ja durchs Fenster«, sagt er und sein Mund deutet ein Lächeln an. »Ist alles okay mit dir?«

Ich nicke, auch wenn ich nicht sicher bin, ob das stimmt. Er sieht sich im

Raum um und lehnt sich dann gegen die Fensterbank. »Amadeus hat mir erzählt, dass ihr Lilly eingeweiht habt«, sagt er und runzelt nachdenklich die Stirn.

Ich nicke langsam.

»War der Sheriff heute auch bei dir?«, will er dann wissen, greift meine Hand und zieht mich etwas zu sich, was ich nur zu gern geschehen lasse.

Wieder nicke ich. »Mason«, flüstere ich und lehne meinen Kopf gegen seine Brust. Unter seinen Muskeln höre ich leise sein Herz schlagen. »Ich habe Angst um dich.« Er umschließt mich mit seinen Armen und küsst mich auf die Stirn. »Das brauchst du nicht, ich bin vorsichtig.« Ich blicke zu ihm auf und sehe in seine entschlossenen Augen. »Wer auch immer hinter den Morden steckt, ich werde ihn kriegen.«

»Holly!« Mom klopft plötzlich an der Tür. »Bist du noch wach? Es ist gleich Mitternacht.«

»Ich lieg schon im Bett«, rufe ich hastig und scheuche Mason schnell zum Fenster.

»Gut«, höre ich sie skeptisch sagen. »Mach das Licht aus, du musst morgen eine Klausur schreiben.«

Lautlos steigt Mason wieder hinaus in die kalte Nacht. Vor seinem Mund bilden sich weiße Wölkchen, als er die Leiter hinunterklettert. Ich beuge mich noch einmal zu ihm raus und gebe ihm einen flüchtigen Kuss. Er verharrt für einen Augenblick und öffnet seinen Mund. Seine Lippen sind warm und weich und schmecken nach Minze.

»Bis morgen, Holly.«

I'll be watching you

Ich tippe mir mit dem Ende des Kugelschreibers gegen die Schläfe. Mein Kopf dröhnt und ich spüre, dass meine Wangen glühen. Die Klausur ist schwieriger als erwartet und ich bin nicht gut genug vorbereitet. Die wenigen Stunden, in denen ich in den letzten Tagen noch versucht habe den Stoff der vergangenen Wochen nachzuholen, haben nicht gereicht. Dass wir die Klausur erst am frühen Nachmittag schreiben, ist auch nicht besonders hilfreich für meine Konzentration. Anstatt die Aufgaben zu lösen, schweifen meine Gedanken zu dem Dämonen, den Geistern und zu dem, was Grandma gesagt hat. Vor welchen Menschen müssen wir uns in Acht nehmen? Nein, stopp. Darüber kann ich mir später den Kopf zerbrechen. Jetzt muss ich erst mal die Klausur schreiben. *Sie ist gerade wichtiger,* versuche ich mir einzureden, aber es gelingt mir nicht. Schließlich hängt von dieser blöden Biologieklausur nicht ein Leben ab.

Warum fühlt es sich dann so an? Warum habe ich das Gefühl, dass der größte Feind auf dieser Welt gerade diese Klausur ist?

Draußen regnet es Bindfäden und dicke Tropfen prasseln gegen die Fensterscheibe, was mich erneut mit den Gedanken abschweifen lässt. Zu Mason, der gerade auf dem Footballfeld steht und für das nächste Spiel trainiert. Trotz der Todesfälle.

»Holly«, zischt Lilly neben mir und legt ihr Blatt so hin, dass ich die Lösung sehen kann. Unauffällig schiele ich hinüber und schreibe alles ab, was ich erkennen kann, bis es klingelt und Mrs Meyer die Klausuren einsammelt.

»Danke«, sage ich zu Lilly, als wir draußen stehen, hole meine Wasserflasche aus dem Rucksack und trinke sie in einem Zug leer. Aber es hilft nicht gegen die stechenden Kopfschmerzen.

»Wo ist Jason jetzt?«, fragt sie und sieht aus dem Fenster hinaus auf den verregneten Schulhof. Ihre Unterlippe bebt, als würde sie dagegen ankämpfen loszuweinen. So war es schon, bevor wir die Klausur geschrieben haben.

»Ich weiß es nicht«, sage ich. »Aber sein Geist hat sich in Sicherheit gebracht.«

Sie sieht mich an und Tränen sammeln sich in ihren Augen. »Wir müssen ihn retten, okay?«

Ich nicke.

»Bitte«, fleht sie. »Versprich mir, dass wir ihn retten. Er darf einfach nicht sterben, er darf diesem Dämon nicht …« Sie beißt sich wütend auf die Lippe und Tränen fließen über ihre Wangen.

Ich weiß, dass ich nichts versprechen kann, trotzdem nicke ich. »Wir werden einen Weg finden«, sage ich. »Entweder er erwacht aus dem Koma oder wir schaffen es, den Dämonen vorher in die Hölle zu schicken.«

Sie wischt sich mit dem Ärmel die Tränen aus dem Gesicht und nickt. »Gut.«

»Warum flennt Lilly?« Coles Geist lehnt mit verschränkten Armen an der gegenüberliegenden Wand.

»Wegen der Klausur«, flunkere ich ihn an. Zum einen, weil ich weiß, dass er sich meine Aufmerksamkeit auf andere Weise holt, wenn ich ihn ignoriere, und zum anderen, weil ich ihn nicht wütend machen will, denn um ihn hat niemand wirklich geweint. Wer weiß, was er Jason aus Rache antun würde.

»Ist das Jason?« Lilly sieht neugierig in Coles Richtung. Ich schüttle schnell den Kopf und ziehe sie zum Ausgang. »Ein anderer Geist«, sage ich nur.

»Konntest du schon herausfinden, wie du mich wieder in einen Menschen verwandelst?« Cole folgt uns und streift gelangweilt mit der Hand an der Wand entlang.

Ich schüttele zur Antwort den Kopf. »Wir müssen erst herausfinden, wer hinter den Morden steckt«, sage ich. Es ist mehr ein Geistesblitz, aber vielleicht kann Cole uns tatsächlich eine Hilfe sein.

»Habt ihr denn noch keinen Verdächtigen?«, fragt er genervt. »Was seid ihr bitte für Loser? Haben die da oben irgendwie einen Fehler gemacht, als die euch die Fähigkeit gegeben haben, Geister zu sehen? Mal ehrlich, was könnt ihr eigentlich? Nichts.«

Wieder einer dieser nervtötenden Cole-Monologe.

»Alles muss man selber machen«, schimpft er und löst sich im nächsten Moment in Luft auf.

Immerhin eine Sache, die ich an ihm mag. Er kann von jetzt auf gleich verschwinden.

»Holly Gilbert«, hallt Direktor Valentines Stimme plötzlich durch den Lautsprecher. »Kommen Sie bitte umgehend in mein Büro.«

Lilly sieht mich mit großen Augen an. Ich hebe nur die Schultern. »Keine Ahnung, was er will.« Dennoch folge ich der Aufforderung.

»Bestimmt haben Sie schon mitbekommen, dass der Halloweenball kein besonderer Erfolg war, oder?«, fragt er zur Begrüßung, sobald er die Tür hinter mir geschlossen hat. »Delilah Green und ich sind hochgradig enttäuscht, dass wir den Pokal auch dieses Jahr nicht gewonnen haben.« Mit einer Geste bedeutet er mir auf dem Stuhl vor seinem Schreibtisch Platz zu nehmen.

»Seitdem Sie Ihren Fuß in meine Schule gesetzt haben, geschehen täglich Unglücke«, beginnt er, sobald ich sitze. »Unfälle, Vandalismus, üble Streiche, Morde.«

»Damit habe ich nichts zu tun«, verteidige ich mich, fummle nervös an meinem Rucksack und hole Grandmas Spiegel aus der vorderen Tasche. Es beruhigt mich, ihn einfach in der Hand zu halten.

»Wo waren Sie Samstagabend?«

»Das habe ich doch schon mit Sheriff Wellington besprochen«, erwidere ich.

Direktor Valentine verzieht sein Gesicht, sodass seine buschigen Augenbrauen ein V bilden und sich auf der Stirn tiefe Falten zeigen. Er stützt sich mit den Händen auf dem Schreibtisch ab, beugt sich vor und wartet.

»Bei Mason«, sage ich, als mir sein Blick zu unangenehm wird.

»Ha!«, macht er, wirft die Hände in die Luft, geht zum Fenster und dreht sich wieder zu mir. »Sie waren am Samstag mit Mason Baker unterwegs und hier auf dem Halloweenball ist ein Unglück nach dem nächsten passiert«, zischt er. »Glauben Sie wirklich, ich merke nicht, dass Sie beide dahinterstecken?«

»Wir waren das nicht«, sage ich und versuche die Wut zu unterdrücken, die in mir hochkocht.

»Ich weiß, was Sie an Ihrer alten Schule angestellt haben, und ich kann durchaus eins und eins zusammenzählen.« Er verschränkt die Arme und lehnt sich gegen den Sims, bevor er weiterspricht. »Wir wissen beide, dass Sie damit etwas zu tun haben«, sagt er. »Und als Direktor dieser Schule sehe ich mich in der Verantwortung, die verloren gegangene Ordnung wiederherzustellen. Gleich habe ich noch ein Gespräch mit Ihrer Mutter, aber ich sage es Ihnen jetzt schon mal persönlich: Bitte verlassen Sie die Desert Ridge High School!«

Mir klappt die Kinnlade herunter. Er will mich einfach nur loswerden, als ob das die Lösung für die Probleme ist. Wenn nicht Menschenleben und Seelen davon abhingen, wäre jetzt der Zeitpunkt zu sagen: *Gut, ich gehe*. Aber ich kann es einfach nicht.

Ich beiße die Zähne zusammen. »Nein«, sage ich und stehe ebenfalls auf. »Ich werde diese Schule nicht verlassen.«

»Denken Sie lieber noch einmal darüber nach. Jetzt kann ich Sie noch mit einem positiven Gutachten entlassen, mit dem Sie auf jeder anderen Schule aufgenommen werden, soweit diese über Ihre vorherige Schulakte hinwegsieht. Wenn nicht, verspreche ich Ihnen, dass ich ein Auge auf Sie haben werde – und bei dem kleinsten Regelverstoß werden Sie fliegen und dann wird auch keine andere Schule ihre Türen für Sie öffnen.«

Mit der Hand umklammere ich Grandmas Spiegel und vor Wut steigen mir Tränen in die Augen. Er sucht nach einem Schuldigen, dem er die Verantwortung für die ganzen unerklärlichen Dinge an dieser Schule zuschieben kann und um seine eigene Weste reinzuwaschen.

Plötzlich sehe ich, wie aus dem Spiegel in meiner Hand Nebel aufsteigt und einen Moment später steht Grandmas Geist neben mir.

»Ach, Henry«, sagt sie. Ihr durchsichtiges Ebenbild scheint nur Augen für Direktor Valentine zu haben.

»Weißt du, wir waren mal ein Paar. Vor langer, langer Zeit«, sagt sie und wendet sich zu mir.

»Holly Gilbert?« Direktor Valentine sieht mich ungeduldig an.

»Ja?«

»Möchten Sie noch einmal eine Nacht über Ihre Entscheidung schlafen?«

Offenbar kann er Grandmas Geist nicht sehen. Einen Moment habe ich geglaubt, sie sei wegen ihm erschienen.

»Frag ihn, ob er sich noch an den Samstag im Frühsommer 1970 erinnern kann, wo wir zusammen nachts in unsere Schule eingebrochen sind und wild in der Bibliothek geknutscht haben«, mischt sie sich ein.

»Das frage ich ganz bestimmt nicht«, entgegne ich. Es gibt Dinge, die ich mir nicht vorstellen will. Vor allem keine wilden Knutschgeschichten aus Grannys Vergangenheit mit dem Direktor.

»Was fragen Sie ganz bestimmt nicht?«, fragt Direktor Valentine ungeduldig und beäugt mich misstrauisch.

»Dann frag ihn, ob er sich noch daran erinnern kann, dass er die Bibliothek danach in Brand gesetzt hat und es nur nicht herausgekommen ist, weil ich geschwiegen habe«, sagt sie.

Jetzt wird es schon interessanter.

»Können Sie sich noch an den Frühsommer 1970 erinnern?«, frage ich Direktor Valentine. »Als Sie die Schulbibliothek in Brand gesetzt haben?«

Grandmas Geist legt den Kopf schief und wartet seine Reaktion ab.

»Wie bitte?«, fragt dieser, als hätte er sich verhört.

Also wiederhole ich meine Frage.

»Wie können Sie es wagen, mir so etwas vorzuwerfen!«, empört er sich. Er wirkt beinahe glaubwürdig, nur die Schweißperlen auf seiner Stirn verraten ihn.

»Sag ihm, dass ich neben dir stehe und noch mehr Geheimnisse verrate, wenn er dich nicht auf dieser Schule bleiben lässt.«

Skeptisch blicke ich zu Grandma. »Meinst du das ernst?«

Direktor Valentines Gesicht nimmt einen besorgten Ausdruck an, als würde er glauben, meine vermeintlichen Selbstgespräche wären ein eindeutiger Beweis dafür, dass ich langsam den Verstand verliere.

»Na los«, ermuntert mich Grandma. »Sag es ihm.«

Seufzend verschränke ich die Arme und sage: »Der Geist meiner Grandma steht neben mir und sie sagt, dass sie mir noch mehr Geheimnisse über Sie verrät, wenn Sie mich rausschmeißen.«

Das Gesicht des Direktors wird bleich und er scheint endgültig davon überzeugt zu sein, dass ich durchdrehe.

»Grace ist tot«, sagt er und schleicht langsam mit dem Rücken zur Wand in Richtung Tür, ohne mich aus den Augen zu lassen, als wäre ich ein eigenartiges Tier, das schnellstmöglich aus seinem Büro vertrieben werden muss.

»Ich weiß«, entgegne ich, »es ist ja auch ihr Geist.«

»Den nur Sie sehen können?« Es ist mehr eine Feststellung als eine Frage. »Wissen Sie, was ich glaube?« Langsam nähert er sich der Tür. »Ich glaube, Sie haben die alten Tagebücher Ihrer Grandma gefunden und versuchen mich nun damit zu erpressen. Und gleichzeitig tun Sie so, als könnten Sie Geister sehen, um mir Angst einzujagen.« Er nähert sich der Tür und streckt die Hand nach der Klinke aus. »Aber glauben Sie mir, alles, was Sie in diesen Tagebüchern lesen, ist die verzweifelte Stimme einer jungen Frau, deren Liebe ich leider nicht erwidert habe.«

»Wie bitte?« Grandma lächelt amüsiert. »Das ist ja wirklich interessant, wie die Tatsachen, kaum ist man gestorben, verdreht werden.«

Er öffnet die Tür, will hinausgehen und wird im nächsten Moment von einem kalten, kräftigen Windstoß zurück ins Büro gestoßen. Die Tür knallt wieder zu. Die Lichter im Raum flackern auf und es wird so kalt, dass wir unseren Atem sehen.

»Hören Sie sofort mit diesen Tricks auf«, bellt er kleinlaut.

»Ich bin das nicht«, sage ich und vermute, dass Grandma dahintersteckt, aber sie schüttelt den Kopf und deutet auf Coles Geist, der neben dem Schreibtisch erscheint. Plötzlich beginnen sich die Möbel zu bewegen, die Bilder an den Wänden wackeln und als würde jemand hinter der Tür stehen, zeichnet sich ein riesiger Mund in dem Holz ab, öffnet sich und es ertönt ein nervenzehrendes Kreischen. Wie die Bohrmaschine beim Zahnarzt dringt es in meinen Kopf und erzeugt einen Schmerz, der mich betäubt, benebelt, Übelkeit in mir hervorruft und einfach nicht verschwinden will, so fest ich auch die Hände gegen die Schläfen presse.

»Wo waren Sie, als die Spieler ermordet wurden?«, schreit die Stimme – Coles neue Art, mit unserer Welt zu kommunizieren.

Direktor Valentine stolpert nach hinten, fällt und krabbelt zurück, als wollte er vor dem sprechenden Mund in der Tür fliehen.

»Sie haben uns im Stich gelassen. Sie sind schuld an unserem Tod.«

Ich greife in meine Tasche, hole den Beutel mit Friedhofserde heraus, öffne ihn und werfe den Inhalt auf Coles Geist. Es dauert nur einen Sekundenbruchteil, bis er sich in Luft auflöst und alles wieder in seinen Normalzustand zurückkehrt.

Erschöpft atme ich auf. Direktor Valentine gewinnt schneller seine Fassung wieder, als ich erwartet habe. »Holly Gilbert«, bellt er, »Ihre Streiche reichen mir. Sie sind auf unbestimmte Zeit suspendiert und der hier«, er greift nach Grandmas Spiegel, den ich immer noch in meinen Händen halte, »der ist konfisziert.«

»Geben Sie den sofort wieder her!«, protestiere ich.

»Raus!«, raunzt er. »Sofort.« Er weist mir mit ausgestrecktem Arm den Weg aus dem Büro. »Überlegen Sie sich gut, ob Sie nicht doch freiwillig die Schule wechseln, bevor ich einen handfesten Grund finde, Sie endlich von der Desert Ridge High zu schmeißen.«

Wütend verlasse ich das Büro, laufe die Treppen hinunter und stoße fast mit Mom zusammen.

»Holly«, sagt sie und schaut gestresst auf ihre Uhr. »Ich bin spät dran. Direktor Valentine wartet bestimmt schon auf mich.« Gehetzt läuft sie die Treppen hinauf und ich komme nicht mal dazu, sie vorzuwarnen. Aber das spielt sowieso keine Rolle mehr. Vermutlich werden die beiden sich sogar einig darüber, dass ich die Schule verlassen soll. Den Spiegel werde ich mir trotzdem zurückholen, er hat nicht das Recht, ihn mir wegzunehmen.

Danke, Cole, verfluche ich ihn, als ich auf den Schulhof trete. Und danke, Grandma. Hätte sie mir nicht ein Haus in Florida vererben können statt der Fähigkeit, Geister zu sehen? Das wäre wenigstens etwas gewesen, das mein Leben verschönert hätte.

Mittlerweile hat es aufgehört zu regnen, aber angenehmer ist das Wetter dadurch nicht geworden. Es ist einer dieser trüb feuchten Novembertage, an denen es bereits am Nachmittag zu dämmern beginnt. Nein, ich mag diesen

Monat wirklich nicht, wenn ich im Dunkeln das Haus verlasse und auch im Dunkeln wieder zurückkomme. Es fühlt sich einfach so an, als würde mir jemand an diesen kurzen Tagen die Zeit stehlen.

»Holly?« Mason holt mich im Laufschritt ein. »Was machst du noch hier?« Er riecht nach Duschgel, seine Haare sind etwas feucht und er trägt seine Trainingstasche über der Schulter. Es ist das erste Mal, dass wir uns heute begegnen, und in mir vermischen sich die Gefühle. Zum einen freue ich mich ihn zu sehen, gleichzeitig macht es mich nervös – und ein noch anderer Teil in mir weiß nicht so recht, wie er sich verhalten soll.

»Ich hatte noch ein Gespräch mit Direktor Valentine«, sage ich. »Das von Cole unterbrochen wurde.«

Masons Blick genügt, um zu wissen, was er davon hält. »Hat er euch angegriffen?«, fragt er und mustert mich sorgfältig. Ich hebe die Schultern und spüre gleichzeitig, wie ich mich in seiner Nähe mehr und mehr entspanne. »Nicht wirklich«, sage ich. Mason hebt wenig überzeugt die Braue, wechselt aber das Thema. »Bist du auf dem Weg nach Hause?«, will er wissen.

Ich nicke.

Er hält mir seine Hand hin und lächelt. »Wollen wir zusammen gehen?«

Zufrieden nehme ich seine Hand und als unsere Haut sich berührt, überschwemmen mich Erleichterung und Aufregung zugleich.

Gerade als wir den Schulhof verlassen wollen, läuft Rex Silverman beinahe in uns hinein. »Tut mir leid«, sagt er schnell und hält entschuldigend sein Handy hoch. »Ich war gerade mit den Gedanken woanders.« Er fährt sich durch die Haare, lächelt verlegen und wirkt etwas zerstreuter als sonst. »Habt ihr beiden vielleicht fünf Minuten? Ich muss für Coach Carter ein paar Sachen aus dem Keller holen. Wenn ihr mir helft, muss ich nicht dreimal laufen.«

Ich wechsle mit Mason einen Blick. Als ich das letzte Mal in den Schulkeller gegangen bin, hatte ich eine ziemlich unangenehme Begegnung mit Coles Poltergeist.

»An sich würde ich Ihnen gern helfen«, sage ich, »aber ich wurde gerade von der Schule suspendiert.«

»Schon wieder?« Rex Silverman schüttelt ungläubig den Kopf. »Du bist wohl Direktor Valentines Sündenbock, was?« Er seufzt, sieht zum Schulgebäude und wieder zurück. »Wenn du mit mir unterwegs bist, ist das kein Problem. Ihr wärt mir wirklich eine große Hilfe.«

Cole war gerade wirklich schlecht drauf. Obwohl ich keine Lust habe, ihm heute noch mal zu begegnen, will ich es Rex Silverman nicht zumuten, sich Coles Geist allein gegenüberzusehen.

Mein Blick wandert zu Mason und ich zucke mit den Schultern. »Wenn Sie sagen, dass es in Ordnung ist, kann ich ruhig mitkommen«, sage ich und Mason nickt.

»Danke.« Rex Silverman gewinnt seine übliche selbstbewusste Ausstrahlung zurück und lässt uns den Vortritt in Richtung Schulgebäude.

Als wir die Glastür zum Treppenhaus erreichen, hält Silverman sie uns höflicherweise auf, damit wir vorgehen können. Mason stellt seine Sporttasche daneben ab und folgt mir hinunter in den Keller. Er wirkt weniger begeistert und ich frage mich, ob es an der Tatsache liegt, dass wir noch mal zurück in die Schule müssen – oder an Rex Silverman selbst. Er hat es nie gesagt, aber ich habe das Gefühl, Mason mag ihn nicht besonders.

Young blood

Das Licht flackert leicht, als wir den Schulkeller betreten. Als könnte es sich nicht entscheiden, ob es angeschaltet bleiben oder doch lieber ausgehen möchte.

»Immer geradeaus«, sagt Silverman und lässt Mason und mich vorgehen, »bis zum Ende des Flurs.«

Achtsam laufe ich den Gang entlang und spüre, wie es langsam kälter wird. Nicht die übliche Kälte, die einem in jedem Keller begegnet, sondern die Geisterkälte. Die Kälte, bei der ich meinen Atem sehen kann. Ich wende mich kurz zu Mason um und merke, dass er seinen Höllenöffner in der Hand hält.

»Links«, weist Rex Silverman uns die Richtung. »Die Tür müsste offen sein.«

Ich atme tief ein, darauf gefasst, gleich Coles Geist zu begegnen, und drücke die Tür auf. Ein Quietschen von ungeölten Scharnieren ertönt. Weiter hinten im Raum leuchtet ein kleiner weißer Punkt. Ich warte einen Augenblick. Aber kein Geist taucht auf. Vielleicht bewahrt Cole sich den Spaß wieder bis zum Schluss auf. Ich taste nach dem Lichtschalter und einen Moment später geht eine schwache Lampe an.

Es ist ein feuchter, dunkler Raum.

»Die Sachen liegen ganz hinten«, höre ich Rex Silverman sagen.

Vorsichtig gehe ich durch den langen Raum, dicht gefolgt von Mason, was mich beruhigt. Sich gemeinsam einem Geist oder Dämon zu stellen fühlt sich einfach besser an.

An den Wänden stehen alte Regale, in denen sich Metallschalen und andere Dinge stapeln, und am Boden liegt … Ich bleibe abrupt stehen und Mason hinter mir stößt gegen meinen Rücken. Vor uns liegt Dorian O'Brien. Seine Kehle ist aufgeschlitzt, in einen Kessel unter seinen Hals tropft klebriges Blut und er röchelt leise.

»O mein Gott!« Ich renne zu ihm. »War das … Cole?!« Panisch sehe ich zu Mason, der sich neben Dorian O'Brien kniet und versucht den Schnitt an seiner Kehle zuzudrücken. Er blickt auf, als suchte er nach etwas, um die Blutung zu stoppen.

Ich ziehe meinen Schal aus. »Hier!«, sage ich, aber er nimmt ihn nicht, sondern starrt auf etwas hinter mir. »Mach die aus! Schnell!«

Ich drehe mich um.

Das kleine Leuchten am Ende des Raums, das ich gesehen habe, bevor ich das Licht eingeschaltet habe, ist eine blutrote Altarkerze, in die Zeichen eingeritzt sind. Ohne zu fragen, eile ich los, um sie zu löschen, doch bevor ich es schaffe, stellt sich mir Rex Silverman in den Weg.

»Das würde ich lassen!« Er richtet eine Pistole auf mich. Instinktiv weiche ich zurück, bis ich neben Mason stehen bleibe.

Dorian O'Brien gibt ein Gurgeln von sich, dann weicht das Leben aus ihm und Mason lässt ihn langsam los. Reglos sackt Dorians Körper auf den Boden. Einen Moment später weicht ein Schatten aus dem leblosen Fleisch und sein Geist steht orientierungslos im Raum. Mason putzt sich die blutigen Hände flüchtig an der Hose ab, erhebt sich langsam und zieht mich zu sich ... weg von Silverman.

»*Sie* haben Dorian O'Brien getötet?«, sage ich ungläubig. Das verstehe ich nicht. Was hat Rex Silverman davon? »Warum?«

»Weil er mir meine größte Geldquelle zerstören wollte«, antwortet er. »Wisst ihr, wie viele Millionen ich an den Spielern und ehemaligen Spielern der Desert Ridge Eagles verdiene? Und er wollte dafür sorgen, dass die Siegessträhne endet.«

»*Sie* haben den Deal mit dem Dämon geschlossen?«, fragt Mason.

»Nein.« Silverman verdreht die Augen und schüttelt den Kopf. »Als der Deal geschlossen wurde, habe ich ja noch nicht mal gelebt. Dorian O'Brien hat den Dämon heraufbeschworen und ist den Pakt mit ihm eingegangen. Vor fünfundzwanzig Jahren hat er mir davon erzählt, weil er einen Nachfolger brauchte, für den Fall, dass er stirbt.« Er betrachtet die Leiche mit gespieltem Bedauern. »Die Tradition muss schließlich fortgesetzt werden.«

»Was meinen Sie damit?«, fragt Mason und geht einen Schritt auf ihn zu, was dazu führt, dass Silverman seine Waffe auf ihn richtet.

»Alle fünfundzwanzig Jahre müssen fünf Seelen geopfert werden«, sagt Silverman.

»Also stimmt die Legende«, versuche ich Zeit zu gewinnen.

»Ja, natürlich.« Er zuckt gleichgültig die Schultern.

»Also hat Dorian O'Brien wirklich seinen eigenen Urenkel geopfert«, sage ich und betrachte angewidert den Geist, der immer noch wirkt, als wüsste er nicht, was mit ihm geschehen ist.

»Das mit Cole war ein Unfall«, sagt Silverman mit Bedauern. »Eigentlich wollte ich an dem Tag schon Jason töten, aber das ist leider schiefgegangen. Ihr könnt euch bestimmt vorstellen, dass Dorian nicht besonders glücklich darüber war.« Er blickt auf den leblosen Körper. »Ich habe wirklich ein schlechtes Gewissen deswegen. Schließlich habe ich ihm so viel zu verdanken. Er hat mich in die Kunst der schwarzen Magie eingeweiht und mich mit Erfolg, Reichtum und Ruhm beschenkt.«

O'Briens Geist scheint sich langsam zu orientieren, denn seine Mimik wechselt von verwirrt zu grimmig.

»Also hat O'Brien alle fünfundzwanzig Jahre die fünf Spieler getötet und dieses Jahr haben Sie die Tradition weitergeführt«, schlussfolgert Mason.

»Korrekt«, stimmt ihm Rex Silverman zu. »Ich muss gestehen, es ist schon etwas ärgerlich, dass ich mir die Finger dreckig machen muss, damit der Deal am Laufen bleibt. Aber hey.« Er hebt die Schultern und lächelt gehässig. »Das ist es wert.«

Bei seinen Worten zieht sich mein Magen zusammen. Ich unterdrücke den Anflug von Übelkeit und versuche einen klaren Kopf zu bewahren.

Plötzlich erscheinen mir die Hinweise der vergangenen Wochen so überdeutlich. Immer wenn einer der Spieler ums Leben kam, war Silverman in der Nähe. Kurz bevor Dylan den Unfall hatte, hat Lilly mir Silverman im Schulflur vorgestellt. Als Cole im Chemieunterricht verunglückt ist, bin ich Silverman kurz vorher im Treppenhaus über den Weg gelaufen und er hat sich erkundigt, ob ich dem Cheerleaderteam doch noch beitreten will. Und als jemand Jason auf dem Ball ein Messer in die Brust gerammt hat, war es Silverman, der die gaffenden Leute zurückgedrängt hat. Er war immer in der Schule, wenn ein neues Todesopfer gefordert wurde.

»Und wie haben Sie die Opfer ausgewählt?«, fragt Mason und scannt unauffällig den Raum, als würde er prüfen, wie unsere Chancen für eine Fluchtmöglichkeit stehen.

Nicht besonders gut, befürchte ich.

»Die Opfer müssen immer aus der Mannschaft kommen und am besten besonders erfolgreich und talentiert sein«, zählt Silverman auf. »Sonst wird der Dämon wütend. Er ist ein Feinschmecker. Nur die besten Seelen für seinen Gaumen«, sagt er lachend.

»Das ist widerlich«, würge ich hervor.

Silvermans Mund verzieht sich zu einem diabolischen Grinsen. »Findest du?«

»Aber dieses Jahr hat es nicht so gut geklappt wie in den letzten Jahren, stimmt's?«, sagt Mason. »Sie scheinen es nicht richtig zu machen.«

Silvermans Miene versteinert. »Ich mache überhaupt nichts falsch.« Er deutet mit der Waffe in meine Richtung und ich schnappe nach Luft. »Ihre Grandma ist schuld. Sie hat irgendeinen Zauber gewirkt, der die Seelen der Spieler schützt. Ich dachte, wenn ich sie umlege, löst sich das Problem von allein, aber das hat leider nicht geklappt. Deshalb musste ich noch einen Schritt weiter gehen und den Herrn des Dämons opfern.« Er nickt zu Dorian O'Brien.

Ich brauche einen Moment, bis ich verstehe, was er gerade gesagt hat. »Sie …« Ich schlucke schwer. »Sie haben meine Grandma getötet?«

Er legt den Kopf schief. »Ja«, sagt er. »Genau so, wie ich euch beide jetzt gleich töten werde. Das war echt großzügig von dir, Mason, dich mir als fünftes Seelenopfer so bereitwillig vor die Füße zu werfen.«

»Sie haben sich verzählt«, zische ich. »Jason lebt noch.« »Nicht mehr lange.« Silverman wischt meinen Kommentar mit einer flüchtigen Bewegung weg. »Um ihn kümmere ich mich, wenn ich mit euch fertig bin.«

Im Augenwinkel sehe ich, wie Masons Hände sich zu Fäusten ballen. »Warum haben Sie Grace getötet?«

»Grace«, wiederholt Silverman amüsiert und blickt kurz auf seine Armbanduhr. »Sie hatte schon vor fünfundzwanzig Jahren die Vermutung, dass die Desert Ridge Eagles dem Bann eines Siegesdämons unterliegen«, sagt er. »Zu der Zeit bin ich noch mit Paige zusammen gewesen.« Er grinst mich selbstgefällig an und ich muss bei dem Gedanken, dass Mom mit so einem Menschen ausgegangen ist, fast würgen. »Damals konnte Grace nichts dagegen tun. Leider hat sie die letzten fünfundzwanzig Jahre genutzt, um Nachforschungen anzustellen und einen Schutzzauber zu finden. Sie hat Dorian zur Rede gestellt und wollte ihn aufhalten. Sie versuchte ihm einzureden, dass er in die Hölle komme, wenn er weiterhin unschuldige Spieler opfere. Aber mal unter uns, seine Weste konnte er doch längst nicht mehr reinwaschen.«

Ich beiße die Zähne zusammen und kämpfe gegen die Wut an, die in mir hochkocht.

»Ihr Fehler war es, mir alles zu erzählen«, fährt er selbstgefällig fort. »Sie verriet mir, dass sie einen Gegenzauber gefunden habe. Tja, sie verdächtigte ausschließlich Dorian und dachte tatsächlich, ich würde ihr dabei helfen, den Zauber auszuführen.« Er lacht, als würde er sich über Grandma lustig machen. »Und da sie mir vertraut hat, konnte ich sie ganz leicht mit Cyankali vergiften.«

Mir wird schwindelig und ich sehe zu Mason. »Ich dachte, Grandma hatte einen Herzinfarkt.«

Silverman macht eine wegwerfende Handbewegung. »Dorian hat den Gerichtsmediziner bestochen. Sie waren alte Freunde.«

Es ist wie ein Tuch, das sich über mein Gesicht legt, mir die Sicht vernebelt und den Atem wegdrückt, als wollten mich die ausgesprochenen Worte ersticken.

Wie gelähmt starre ich ihn an. Ich stehe vor Grandmas Mörder. Ein Sturm von Gefühlen steigt in mir auf und ich weiß nicht, was ich machen soll. Weinen, schreien, auf ihn springen und ihn würgen.

Er fuchtelt mit der Waffe herum und deutet uns an zurückzutreten. »Genug geredet. An die Wand mit euch.« Gierig leckt er sich über die Lippen, als hungerte er danach, Blut fließen zu sehen.

Ich spüre, wie Masons Hand sich sanft um meine Taille legt, er mich langsam hinter sich schiebt und sich schützend vor mich stellt, seine Hand auf meiner Hüfte ruhend. Wachsam behält er Silverman im Auge.

»Warum tun Sie das alles?«, frage ich.

»Natürlich nur für ein höheres Wohl, du Nervensäge!« Er verdreht die Augen. »Warum schließt man einen Pakt mit einem Dämon?«

»Macht und Einfluss?«, frage ich.

Er neigt den Kopf. »Das sind sehr gute Gründe, findest du nicht? Ich meine, manche machen es tatsächlich für vollkommen belanglose Dinge, zum Beispiel, um beliebt zu sein.« Er schüttelt ungläubig den Kopf. »Wem bitte ist diese Tatsache so wichtig, dass er dafür seine Seele verkaufen würde?«

»Sie haben Ihre Seele *verkauft?*«, frage ich. »Das ist der Deal mit dem Dämon?«

»Natürlich nicht«, meint er lachend. »Allerdings sind Seelen die einzige Währung, die Dämonen akzeptieren. Offenbar sind Seelen das Kapital der Hölle. Aber ich bin doch nicht wahnsinnig und verkaufe meine eigene Seele. Ich opfere ihm einfach die der anderen.«

»Nach Ihrem eigenen Tod werden Sie trotzdem in der Hölle landen«, knurrt Mason.

Silverman legt den Kopf schief. »Wer sagt, dass ich sterben werde? In den letzten fünfundzwanzig Jahren habe ich mich im Fach der schwarzen Magie fortgebildet – glaubt mir, ich bin verdammt gut.« Er zielt auf Mason. »Genug geredet, der Dämon hat Hunger.«

Erst jetzt, als es violett zu leuchten beginnt, bemerke ich das breite Lederarmband an Rex Silvermans Handgelenk.

Plötzlich flackert die sowieso schon nur leicht scheinende Lampe auf und im nächsten Moment huscht etwas durch den Raum und bleibt genau vor uns in der Luft schweben. Der Dämon. Doch nicht nur er. Auch Coles Geist verharrt plötzlich neben ihm.

»Urgroßvater?« Er starrt Dorian O'Brien entsetzt an.

»Wie schön«, sagt Rex Silverman, »ein Familientreffen und hoffentlich ein Festmahl für Successio.«

Der Dämon fletscht die spitzen Zähne und beginnt zu sabbern wie ein hungriges Tier.

»Sie können die Geister sehen?«, frage ich.

Silverman winkt mit dem Armband an seinem linken Handgelenk, in dem der violette Stein leuchtet. »Nur wenn ich das Amulett aktiviere.«

In dem Moment springt Mason auf ihn, schlägt ihm die Waffe aus der Hand, nimmt seinen Arm und schmettert Silverman auf den Boden. Der Stein zersplittert und das violette Licht erlischt. Mason, in einer mir unbekannten Sprache murmelnd, zückt den Höllenöffner, von dem ein dunkelrotes Licht wie ein Laser nach vorn schießt und einen schmalen rot leuchtenden Streifen in Richtung Boden schlitzt, bis sich in der Erde ein Spalt auftut.

»Bereit für die Hölle?«, fragt Mason den Dämon, aber Dorian O'Briens Geist fühlt sich angesprochen.

»Hölle?«, knurrt dieser.

Ich schnappe nach Luft und beobachte, wie der rote Spalt größer wird.

Ich kann nicht sehen, was dahinter passiert, aber ich kann es hören. Wimmern, Schluchzen, Schreie ... Das Tor zur Hölle ist geöffnet. Ein markerschütterndes Kreischen schallt durch den Raum, als die Hölle den Dämon und die Seele von Dorian O'Brien wie einen Staubsauger in sich hineinsaugt.

»Nein!«, schreit Cole plötzlich und greift nach der Hand seines Urgroßvaters. Er versucht ihn zu halten, wird mitgerissen und verschwindet mit ihm und dem Dämon in der Tiefe. Der Spalt schließt sich und im Raum breitet sich Totenstille aus.

»Wurde Cole auch in die Hölle gezogen?«, frage ich schwer atmend.

»Sieht so aus.« Mason lässt von Rex Silverman ab und steht auf.

»Ihr miesen Quälgeister, das werdet ihr büßen!« Silverman springt auf, hält plötzlich ein Messer in der Hand und sticht es Mason in die Seite.

»Nein!« Ich stürze zu Mason, aber es ist zu spät. Er zuckt zusammen, verliert die Kraft und gleitet zu Boden.

»Glaubt ihr wirklich, ihr könntet *mich* aufhalten?« Das blutverschmierte Messer blitzt vor meinem Gesicht auf und zischt auf meine Kehle zu. Das Einzige, was ich noch schaffe, ist, meine Augen zu schließen, als würde es mich vor dem bevorstehenden Schmerz schützen können. Jeder Muskel meines Körpers spannt sich an, aber anstatt dass die scharfe Klinge meine Kehle aufschlitzt, ertönt plötzlich ein dumpfer Schlag. Ansonsten passiert nichts. Ich wage zu blinzeln. Rex Silverman steht wie erstarrt vor mir, dann kippt er zur Seite und bleibt reglos am Boden liegen. Vorsichtig sehe ich wieder auf.

»Mom?«

Mit einem Feuerlöscher in beiden Händen steht sie im Raum und schaut zu dem bewusstlosen Silverman, bereit das schwere Metall erneut auf seinen Kopf zu donnern. Mit dem Fuß tippt sie gegen seinen Arm, aber er regt sich nicht mehr. Sie wirft den Feuerlöscher in die Ecke und eilt zu mir. »Geht's dir gut?«

Ich nicke. »Aber Mason nicht!« Ich versuche die Wunde an seinem Bauch mit der Hand zuzupressen, obwohl das Blut zwischen meinen Fingern hindurchsickert. »Er braucht einen Arzt.« Panisch streiche ich ihm eine Strähne von der nasskalten Stirn.

»Polizei und Krankenwagen sind gleich da.« Ich blicke auf und sehe Direktor Valentine, er verschafft sich einen Überblick, eilt dann zu Mason und offenbart, wer hinter ihm steht: Grandmas Geist.

Sie deutet auf Rex Silverman. »Schau in seiner Tasche nach«, fordert sie.

Aber ich will nicht. Ich will Mason nicht loslassen, als könnte ich nur durch meine Anwesenheit verhindern, dass seine Seele aus seinem Körper weicht.

Als ich immer noch keine Anstalten mache, Grandmas Aufforderung nachzukommen, steht Mom plötzlich auf.

Vorsichtig nähert sie sich ihrem ehemaligen Freund, dem Mann, der so viele Leben auf dem Gewissen und Grandma getötet hat – und ich bezweifle, dass Mom sich dessen bewusst ist.

Mason zuckt und atmet schwer.

»Wo bleiben die verdammten Rettungshelfer?«, brülle ich Direktor Valentine an. Wenn er uns nicht verdächtigt hätte, wäre das hier nicht passiert!

Fahrig fährt er sich durch die Haare. »Sind unterwegs«, sagt er, läuft zur Tür und blickt den Gang hinunter. »Sie kommen, Holly«, sagt er erleichtert.

Kurz darauf höre ich die Laufschritte mehrerer Menschen durch den Gang hallen.

»Alles wird gut«, sage ich zu Mason, der in dem Moment die Augen nach oben verdreht und das Bewusstsein zu verlieren scheint. Panisch schluchze ich auf und haue ihm vorsichtig gegen die Wange. »Nein!«, rufe ich. »Hörst du mich, Mason? Komm sofort wieder zu dir, der Arzt ist da. Verstanden? Mach deine Augen wieder auf.« Seine Lider flackern und ich atme erleichtert aus, als er die Augen benommen wieder öffnet. »Alles wird gut«, flüstere ich und mache dem Notarzt Platz, der sich Masons Wunde anschaut.

»Das bekommen wir wieder hin«, sagt dieser nach einem prüfenden Blick.

Auch wenn ich es erst glaube, wenn Mason wieder stabil ist, spüre ich einen Anflug von Erleichterung und lehne mich erschöpft gegen die Wand, während der Arzt und die Pfleger Mason versorgen.

Mom steht immer noch vor Rex Silverman.

Zitternd wische ich mir über die Stirn und bemerke dabei, dass meine Hände rot von Masons Blut sind.

Mom sieht zu den beschäftigten Helfern, scheint sich dann angewidert zu überwinden und greift in die Seitentasche von Silvermans Jackett. Kurz darauf zieht sie ein silbernes Amulett heraus, in das ein durchsichtiger Diamant eingearbeitet ist.

Niemand braucht mir zu sagen, was es ist. Ich weiß es. »Der Himmelsöffner«, flüstere ich, erhebe mich und komme auf sie zu. »Woher wusstest du, dass wir hier sind?«, frage ich Mom. Als ahnte sie, dass er für mich bestimmt ist, reicht sie mir den Himmelsöffner, ohne zu zögern. »Deine Grandma ist uns erschienen, als ich bei Direktor Valentine war.«

Ich lasse ihn in meine Jackentasche gleiten, bevor jemand auf die Idee kommt, ihn mir wieder wegzunehmen. »Konntest du ihren Geist sehen?«

Mom nickt.

»Warum?«

»Weil ich Mason und dich retten wollte«, antwortet Grandma anstelle von Mom. »So wie im Leben ist man auch im Tod zu so viel mehr fähig, als man oft glaubt. Und es zeigt sich meist erst dann, wenn wir in einer ausweglosen Situation sind«, sagt sie. »Ich wusste, dass ich euch in meiner Geisterform nicht helfen konnte. Aber ich konnte Henry und deiner Mom erscheinen, weil sie längst zweifelten.« Sie deutet auf Mom und Direktor Valentine. »Ein Teil in ihnen glaubte dir, was meinen Geist betraf«, sie zeigt auf den

Himmelsöffner in meiner Jackentasche, »und nun ist meine Arbeit hier auf der Erde erledigt. Du wirst eine gute Himmelshüterin werden, Holly.«

Grandma wird von drei Polizisten und Sheriff Wellington unterbrochen, die in den Raum rennen.

Nach einem kurzen Gespräch mit Direktor Valentine wenden sich zwei Polizisten zu dem immer noch bewusstlos am Boden liegenden Rex Silverman.

»Paige.« Grandma deutet auf den Spiegel in Moms Hand. »Bitte geht mit mir zum Footballfeld.«

Ich sehe zu Mason und spüre, dass ich ihn hier nicht allein zurücklassen will. Ich möchte bei ihm bleiben, bis ich weiß, dass alles wieder gut wird. Aber als ich wieder zu ihm gehen will, stellt sich mir ein Rettungssanitäter in den Weg. »Sind Sie fit?«, möchte er wissen.

Ich nicke, ohne den Blick von Mason abzuwenden. Der Sanitäter leuchtet mir mit einer kleinen Taschenlampe in die Augen, schnippt mit den Fingern vor meinem Gesicht herum, misst meinen Puls und kommt dann wohl zu demselben Schluss wie ich, dass mit mir alles in Ordnung ist.

»Bitte verlassen Sie nun den Raum«, sagt ein anderer Sanitäter und beginnt Mom und mich mit ausgebreiteten Armen zur Tür zu drängen.

»Aber ...«, widerspreche ich, doch er lässt mich nicht ausreden.

»Wir haben hier alles im Griff«, sagt er. »Ihrem Freund wird es bald wieder besser gehen, wenn Sie uns unsere Arbeit machen lassen.«

Ich sehe von Sheriff Wellington, der Rex Silverman bereits Handschellen angelegt hat, zu Direktor Valentine und dem Arzt, der Mason versorgt. Sie haben sein Shirt aufgerissen und sind dabei, die Wunde zu verarzten. Auch wenn seine Augen geschlossen sind, hat sich sein Atem beruhigt und er sieht aus, als würde er einfach nur schlafen.

»Sie sollten jetzt wirklich gehen und sich ausruhen«, drängt uns ein weiterer Sanitäter, der Moms Wohlbefinden überprüft hat, zur Tür.

»Komm, Holly.« Mom berührt meine Schulter. »Lass uns mit Grandma nach draußen gehen«, flüstert sie, sodass nur ich es hören kann. »Du hilfst Mason mehr, wenn du den Arzt seine Arbeit machen lässt.«

Widerwillig entferne ich mich von der Szene. Die restlichen Helfer haben mir längst die Sicht auf Mason versperrt. Vielleicht lasse ich mich auch nur deswegen aus dem finsteren Kellerraum drängen, weil ich nirgends Masons Geist sehe.

»Er ist in guten Händen«, sagt Mom beruhigend, als der Sanitäter die Tür vor uns schließt, und wendet sich zu Grandmas Geist, der mit uns im dunklen Flur steht. »Holly wird keine Himmelshüterin«, zischt sie im nächsten Moment. »Ich werde sie davor bewahren und wenn wir dafür ans andere Ende der Welt ziehen müssen«, sagt Mom, als wir durch den langen Flur in Richtung Ausgang laufen.

Ich folge ihnen schweigend.

»Paige«, sagt Grandma ruhig, während wir die Treppen hinaufgehen. »Das wird nichts nützen. Holly *ist* eine Himmelshüterin.«

Mom funkelt sie wütend an. »Was willst du damit sagen?«

»Dass es ihr Schicksal ist«, antwortet Grandma. »Es ist unser Familienschicksal.«

»Familienschicksal?«, schnaubt Mom und schüttelt den Kopf.

»Genau«, bekräftigt Grandma ihre Aussage. »Und das schon seit unzähligen Generationen.« Wir erreichen den Schulflur und sehen endlich wieder Tageslicht. »Vor vielen Hundert Jahren wurden unsere Vorfahren um Hilfe gebeten. Ihnen wurde von den höheren Mächten das Angebot gemacht, Himmelshüter zu werden, um dabei zu helfen, das Gleichgewicht auf der Erde zu bewahren. Und unsere Vorfahren haben sich dazu entschieden, dieses Schicksal anzunehmen.«

Mom stößt die Tür auf, Grandmas Geist und ich folgen ihr nach draußen.

»Was hat unser jetziges Leben damit zu tun, was unsere Vorfahren vor Hunderten von Jahren gemacht oder entschieden haben?«, fragt sie dann und folgt Grandmas Geist in Richtung Footballfeld.

»Du kannst es nicht ändern, Paige«, sagt Grandma. »Sobald eine Himmelshüterin stirbt, überträgt sich ihre Fähigkeit auf ihre Nachkommen. Hollys Schicksal ist beschlossen. Wenn du ihr wirklich helfen möchtest, dann solltest du aufhören ihre Bestimmung zu ignorieren und sie unterstützen.«

»Nein.« In Moms Augen blitzt pure Entschlossenheit. »Das werde ich nicht zulassen. Ich werde einen Weg finden. Holly soll ein schönes Leben haben, ein friedliches, frei von diesem Geisterkram.«

Grandma schüttelt den Kopf. »Man kann sich nicht dafür oder dagegen entscheiden. Es ist ihre Bestimmung und es wird sie so lange einholen, bis sie es akzeptiert hat.«

Angestrengt mahlt Mom die Zähne aufeinander, alles andere als begeistert von diesen Worten.

»Paige, ich habe schon vor Jahren versucht es dir zu erklären«, sagt Grandma. »Deine Sturheit wird Holly nicht helfen. Und du weißt, dass es nicht nur Himmelshüter gibt.«

Mom entweicht ein zynisches Lachen, aber sie sagt nichts.

»William und Mason sind Höllenhüter. Sie können Holly dabei unterstützen, ihre Fähigkeit zu verbessern. Und«, sie hält inne und wendet sich zu mir, »es ist wichtig, dass sie eng zusammenarbeiten. Die beiden kennen sich in dieser Welt aus. Sie wissen um die Gefahren und die Regeln, die man befolgen muss, um zu überleben.« Sie sieht wieder zu Mom. »Die Frage ist nun, möchtest du deiner Tochter wirklich helfen oder willst du weiterhin versuchen sie vor einem Schicksal zu bewahren, vor dem sie nicht davonlaufen kann?«

Mom bleibt stehen, ihre Wangen glühen und sie sieht Grandma nachdenklich an. Dann dreht sie sich zu mir. »Ich will nur dein Bestes. Weißt du das, Holly?«, sagt Mom. »Ich will nicht, dass du ständig Gefahren ausgesetzt bist. Ich will nicht jeden Tag darum fürchten, ob du heil nach Hause kommst oder …« Das Ende des Satzes verschluckt sie. »Der Gedanke, dass du ständig gegen Dämonen und Geister kämpfen musst, und was es noch alles dort draußen gibt, macht mich fertig, und wenn es eine Chance gäbe, dieses Schicksal zu ändern, würde ich das sofort tun. Ich wünsche mir, dass du glücklich und dass du in Sicherheit bist und nicht um dein Leben fürchten musst.« Ihr steigen Tränen in die Augen.

»Mom«, sage ich. »Heute wurden wir nicht von einem Geist oder Dämon fast umgebracht, sondern von einem Menschen.« Ich reibe ihr jetzt nicht unter die Nase, dass es auch noch ihr Ex-Freund war. Sie schluckt und nickt langsam. »Ich glaube, wir müssen beide langsam akzeptieren, dass in dieser

Welt viele Gefahren lauern und ehrlich gesagt«, ich sehe von ihr zu Grandma und wieder zurück, »ist es mir lieber zu wissen, wie ich mich gegen diese Gefahren schützen oder zur Wehr setzen kann, als ahnungslos durch die Gegend zu laufen.«

»Sie ist stärker, als du denkst«, sagt Grandma und erst jetzt bemerke ich, dass wir längst am Footballfeld angekommen sind.

Es ist bereits dunkel und am Nachthimmel zeichnen sich helle Sterne ab, als hätte jemand kleine Löcher hineingestochen. Eine frische Brise weht mir die Locken ins Gesicht und ich streiche sie mir achtlos hinter die Ohren. Wenn es durch Grandmas Gegenwart kalt war, scheint die Temperatur jetzt noch weiter zu sinken und der Himmelsöffner in meiner Hand beginnt zu leuchten.

»Es ist so weit«, sagt sie und als ich meinen Blick von dem Amulett in meiner Hand abwende, entdecke ich Sean und Dylans Geister vor uns auf dem Spielfeld. Von Jason ist nirgends eine Spur.

»Bitte hilf uns den Weg in den Himmel zu finden«, sagt Grandma.

»Ich kann das nicht.« Tränen der Wut steigen in meine Augen. »Das ist nicht fair. Du wurdest ermordet, ihr wurdet alle ermordet.«

»Alle?«, fragt Mom. »Grandma wurde ermordet? Von wem?«

»Von Rex Silverman«, zische ich und presse die Lippen bitter zusammen. »Ich will, dass er dafür bestraft wird.«

»Das Leben strebt immer nach Ausgleich«, antwortet Grandma kryptisch.

»Nein, das meine ich nicht«, entgegne ich. »Er soll vor Gericht kommen und für das bezahlen, was er getan hat. Aber dafür brauche ich Beweise.«

Granny sieht mich einen langen Moment mit ihren weisen Augen an. »Die Polizei wird alle Beweise im Schulkeller finden.«

»Also«, ich schlucke, weil ich es erst jetzt erkenne, »bist du auch hier an der Schule gestorben?« Sie nickt. »Und jetzt kann ich endlich ins Licht gehen, da alles geklärt und der Fluch gebannt ist ... und da die Seelen der Spieler gerettet sind.« Sie wendet sich an Sean und Dylan. »Seid ihr bereit?«

Die beiden Geister nicken und Grandma sieht mich erwartungsvoll an. Zögernd umschließen meine Finger den Himmelsöffner und der Diamant darin beginnt weiß zu leuchten. Ich spüre, wie die drei sich langsam von der

Welt lösen, und mich überkommt Angst. »Ich will aber nicht, dass du gehst«, flüstere ich.

»Du brauchst mich jetzt nicht mehr«, sagt Grandma. »Schau, wie reich dein Leben ist. Es gibt so viele Menschen an deiner Seite, die dich lieben und dich unterstützen, und«, sie lächelt, »du bist viel stärker, als du glaubst.«

»Nein«, entgegne ich. Ich bin noch nicht so weit, sie darf mich noch nicht verlassen. Nicht schon wieder!

»Vertraue!«, sagt sie. »Das ist das Einzige, was du tun musst.«

Vertrauen ... Erneut treten Tränen in meine Augen. »Ich hab dich lieb, Grandma.«

»Ich hab dich auch lieb, Holly«, sagt sie. »Und dich auch, Paige.«

Mom entweicht ein Schluchzen. Schnell reibt sie sich über die Augen und ringt um Fassung. Kaum hörbar sagt sie: »Ich dich auch, Mom.«

»Du wirst eine großartige Himmelshüterin«, wiederholt Grandma und nickt mir aufmunternd zu.

Ich halte den Himmelsöffner vor mich. Das warme weiße Licht, das von ihm ausgeht, strahlt nach oben. So wie ich es zuvor bei Mason gesehen habe, fahre ich damit durch die Luft und ein kleiner Spalt öffnet sich. Aber aus der Öffnung dringt diesmal kein rotes Licht. Es ist vielmehr eine Mischung aus allen Farben des Regenbogens. Wärme, Geborgenheit und Leichtigkeit breiten sich beim Anblick der leuchtenden Farben in mir aus.

Grandma, Dylan und Sean wenden sich dem klaren bunten Licht zu und treten der Öffnung und den schimmernden Sternen am Himmel entgegen. Ihre leuchtenden Gestalten funkeln silbern und werden heller und heller, bis ich sie nicht mehr erkennen kann. Sie verwandeln sich in Energie, wunderschöne und wärmende Energie, werden in die Öffnung hineingezogen und verschwinden. Sanft und schnell wie Sternschnuppen.

Der Spalt schließt sich wieder und eine ruhige, angenehme Stille breitet sich aus.

Ich hoffe, es geht dir gut, dort, wo du jetzt bist, flüstere ich Grandma in Gedanken zu und blicke in den Himmel und an die Stelle, durch die sie mit den anderen Geistern verschwunden ist.

When the dark has gone

»Holly Gilbert!« Die Stimme von Direktor Valentine brettert über den Schulhof, als Mom und ich vom Footballfeld zurückkommen, und wir drehen uns gleichzeitig in seine Richtung. Er läuft geradewegs auf uns zu. »Der heutige Tag hat mir leider gezeigt, dass es Dinge an der Desert Ridge High School gibt, die ich nicht wahrhaben wollte«, sagt er, als er vor uns steht. »Und«, er räuspert sich, »dass ich Sie zu Unrecht beschuldigt habe, Holly. Deshalb nehme ich Ihre Suspendierung umgehend zurück.«

Er sieht mich eindringlich an und zum ersten Mal habe ich das Gefühl, einen Lehrer vor mir stehen zu haben und keinen Feind.

»Falls Ihnen noch einmal Geister oder Ähnliches auffallen sollte, setzen Sie mich bitte sofort darüber in Kenntnis. Ich will keine Alleingänge, aber freue mich über eine geisterfreie und«, er stockt, »mörderfreie Schule.« Mit offensichtlich schlechtem Gewissen blickt er zum Schulgebäude, wo Rex Silverman – wieder bei Bewusstsein – von zwei Polizisten und Sheriff Wellington abgeführt wird. Bei den Polizeiwagen lauern bereits Reporter und Kameramänner auf der Jagd auf eine gute Story wie hungrige Wölfe auf ihre Beute. Auch Shannon Doherta von den FT-News ist wieder da und wirft gerade einen prüfenden Blick in ihren Handspiegel. »Wenn ich gewusst hätte, was der Preis für den Erfolg der Desert Ridge Eagles ist ...« Er schüttelt den Kopf und fährt sich durch die mittlerweile nicht mehr ordentlich sitzende Frisur. »Niemand sollte mit seinem Leben für so etwas bezahlen.«

»Was passiert jetzt mit Rex?«, fragt Mom und blinzelt voller Verachtung in dessen Richtung.

»Sheriff Wellington hat jede Menge Beweismaterial im Schulkeller sichern lassen. Jetzt werden die Wohnungen von Dorian O'Brien und Rex Silverman durchsucht und dann startet der Gerichtsprozess.«

»Gerichtsprozess ...«, wiederholt Mom und bevor wir uns versehen, rennt sie auf Silverman zu, der gerade in den Polizeiwagen steigen soll, und boxt ihm ins Gesicht. Schnell eilen Reporter und Kameraleute heran und filmen das Spektakel und zwei Polizisten müssen Mom zurückhalten und Silverman vor ihr in Sicherheit bringen.

»Wo ist Mason?«, frage ich Direktor Valentine, die Reporter um uns herum ignorierend, die aufgeregt in die Kameras sprechen.

»Er wurde bereits ins Krankenhaus gefahren«, antwortet Valentine mit schuldbewusstem Blick. »Der Arzt meint, es würde ihm bald wieder besser gehen und er wird höchstwahrscheinlich keine bleibenden Schäden davontragen.«

***

Wenig später setzt Mom mich vor dem Krankenhaus ab und ich gehe ohne sie hinein.

»Es ist gerade noch ein Besuch drin«, sagt ein Wachmann, der vor Masons Zimmer sitzt, und verwehrt mir den Eintritt, was dazu führt, dass erneut an diesem Tag Wut in mir hochkocht, die ich aber unterdrücke. Mit verschränkten Armen lehne ich mich ihm gegenüber an die Wand und tippe ungeduldig mit den Fingern, was ihn letztlich dazu bewegt, seinen Kopf ins Zimmer zu strecken und mich anzukündigen.

Etwa eine Minute später verlässt Amber den Raum und mein Magen durchfährt ein Giftpfeil der Eifersucht.

»Was tust du hier?«, frage ich und es ist mir egal, wie unhöflich ich klinge. Verunsichert senkt sie den Blick. »Holly«, sagt sie vorsichtig. »Ich wollte mich bei dir entschuldigen. Alles, was passiert ist, mit Sean …« Ihre Nasenflügel beben und ihre Augen füllen sich mit Tränen, was meine Wut etwas verschwinden lässt. »Ich wollte einfach einen Schuldigen finden, und du warst die Neue und hast dich so gut mit Mason angefreundet und …« Plötzlich schluchzt sie unerwartet auf. »Es tut mir so leid.«

Ich mustere sie skeptisch. »Was tut dir leid?«

»Ich …« Sie schluchzt erneut. »Ich habe Cole auf dich aufmerksam gemacht, weil er sich Sorgen um die Mannschaft und ihren Ruf gemacht hat. Zu dem Zeitpunkt wusste ich noch nicht, dass Sean …« Sie schluckt schwer und muss es nicht aussprechen, damit ich weiß, was sie meint. »Und als dann auch noch Cole gestorben ist, war ich wirklich davon überzeugt, dass du etwas damit zu tun hast ... Und ich wollte Mason nicht auch noch verlieren. Deshalb habe ich Brad und Jeff gebeten, sich um dich zu *kümmern*, und habe selbst deinen Spind besprüht.« Sie atmet zitternd aus.

»Wow«, sage ich tonlos. »Das war eine lange Beichte.« Genau so hat es sich angehört ... als wollte sie sich die ganzen Schuldgefühle von der Seele reden.

»Ich weiß, dass eine Entschuldigung nicht ausreicht, um das, was ich getan habe, wiedergutzumachen«, sagt sie, aber ich stoppe sie mit einer knappen Geste.

»Ganz ehrlich, Amber, deine Entschuldigung und deine Schuldgefühle interessieren mich gerade nicht«, sage ich und gehe zur Tür. »Ich will mich nur versichern, dass es Mason gut geht.«

Amber nickt verständnisvoll. »Ja«, sagt sie. »Natürlich.« Und mit diesen Worten lasse ich sie vor dem Krankenzimmer stehen und gehe hinein zu Mason.

Er liegt im Bett und ist wieder bei Bewusstsein.

»Wie geht's dir?«, frage ich.

»Gib mir ein paar Wochen und ich stehe wieder auf dem Spielfeld«, antwortet er, versucht zu grinsen und zuckt im nächsten Moment vor Schmerz zusammen.

Unschlüssig trete ich näher an sein Bett. »Amber ist mir gerade begegnet«, sage ich. »Sie scheint immer noch was für dich zu empfinden.«

Sein Kiefer spannt sich an. »Da ist aber nichts mehr, Holly.«

Nachdenklich vergrabe ich die Hände in den Taschen. »Wie lange wart ihr eigentlich zusammen?«

»Puh«, macht er wenig angetan von dem Thema. »Knapp zwei Jahre. Aber wie gesagt, wir haben uns vor zwei Monaten getrennt und es ist vorbei.«

»Vor zwei Monaten erst?« Ich kann meinen Schock darüber kaum überspielen. Das bedeutet, sie waren noch ein Paar, kurz bevor ich hierhergezogen bin. Plötzlich, so sehr ich mich auch dagegen wehren will, kann ich Amber verstehen. Sie hat in den letzten Wochen nicht nur ihren Bruder verloren, sondern auch Mason. Ich fühle mich schuldig deswegen. »Sie hat echt viel durchgemacht«, sage ich vorsichtig.

Er mustert mich zweifelnd. »Warum sagst du das? Willst du, dass ich mich um sie kümmere, bis es ihr besser geht?«

Ich hebe die Schultern und sage »Vielleicht«, auch wenn ich eigentlich genau das Gegenteil will. Doch bevor ich mir selbst widersprechen kann, platzen Amadeus, Ludy und Lilly ins Zimmer. Der Wachmann eilt hinter ihnen her, zuckt dann aber genervt mit den Schultern und lässt uns wieder allein. So viel zum Thema Sicherheit.

»O Mann.« Amadeus schüttelt schockiert den Kopf. »Du siehst echt scheiße aus, Mase.«

»Danke.« Mason lächelt schwach.

»Danke, dass du überlebt hast«, erwidert Amadeus ernst.

»Woher wisst ihr, dass Mason hier liegt?«, frage ich.

»Von Amber«, sagt Amadeus. »Sie hatte gerade Jason besucht, er liegt zwei Zimmer weiter, und hat mitbekommen, dass Mason eingeliefert wurde.«

»Jason ist wieder aufgewacht«, sagt Lilly und blinzelt Freudentränen aus ihren Augen. »Die Ärzte sagen, er wird es schaffen.«

»Das sind tolle Nachrichten«, sage ich und würde am liebsten Masons Hand greifen, unterdrücke den Impuls aber. »Ich hatte Hoffnung, weil er heute nicht mit den anderen Geistern aufgetaucht ist.«

»Was ist mit den anderen Geistern passiert?«, fragt Ludy.

»Dylan, Sean und meine Grandma sind in den Himmel gegangen und Dorian O'Brien und Cole wurden in die Hölle gesogen.«

»Ah«, Amadeus verzieht das Gesicht, als würde er an etwas Schmerzhaftes denken. »Ist nicht schön, das mit der Hölle. Ich versuche immer den Raum zu verlassen, wenn Mason das Tor öffnet.«

Lilly greift seine Hand und sofort fällt die Anspannung wieder von ihm ab. »Alles wird gut«, sagt sie.

»Ja«, sage ich, vergrabe die Hände in meinen Jackentaschen und sehe zu Mason. »Alles wird gut.«

Save our souls

Die letzten zwei Wochen habe ich vor allem damit verbracht, Mason im Krankenhaus zu besuchen, Zeit mit meiner Familie zu verbringen und mich von dem Erlebten zu erholen. Die Desert Ridge High wurde für eine Woche geschlossen, damit die Polizei sämtliche Untersuchungen vornehmen konnte. Es ist sogar ein CSI-Team angereist. Mittlerweile ist die Welle des Entsetzens zum Glück abgeflacht und der normale Alltag kehrt allmählich wieder ein, auch wenn die Reporter sich immer noch in Flagstaff tummeln und auf weitere Storys hoffen.

Das erste Spiel der Desert Ridge Eagles nach den Vorfällen fand gestern statt und sie haben verloren. Die Nachrichten haben sich überschlagen: *Ist an den Gerüchten über die Legende doch was dran?* oder *Mit den O'Briens ist auch der Erfolg der Mannschaft gestorben!*

Im letzten Fernsehbericht, den ich in den FT-News gesehen habe, berichtete Shannon Doherta mit einer neuen kinnlangen Frisur und diesmal in einem gelben Prada-Jackett: »Die düstere Legende hat sich bewahrheitet, aber wie so oft hatte es nichts mit schwarzer Magie oder einem Erfolgsgott zu tun, sondern lediglich mit menschlicher Niederträchtigkeit. Der mutmaßliche Mörder Rex Silverman, dem vorgeworfen wird drei Spieler der Desert Ridge Eagles, den ehemaligen Coach Dorian O'Brien und Grace Campbell ermordet zu haben, schweigt bisher zu den Anklagepunkten. Aber eines ist sicher, die Desert Ridge Eagles sind nun von ihrem Fluch befreit und keiner der Footballspieler muss mehr um sein Leben fürchten.«

Vermutlich ist es besser, dass die Leute die Wahrheit ignorieren, es hätte ihnen sowieso nicht geholfen. Ich bin froh, dass Mason und ich nicht mehr zu den Verdächtigen zählen und Rex Silverman eine lebenslange Haftstrafe droht, auch wenn ich ihm noch viel Schlimmeres wünsche.

Aber immerhin hat Valentine Lilly zum ersten Mal etwas Freiraum beim Verfassen ihres neuen Artikels über die Desert Ridge Eagles gelassen, indem sie sich sogar auf die Legende und die Unglücke in den letzten fünfundsiebzig

Jahren beziehen durfte, die wir in den Jahrbüchern gefunden haben. Auch wenn sie weder den Dämon noch die Geister erwähnt, durfte sie dennoch die Theorie aufstellen, dass Dorian O'Brien etwas damit zu tun hatte. Allerdings nur, weil es bereits in den News bis ins kleinste Detail ausgeschlachtet worden war, nachdem Silverman bei einem kurzen Fernsehstatement, das er wohl bei seiner Verhaftung noch gemacht hatte, versucht hatte Dorian O'Brien alle Schuld zu zuschieben.

Mom hat das Bloggen in den letzten Tagen ausgesetzt, weil sie erst mal verarbeiten musste, was alles passiert ist, und wir konnten uns in Ruhe und ausgiebig aussprechen.

Jetzt sitzen wir, jeder im Jogginganzug und mit einem *Ben & Jerry's Cookie Dough* auf der Couch und schauen mit Daisy *Rapunzel*. Eine schöne Abwechslung zu den ganzen News und Reportagen, die die letzten Tage auf jedem Lokalsender zu sehen waren.

Auf meinem Handy blinkt eine Nachricht von Mason auf.

Kommst du später zu Jason?

Bei seiner Frage muss ich unwillkürlich lächeln.

Wer wird da sein?

Das Handy zeigt an, dass er dabei ist, eine Antwort zu schreiben, und ich spüre ein aufregendes Kribbeln, während ich auf seine Nachricht warte. Kurz darauf trifft sie auch schon ein.

Die Footballjungs, 'n paar Cheerleader, Lilly, Amadeus, Ludy und … du?

Er schickt ein zwinkerndes Emoji hinterher und während mein Herz zum einen freudig aufflattert, durchzieht mein Bauch gleichzeitig bei dem Wort *Cheerleader* ein stechender Schmerz, weil ich genau weiß, dass Amber auch da sein wird. Sie hat Mason jeden Tag im Krankenhaus besucht und mich sogar um Erlaubnis gebeten, als ob ich da irgendein Mitspracherecht gehabt hätte. Das Problem ist, ich kann ihr nicht mal richtig böse sein für das, was sie getan hat. Im Krankenhaus bin ich ihr öfter über den Weg gelaufen. Sie sah wirklich fertig aus und ein Teil in mir fühlt sich schlecht, weil sie nicht nur Sean verloren hat, sondern auch noch Mason. Deshalb versuche ich meine Eifersucht zu verdrängen, was mir nicht so ganz gelingen will.

Eine weitere Nachricht von Mason trifft ein.

Sollen wir dich abholen?

Ich überlege kurz.

Nein. Komme später nach. Schaue noch einen Film mit Daisy.

Ich lege das Handy weg und sehe Flynn Rider gedankenverloren im Fernsehen dabei zu, wie er Rapunzels Haare abschneidet.

***

Am Straßenrand vor Jasons Haus parken einige Autos, auch Amadeus' Ford Mustang und Lillys und Jasmins weißer SUV. Ich bin mir nicht sicher, was mich erwartet – eine Party oder ein gemütliches Beisammensein. Eigentlich hätte ich mit Letzterem gerechnet, aber dafür sind zu viele Leute hier. Als ich vor der Tür stehe und mir Musik und Stimmengewirr entgegendröhnen, spiele ich kurz mit dem Gedanken, wieder zu gehen. Aber bevor ich dazu komme, wird die Tür bereits geöffnet.

»Holly!« Jason wirkt überrascht und überfordert zugleich. »Ich wollte gerade ...«, er hält einen Autoschlüssel hoch, »noch ein paar Freunde abholen.«

»Okay«, sage ich. Es ist das erste Mal seit dem Halloweenball, dass ich ihn sehe, und mich überkommt eine Mischung aus Freude und Erleichterung, dass es ihm wirklich wieder gut geht und er lebend aus Fleisch und Blut vor mir steht und nicht in transparenter Geisterform.

Verlegen streicht er sich durch die blonden Haare. »Ich weiß, das klingt jetzt merkwürdig«, beginnt er vorsichtig. »Aber ich werde das Gefühl nicht los ...« Er sieht mich unsicher an und fasst dann erneut Mut. »Ich kann mich eigentlich an nichts erinnern aus der Zeit, als ich im Koma lag, aber irgendwie habe ich das Gefühl ...« Er mustert mich mit einer Mischung aus Neugier und Skepsis. »Ich habe das Gefühl, dass du mir, während ich im Koma lag, geholfen hast am Leben zu bleiben. Und«, er reibt sich verlegen übers Kinn, »auch wenn sich das jetzt komisch anhört und du es vermutlich nicht verstehen wirst, wollte ich dir Danke sagen.«

Ohne Vorwarnung umarme ich ihn, vielleicht auch, um mich einfach noch mal zu versichern, dass er real ist. »Ich bin froh, dass du wieder aufgewacht bist und es dir gut geht.«

Er lächelt nachdenklich, als ich ihn wieder loslasse. »Ich wünschte«, er senkt den Blick, »Sean, Dylan und Cole hätten auch noch eine Chance bekommen.«

In meiner Brust wird es plötzlich eng, als würde jemand ein Seil um meinen Oberkörper spannen und mit aller Kraft daran ziehen. Ich atme tief ein, um dieses Gefühl wieder loszuwerden, aber es wirkt nur mäßig. »Ja«, stimme ich ihm leise zu. »Ich auch.«

Wir schweigen einen Moment, bis es unangenehm wird. Unschlüssig mache ich eine Geste in Richtung Haus. »Also, Mason hat mir gesagt, ich solle kommen ...«

»Ja«, Jason nickt schnell. »Ich muss dann auch mal«, sagt er und macht mir den Weg frei. »Er ist draußen am Pool, glaube ich.«

Im Haus herrscht eine merkwürdige Stimmung. Aus einer Box dröhnt Musik, in der Mitte des Wohnzimmers stehen ein paar Leute mit Getränken in den Händen und unterhalten sich, aber keiner tanzt. In einer Ecke entdecke ich Lilly und Amadeus und bin etwas überrascht, weil er demonstrativ seinen Arm um sie gelegt hat und sie gerade auf die Stirn küsst.

»Habe ich was verpasst?«, frage ich, als ich vor ihnen stehe, und muss schmunzeln.

»Wir sind jetzt offiziell ein Paar«, verkündet Lilly und Röte steigt ihr in die Wangen.

»Wow«, sage ich, »das freut mich für euch. Also hat Jasmin es«, ich suche nach dem passenden Wort, »akzeptiert?«

»Akzeptiert?«, fragt plötzlich jemand neben mir spitz und kurz darauf treten Jasmin und Amber zu uns. Ich hoffe, man sieht meinem Gesicht nicht an, wie bei Ambers Anblick plötzlich all meine guten Gefühle erfrieren und sich eine kalte Welle von Misstrauen in mir ausbreitet.

Jasmin mustert mich von oben bis unten. »Weißt du, ich halte von dir nicht sonderlich viel, genauso wenig wie von Amadeus, aber«, ihre Züge werden plötzlich weicher, »ihr seid Lillys Freunde und ihr habt Jason geholfen und diesen Mistkerl Silverman hinter Gitter gebracht.«

Bei der Erwähnung von Rex Silverman wird Amber plötzlich ganz bleich und ich befürchte, sie könnte sich jede Minute übergeben. Vielleicht denkt sie das Gleiche, denn sie dreht sich abrupt um und stürzt durch die Terrassentür hinaus, vorbei am Pool, wo ich Mason entdecke, der auf einem der Gartenstühle sitzt und sich mit Jake unterhält.

»Ehrlich gesagt«, zieht Jasmin meine Aufmerksamkeit wieder auf sich, »hatte ich schon vermutet, dass es Lilly war, die am besagten Abend mit dem Auto Mist gebaut hatte, und nicht Amadeus. Aber sie war mit ihm unterwegs und ich war einfach davon überzeugt, dass das ohne ihn nie passiert wäre. Außerdem bin ich der Meinung, sie hat jemand Besseren verdient als ...« Ihr Blick gleitet zu Amadeus und sie seufzt. »Aber na ja, man hat ja keinen Einfluss darauf, wo die Liebe hinfällt.«

»Das sag ich mir auch immer«, kommentiert Amadeus ihren Vortrag trocken.

Jasmin verschränkt die Arme und durchbohrt ihn nahezu mit ihrem Blick. »Warum hast du Lilly überhaupt gedeckt?«

Seine Brauen schießen erstaunt in die Höhe. »Weil ...« Unsicher huscht sein Blick zu Lilly. »Na, weil ich nicht wollte, dass sie Ärger bekommt, und eure Eltern viel strenger sind als mein Onkel und weil ... na, weil ich sie liebe.« Er schluckt und wirkt schon eine Sekunde später so, als bereue er seine Worte.

Aber Lilly dreht sich zu ihm, zieht ihn zu sich, flüstert ihm etwas ins Ohr, was ihm ein Lächeln auf die Lippen zaubert, und dann küsst sie ihn.

Jasmin seufzt und wendet sich ab: »An den Anblick werde ich mich wohl gewöhnen müssen.« Aber es klingt nicht so, als würde sie sich wirklich darüber ärgern. Vielleicht hat sie ihre Meinung über Amadeus ja wirklich geändert.

Als ich die Terrassentür aufschiebe und hinaus zum Pool gehe, steht Mason am Beckenrand und fast im selben Moment ruft Jake hinter ihm »Mase!« und stößt ihn mit einem Lachen ins Wasser.

Mason taucht einen kurzen Moment später wieder aus dem leicht dampfenden Wasser auf und streicht sich die nassen Haare aus dem Gesicht. »Echt jetzt, Jungs?«, fragt er leicht genervt und schwimmt zurück zum Beckenrand, wo Amber ihn empfängt. Ich versuche das eifersüchtige Ziehen zu ignorieren, das meinen Magen dabei durchfährt.

»Hier.« Sie reicht ihm eine Flasche Bier, aber er schüttelt den Kopf.

»Ich trinke heute nichts.«

»Oh«, macht sie und zieht die Flasche zurück.

Mich überkommt der Impuls, wieder zu gehen, und ich drehe mich schnell um, bevor Mason mich entdeckt. Vielleicht ist es kindisch, aber in einem Punkt hat Amber recht. Ich bin die Neue und Mason und sie waren nicht nur über zwei Jahre zusammen, sie kennen sich schon seit der Middle School. Am liebsten würde ich sagen, ich will mich nicht zwischen sie drängen, aber das wirkliche Problem ist eher, dass ich nicht bin wie sie, also nicht Masons Typ, so wie Cole es mir vor ein paar Wochen bereits unter die Nase gerieben hat. Und wenn ich ganz ehrlich zu mir bin, habe ich Angst, von Mason zurückgewiesen zu werden.

»Holly! Warte!«

Ich halte inne und fahre langsam herum. Vor mir steht Mason, leicht außer Atem, als wäre er zu mir gerannt. Seine nasse nackte Brust ist glatt und gebräunt. Ich wende meinen Blick von seinem durchtrainierten Bauch ab.

»Mason!«, ruft Amber hinter ihm und ich schaue an seinen Armmuskeln vorbei. Sie schwimmt mittlerweile wie ein paar andere aus dem Team im Pool. »Kommst du wieder rein?«

»Nein!«, ruft er ein bisschen genervt und schaut mich besorgt an. »Alles okay bei dir?«

»Mir geht's gut«, antworte ich und sehe zum Pool. »Und dir? Hast du Spaß mit … Amber?«

Seine Miene verhärtet sich. »Warum sagst du das?«

Ich öffne den Mund, blinzle dann irritiert. »Tut mir leid, ich … ich wollte nur«, stottere ich, dann schüttle ich den Kopf und wechsle das Thema. »Wie geht's deiner Wunde?«

Er streicht über die Narbe, die zwar noch gerötet, aber gut verheilt aussieht. »Besser«, sagt er und beugt sich an mir vorbei zu einem Stuhl, auf dem ein paar Klamotten liegen. Dabei spannen sich seine breiten Muskeln an und ich erwische mich dabei, wie ich ihn anstarre.

»Ich darf wieder schwimmen«, lächelt er schief und zieht sich ein weißes T-Shirt über, ohne sich abzutrocknen, sodass seine Bauchmuskeln sich unter dem feuchten Shirt abzeichnen. Ich zwinge mich den Blick von ihm abzuwenden, aber es ist erstaunlich schwierig, Mason nicht anzustarren – er sieht einfach unglaublich gut aus.

»Hab ich mitbekommen.« Mein Blick wandert wieder zu Amber in den Pool, was Mason nicht entgeht.

Er neigt langsam den Kopf. »Ich kapiere es nicht, Holly.« Seine Stimme verebbt in der nächtlichen Brise, die sanft wie ein Schmetterling über uns hinwegweht. »Ich will nichts von Amber«, sagt er. »*Du* hast gesagt, ich soll mit ihr reden.«

Ich beiße mir auf die Lippe. »Das stimmt … war ein Fehler. Vielleicht wollte ich nur herausfinden, ob du noch was für sie empfindest.«

Er mustert mich eindringlich, nimmt dann meine Hand und sagt: »Komm mit!«

Wir laufen durchs Haus, die Treppen hinauf nach oben, bis wir eine angelehnte Holztür erreichen. Er drückt sie auf und einen Moment später stehen wir auf einer großen Dachterrasse. Es ist kühl hier und der Nachthimmel ist sternenklar. Langsam gehe ich zum Rand des Dachs, blicke hoch und bewundere die Milchstraße, in der die Sterne wie viele kleine Diamanten funkeln. »Als Kind hab ich geglaubt, die Sterne wären die Seelen unserer Vorfahren, die auf uns aufpassen.«

»Ja«, sagt Mason nachdenklich. »Die Unendlichkeit des Universums. Ein Blick in den Himmel und plötzlich erscheint alles andere winzig klein.«

»Beängstigend«, sage ich.

»Aber auch befreiend«, erwidert er und seine Lippen umspielt ein leichtes Lächeln. Gerade so, dass seine Grübchen aufblitzen.

»Ich weiß nicht.« Nachdenklich betrachte ich die Sterne. »Man kommt sich plötzlich so unwichtig und verloren vor.«

»Für mich ist der Blick in den Himmel wie eine Rettung, wenn ich nicht mehr weiterweiß«, sagt Mason.

»Glaubst du, Sean, Dylan und Grandma geht es gut, dort wo sie jetzt sind?«

»Ja«, sagt er. »Wir haben ihre Seelen gerettet.«

Kalter Wind streift mein Gesicht. »Sind wir nicht alle Seelen, die gerettet werden wollen?«, frage ich.

Nachdenklich ziehen sich seine Brauen zusammen. »Ja, vielleicht«, sagt er leise und sieht mich an. »Tief in unserem Inneren hoffen wir alle, das irgendwann jemand kommt und uns sagt, alles wird gut. Der ganze Scheiß war nur ein mieser Albtraum.«

»Aber es ist kein Albtraum und dieser jemand wird auch nicht kommen«, lasse ich dieses Wunschdenken wie eine Seifenblase zerplatzen und wende mich von ihm ab. Ich versuche herauszufinden, was ich fühle. Aber bis auf die Kälte der Nacht spüre ich nichts. Leere. Als wäre ich taub.

Bis Mason zu mir tritt, seine Hand von hinten um meinen Bauch legt und kurz innehält. Sanft lehnt er seinen Kopf an meinen und schaut mit mir gemeinsam in den klaren Sternenhimmel. Dann fährt er mit der anderen Hand meine Schulter entlang und meinen Arm hinunter, bis er meine Hand erreicht und unsere Finger sich verhaken. Die Bewegung ist so leidenschaftlich und ungekünstelt, dass ich mir sicher bin, *was* er für mich empfindet. Plötzlich breitet sich Wärme in mir aus. Eine Wärme, die mich auffängt, mich zugleich ausfüllt und umarmt und mich etwas spüren lässt, von dem ich nicht mehr gedacht hätte, dass es noch in mir existiert. Geborgenheit. Ich drehe mich zu ihm und bin ihm so nah, dass unsere Körper sich berühren.

Mit einer hauchzarten Bewegung streicht er mir eine Strähne hinters Ohr und verharrt für einen Augenblick.

»Was hältst du davon«, flüstert er und seine Lippen nähern sich den meinen, »wenn wir uns versprechen, dass alles gut wird und wir unsere Seelen gegenseitig retten?« Ich muss unwillkürlich lächeln und verringere die Entfernung zwischen uns noch etwas.

»Wir retten uns gegenseitig«, sage ich und nicke leicht. »Versprochen?«, frage ich dann.

»Versprochen«, flüstert er zurück und beugt sich zu mir. Ich schließe die Augen voller Erwartung, seine Lippen auf meinen zu spüren, doch stattdessen küsst er meinen Hals. Seine Berührung hinterlässt ein sanftes Brennen auf meiner Haut und als ich die Augen wieder öffne, umspielt seinen Mund ein freches Grinsen. Er zieht mich noch etwas näher zu sich, ich streiche ihm durch die Haare und lege sanft meine Hände um seinen Nacken. Als ich diesmal die Augen schließe, spüre ich seine Lippen auf meinen, selbstsicher und fordernd, als wären wir füreinander bestimmt, und ich wünsche mir heimlich diesen Moment für immer festhalten zu können.

ENDE

Danksagung

Liebe Leserin, lieber Leser!

Wenn du diese Zeilen hier liest, dann stell dir bitte kurz vor, wie ich einen Champagnerkorken knallen lasse und mit einem Glas des prickelnden Getränks mit dir anstoße, weil ich mich so freue, dass du dich gemeinsam mit Holly und Mason auf die Spuren einer düsteren Legende begeben hast. Ich hoffe, meine Worte konnten dich für ein paar Stunden aus deinem Alltag entführen.

Da an der Entstehung eines Romans immer viel mehr Menschen beteiligt sind, als man ahnt, möchte ich ihnen nun an dieser Stelle meinen Dank aussprechen.

Zunächst will ich mich bei meiner Lektorin Julia Feldbaum bedanken, die genauso begeistert von der Geschichte war wie ich, wodurch die Zusammenarbeit einfach superviel Spaß gemacht hat. Durch ihre Fragen, das gemeinsame Brainstormen, ihre Verbesserungen und den Input an den richtigen Stellen hat sie noch viel mehr aus der Geschichte herausgekitzelt.

Ein dickes Dankeschön geht auch an meine Impress-Lektorin Ann-Kathrin Path für ihr tolles Feedback, ihre kreativen Ideen, den wunderschönen Titel, den sie sich für die Geschichte erdacht hat, und das unglaublich fantastische Cover, das sie in Auftrag gegeben hat. Oh, ich habe mich in dieses Cover schockverliebt! Auch dem restlichen Impress-Team möchte ich an dieser Stelle ganz, ganz doll danken.

Nun kommen wir zu einer ganz lieben Autorenkollegin, die über die letzten Jahre eine sehr gute Freundin geworden ist. Carina Mueller. Ich kann es nicht oft genug betonen, wie toll es ist, einen Schreibbuddy zu haben. Danke, liebe Carina, für das gegenseitige Motivieren, Inspirieren, die vielen Schreiburlaube und den ein oder anderen frischen Hugo, den wir uns nach einem gelungenen Schreibtag gegönnt haben.

Auch Paula möchte ich an dieser Stelle ein ganz dickes Dankeschön aussprechen. Falls du diese Geschichte gelesen hast, wirst du bestimmt gemerkt haben, dass du an so mancher Stelle als Inspiration für Holly gedient hast. Vor allem, was ihre Locken und deren Pflege betrifft. Ich denke, du weißt, was ich meine.

Auf einem Roadtrip durch Amerika haben meine Schwester und ich einige Städte in Arizona besucht. Flagstaff war eine davon. (Es gibt dort übrigens wirklich ein paar Geisterlegenden …) Jaja, ich weiß, meine Schwester kann bis heute nicht verstehen, warum Flagstaff meine absolute Lieblingsstadt auf dieser Reise war, aber dadurch wurde sie zum »Austragungsort« für diese Geschichte. Und das wäre ohne unseren abenteuerlichen Roadtrip nicht passiert – ich sag nur Mariposa und Angst vor einem Serienkiller. Also geht ein ganz dickes Dankeschön an dich, Nina, weil du mit mir durch die USA getourt bist.

Auch meinen Eltern möchte ich an dieser Stelle ganz doll danken. Mama und Papa, ich hab euch lieb!

Und ein ganz, ganz dickes Dankeschön geht an meine Testleserinnen und Testleser Ina, Kerstin, Ilona, Theo und Britta. Danke für euren Mut, die erste Fassung der Geschichte zu lesen, für euer wirklich superhilfreiches Feedback und euer Mitfiebern mit Holly, Mason … ähm … und dem Direktor *räusper*!

Impress

Die Macht der Gefühle

Wir produzieren nachhaltig

- Klimaneutrales Produkt
- Papiere aus nachhaltigen und kontrollierten Quellen
- Hergestellt in Europa

FSC
www.fsc.org
MIX
Papier aus verantwortungsvollen Quellen
FSC® C083411

Impress

Ein Imprint der Carlsen Verlag GmbH

Oktober 2022

Lektorat: Julia Feldbaum

Umschlagbild: freepik.com / © freepik / © originalmockup / © aopsan / © microone / © rawpixel / shutterstock.com / © Zhuravleva Katia / © Hybrid_Graphics / © KDdesignphoto

Umschlaggestaltung: M.D. Hirt

ISBN 978-3-551-30498-8

www.impressbooks.de